동·서양 명저
대탐험 2

동·서양 명저 대탐험 2

지은이 | 김평엽
펴낸이 | 방현철
기 획 | 서정 Contents Agency

1판 1쇄 찍은날 | 2010년 5월 10일
펴낸곳 | 북포스

출판등록 | 2004년 2월 3일 제313-00026호
주소 | 서울시 영등포구 양평동5가 18 우림라이온스밸리 B동 512호
전화 | 02-337-9888
팩스 | 02-337-6665
전자우편 | bhcbang@hanmail.net
홈페이지 | www.bookforce.co.kr

ISBN 978-89-91120-39-6 44800
978-89-91120-40-2 (전2권)

책값은 뒤표지에 있습니다.
잘못된 책은 구입하신 곳에서 바꿔드립니다.

동·서양 명저 대탐험

논술과 진학
두 마리
토끼를 잡는

김평엽 지음

2

북포스

동·서양 명저 대탐험 2 차 례

| 머리말 | 책으로 만들어진 책

IV. 통찰력 기르기

쌤~, 통찰력이 뭐예요? · 14

쌤~, 통찰력이 왜 중요해요? · 19

쌤~, 통찰력으로 이루어진 것들엔 뭐가 있어요? · 23

쌤~, 통찰력은 어떻게 해야 길러지나요? · 32

쌤~, 통찰력과 독서라는 두 마리 토끼를 다 잡을 수 있나요? · 38

1. 나와 너
2. 도덕경
3. 짜라투스트라는 이렇게 말했다
4. 바가바드 기타
5. 체 게바라
6. 느리게 산다는 것의 의미
7. 무량수전 배흘림기둥에 기대서서
8. 무소유
9. 생각의 탄생
10. 금시조
11. 장자(莊子)

CONTENTS

V. 논증력 꿀 발라먹기

쌤~, 논증력이 뭐예요? · 100

쌤~, 논증력이 왜 중요해요? · 104

쌤~, 논증력으로 이루어진 것들엔 뭐가 있어요? · 111

쌤~, 논증력은 어떻게 해야 길러지나요? · 116

쌤~, 논증력과 독서라는 두 마리 토끼를 다 잡을 수 있나요? · 122

1. 플라톤의 대화
2. 은유로서의 질병
3. 책임의 원리
4. 페미니즘의 도전
5. 이기적 유전자
6. 문명의 충돌
7. 루시퍼이펙트
8. 인권, 그 위선의 역사
9. 촘스키, 누가 무엇으로 세상을 지배하는가
10. 과학의 종교 읽기

VI. 이해-분석력 끌어안기

쌤~, 이해-분석력이 뭐예요? · 178

쌤~, 이해-분석력이 왜 중요해요? · 182

쌤~, 이해-분석력으로 이루어진 것들엔 뭐가 있어요? · 186

쌤~, 이해-분석력은 어떻게 해야 길러지나요? · 191

쌤~, 이해-분석력과 독서라는 두 마리 토끼를 다 잡을 수 있나요? · 195

1. 동과 서
2. 나쁜 사마리아인들
3. 내 몸의 신비
4. 자살의 문화사
5. 지구를 살리는 7가지 불가사의한 물건들
6. 성(聖)과 속(俗)
7. 정신분석학 입문
8. 총, 균, 쇠
9. 진보와 야만
10. 파놉티콘
11. 문명과 야만
12. 색의 유혹

동·서양 명저 대탐험 1

I. 창의력 쑥쑥 키우기

쌤~, 창의력이 뭐예요?
쌤~, 창의력이 왜 중요해요?
쌤~, 창의력으로 이루어진 것들엔 뭐가 있어요?
쌤~, 창의력은 어떻게 해야 길러지나요?
쌤~, 창의력과 독서라는 두 마리 토끼를 다 잡을 수 있나요?

두 마리 토끼 잡는 독서 1. 모차르트와 살리에리 · 2. 고도를 기다리며 · 3. 삐딱하게 보기 · 4. 강
5. 멋진 신세계 · 6. 코 · 7. 나무 · 8. 뼛속까지 내려가서 써라

II. 표현력 밖으로 드러내기

쌤~, 표현력이 뭐예요?
쌤~, 표현력이 왜 중요해요?
쌤~, 표현력으로 이루어진 것들엔 뭐가 있어요?
쌤~, 표현력은 어떻게 해야 길러지나요?
쌤~, 표현력과 독서라는 두 마리 토끼를 다 잡을 수 있나요?

두 마리 토끼 잡는 독서 1. 섬 · 2. 햄릿 · 3. 오만과 편견 · 4. 설국 · 5. 자야 · 6. 산가일기
7. 샤갈의 마을에 내리는 눈 · 8. 죽은 황녀를 위한 파반느

III. 비판력에 불 지르기

쌤~, 비판력이 뭐예요?
쌤~, 비판력이 왜 중요해요?
쌤~, 비판력으로 이루어진 것들엔 뭐가 있어요?
쌤~, 비판력은 어떻게 해야 길러지나요?
쌤~, 비판력과 독서라는 두 마리 토끼를 다 잡을 수 있나요?

두 마리 토끼 잡는 독서 1. 목민심서 · 2. 군주론 · 3. 이방인 · 4. 그리스인 조르바 · 5. 월든 · 6. 동물농장 · 7. 변신 · 8. 수레바퀴 아래서 · 9. 어머니 · 10. 인형의 집 · 11. 죽은 시인의 사회 · 12. 뫼비우스의 띠 · 13. 아큐정전 · 14. 이반 데니소비치의 하루 · 15. 죄와 벌 · 16. 유토피아

책으로 만들어진 책

'男兒須讀五車書'라는 말이 있다. 남자라면 모름지기 다섯 수레 분량의 책을 읽어야 한다는 뜻이다. 틀린 말이 아니다. 어려서부터 책을 가까이 한 사람의 눈빛은 그러지 못한 사람하고는 확실한 차이가 난다. 사실 신생아 때부터 모든 능력을 갖추고 태어나는 사람은 없다. 뛰어난 재능이란 거의 후천적으로 획득되는 지식에 의해 결정된다.

특히 지능과 감성이 폭발적으로 발달하는 유아기부터의 청소년 시기의 독서는 한 개인의 운명을 결정한다. 아무리 선천적으로 타고난 영재라 하여도 독서 환경이 뒷받침되어 주지 못하면 영재성은 안개처럼 사라진다. 그렇다고 아무 책이나 남독할 수도 없는 현실이다. 지금도 서점에 가면 수많은 책들이 넘쳐나지 않은가. 누드화보로부터 실용서적에 이르기까지, 그러나 양서는 찾아야만 눈에 들어온다. 영혼을 울리는, 그러한 책들을 읽어야만 폭발적 에너지를 머금을 수 있다. 분명히 말하건대, 독서가 영재성을 일깨우는 황금열쇠임을 알라!

영재는 몇 가지 특성을 보인다. 남들에 비해 어휘력·표현력·기억력·통찰력·관찰력 같은 인지능력이 뛰어나다. 그리고 집중력과 지적 호기심 같은 특성도 우수하다. 영재는 사물과 과제에 대해 강한 집착을 보이며 도전적이다. 그리고 정서적으로 남들보다 무척 예민하다. 티드웰(Tidwell)은 영재성을 끌어내기 위해 지능은 물론 창의성·특수 재능 이외에도 성취동기·인내력·통솔력·협상능력·이성과 감정의 통제능력도 중요하다고 한다.

결국 인지적 능력의 중요한 변인, 즉 창의력·표현력·비판력·통찰력·논증력·이해-분석력을 키우는 것이 청소년 시기에 매우 중요하다. 최근 특목고와 주요 대학에서 시행하고 있는 입학사정관제도 및 논술고사가 이러한 요소를 측정하는 데 목적을 둔다.

이에 청소년 시기에는 세 마리의 토끼를 잡아야만 한다. 그 하나는 수준 높은 독서 체계를 갖추는 일이고, 둘째는 영재성을 일깨우기 위한 사고력 신장이며, 셋째는 진학 포트폴리오에 대한 완벽 대비이다. 이 세 가지가 해결되어야만 어려운 인문사회과학 서적도 씹어 먹을 수 있는 것이며, 학교에서 배우는 여러 교과에 대한 집중력도 높아질 것이다. 아울러 어떠한 유형의 시험이든 명쾌하게 해결해낼 수도 있다.

통찰력이란 미래를 예측하고 세상을 꿰뚫어보는 최고의 지적 능력이다. 논증력은 치밀한 사고능력으로 특목고와 대학에서 요구하는 중요한 인지적 과정이다. 그리고 이해-분석력은 텍스트의 핵심을 순발력 있게 파악하고 재정리하는 사고 역량이다.

따라서 상권에서 창의력·표현력·비판력을 계발하는 훈련을 했다면, 이 책의 하권에서는 통찰력·비판력·이해-분석력 계발을 위해 동서양 명저 중 핵심도서만을 엄선하여 자신의 제반 능력을 강화할 수 있게 내용을 구조화했다. 이 책을 정독하는 것만으로도 자기 안에 잠재된 인지능력을 폭발시킬 수 있을 것이라고 믿는다.

그러므로 이 책을 이미 읽기로 작정한 분들은 여기에 제시한 인류 문화의 결정체인 역작들을 주목하고, 이 작품들을 통해 삶의 진정한 가치와 의미를 곱씹기를 바란다. 이 책에 찍힌 활자 하나 하나는 저자들의 가슴에서 찍어낸 핏방울임을 알기 바란다. 당신은 책을 읽는 동안 저자의 심장의 박동소리를 들을 수도 있다.

더러 이 책을 읽는 동안 당신은 몇 번 책을 덮었다 펼쳤다 할 것이다. 더러는 눈물로 페이지를 적시기도 할 것이다. 어쩌면 붉은 펜으로 밑줄을 친 뒤 사색에 잠길 수도 있겠다. 어차피 밤을 새워 읽어야 하겠기에 당신은 불면증에 걸릴 수도 있겠다. 그러나 얼마나 기쁜가. 설레는 감동으로 밤을 새운다는 것, 그것은 책과 연애를 해 본 사람만이 느끼는 황홀한 감동이다. 그것은 진정 살아있는 사람만이 할 수 있는 고매한 정신의 참 맛이다. 부디 이 책이 여러분의 손에서 오래 읽히는 책이 되길 빈다.

여기 소개한 책들 중에는 국내의 여러 출판사에서 중복 번역출간된 고전들이 많다. 그래서 책의 출판사명을 넣지 않았음을 밝힌다. 끝으로 함께 이 책을 함께 기획한 서정 Contents Agency, 선뜻 책을 출간해준 출판사 북포스, 그리고 제자들과 지인과 가족 모두에게 진심으로 고맙다는 말을 전한다.

2010년 4월

김평엽 드림

IV
통찰력 기르기

나와 너 · 도덕경 · 짜라투스트라는 이렇게 말했다 · 바가바드 기타
체 게바라 · 느리게 산다는 것의 의미 · 무량수전 배흘림기둥에 기대서서
무소유 · 생각의 탄생 · 금시조 · 장자(莊子)

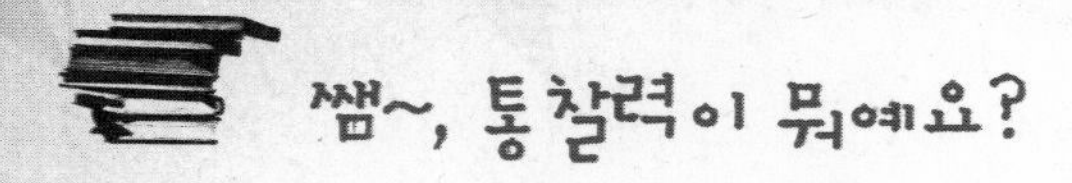

쌤~, 통찰력이 뭐예요?

– 선생님, 저하고 바둑 두실래요?

– 뭐? 바둑? 네가 바둑을 둘 줄 아니?

– 조금요. 아빠가 기원에 좀 다녀보라고 해서 3개월인가 다니다 그만뒀어요.

– 아빠가 왜 바둑을 배우라고 하셨을까?

– 제가 좀 산만하다고 해서요. 그리고 통찰력이 길러진다나 뭐라나…….

– 음, 통찰력이라! 문득 신라시대 때 최치원 선생이 생각나는구나.

– 그건 왜요?

– 옛날에 중국 황제가 신라에 돌 상자 하나를 보낸 적이 있어. 그 돌 상자 안에 넣어둔 물건을 알아맞히라는 지시였지. 도대체 그 속에 들어있는 걸 누가 알아내겠니? 그때 나이 어린 최치원이 '병아리'라고 얘기했지. 그런데 중국의 황제는 틀렸다는 거야. 왜냐하면 거기에 넣어둔 게 달걀이었거든. 하지만 그 상자를 열어보

왔더니 아니나 다를까 병아리가 들어 있잖겠니? 달걀이 부화했던 거지. 그래서 중국 황제가 크게 놀랐다는 얘기가 있어.

– 아, 그러한 초능력이 통찰력인가 보죠?

– 하하. 초능력하고는 또 다르단다, 녀석아.

– 재밌네요, 그런 얘기 있으면 더해주세요.

– 율곡 선생님 얘기도 해줄까? 너, 임진왜란 알잖아. 임진왜란이 일어날 당시 얘기란다. 율곡 선생은 평소 왜구들이 쳐들어올 것을 알고 있었기에 10만 대군을 훈련시키자고 주장했었지. 그러나 반대론자들에 의해 받아들여지지 않았어. 결국 율곡 선생이 돌아가신 뒤 임진왜란이 일어나 선조 임금은 의주로 피난을 가게 되었지. 그런데 임진강 나루에 이르러 칠흑 같은 어둠 때문에 갈피를 잡지 못하고 있을 때, 문득 정자 하나를 발견한단다. 누군가 정자를 지어놓고 잔뜩 기름을 발라둔 것을 말이야. 그 정자에 불을 붙이자 대낮처럼 환해져서 선조는 무사히 강을 건널 수 있었는데, 바로 그 '화석정'에 기름을 발라둔 이가 율곡 선생이었어. 율곡 선생은 임금이 그곳을 지나갈 줄 미리 알았던 게지.

– 와 선견지명이 있었네요?

– 그런 게 다 통찰력이란 말씀!

– 그렇다면 선생님, 정말 통찰력이 뭐예요?

– 흐음, 좋다. 통찰력이란 주어진 사물이나 현상을 한눈에 꿰뚫어보는 안목을 말하는 거란다.

– 와? 그거 최고의 능력이네요, 선생님.

– 그렇지. 네가 바둑을 좀 배웠다니까 말인데, 예를 들어 바둑을 둘 때 말이야, 내가 돌 하나를 여기에 두면 상대방은 어떻게 둘 것인가, 그리고 내가 다시 이어붙이면 상대방은 어떻게 둘 것이고 그럴 때 나는 또 어떻게 공격과 방어를 할 것인가, 이것을 한눈에 파악하고 행동하는 것이 통찰력인 거지.

– 와, 되게 머리 굴려야 하겠네요.

– 그럼. 고도의 판단력이 필요하지.

– 아하…….

– 이것은 원래 침팬지 실험에서 나온 이론인데, 빈 방 천장에 침팬지가 좋아하는 바나나를 높이 달아놓고 빈 상자 몇 개를 놓아두면 침팬지는 골똘히 생각하다가 빈 상자를 쌓아올려 과일을 따 먹는다는 거야. 다른 동물은 그런 행동을 하지 못하지. 즉, 고등동물만이 할 수 있는 고유한 특징이야. 그러니까 여러 가지 단계의 일들을 입체적으로 파악하는 치밀한 능력이 통찰력이란다.

– 와, 머리가 복잡해지네요.

– 그러니까 군대 지휘관 같은 경우에는 통찰력이 뛰어나야지. 왜냐하면 전쟁을 할 때에도 바둑을 두는 것처럼 고도의 전략전술을 써야 하니까 말이야. 그래야 아군의 피해를 최소화해서 전쟁에서 이길 수 있는 거 아니겠니? 삼국지에서 적벽대전을 읽었으면 쉽게 이해가 갈 텐데.

– 아하, 저는 그거 영화로 보았는데요.

– 아무래도 상관없다. 내가 이러한 계략을 쓰면 상대방이 어떻

게 나올 것인지 미리 꿰뚫어 보아야만 승리할 수 있는 거야. 을지문덕이라든가 역대의 영웅들이 다 그런 통찰력이 뛰어났던 거야.

– 네에. 그러니까 미래를 내다볼 수 있는 능력이네요, 그죠?

– 이를테면 그렇단다.

– 네에.

– 사실 이러한 능력은 어려서부터 계발할 필요가 있단다. 아이들에게 이런 질문을 해보면 그 아이가 통찰력이 있는지 금방 알 수 있지. "너는 이 담에 크면 어떻게 해서 훌륭한 사람이 될래?" 이렇게 물으면 대부분 그저 막연하게 "돈 많이 벌어서요" 또는 "대통령 되어서요"라고 하기 일쑤인데, 통찰력이 있는 아이는 좀 달라. 단계적으로 이야기를 하는 거지. "저는요, 요리를 배울 거거든요? 그래서 엄마한테 돈 달라고 해서요, 일본에 갈 거예요. 거기에 고모가 살거든요. 거기서 공부도 하고요. 그래서 다시 우리나라에 와서요, 서울에다가 제일 좋은 횟집을 차릴 거예요." 이런 식으로 구체적인 과정을 이야기한단다.

– 네에.

– 그러니까 이것 역시 사고의 힘이 필요한 거란다. 그래서 평소 책을 많이 읽고 생각을 많이 해두어야 해. 그래야 머리의 신경세포인 뉴런이 발달하는 것이고 복잡한 정보를 받아들여도 순간적으로 판단을 하지.

– 아, 통찰력도 책을 읽어야 해요? 책 안 읽고 할 수 있는 건 없어요?

– 후훗, 녀석, 책읽기가 귀찮니? 통찰력이 있으려면 책을 읽어야해. 요즘 대학에서도 입학사정관제 운운하는 게 다 통찰력이 있는 학생들을 가려내겠단 거야. 그런 학생들은 입학사정관의 의도를 금방 알아차리고 정확한 대답을 한단다.

– 네에.

– 달리 말하면 통찰력은 공사장의 조감도처럼 한눈에 전체를 바라볼 수 있는 능력이야. 어떤 사람은 아무런 설계도면도 없이 그냥 뚝딱뚝딱 물건을 만들어내는 경우도 있잖아. 건축가 중에도 기둥을 어디에 세울 것인가, 창을 어디에 낼 것인가, 그런 걸 본능적으로 알아서 하는 사람이 있어. 한마디로 통찰력은 머릿속의 정보를 활용하여 가장 합리적 결정을 내리는 능력이란다.

– 네에. 그러니까 핵심을 꿰뚫어보는 안목, 뭐 그런 말씀이군요. 선생님.

– 그렇지. 어느 한순간 과감하게 내릴 수 있는 판단력이지.

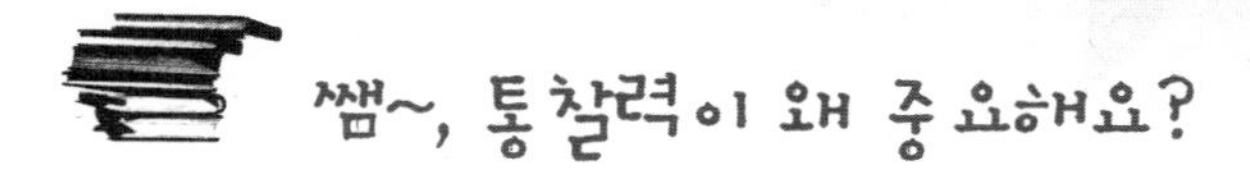

쌤~, 통찰력이 왜 중요해요?

– 쌤, 근데, 우리에게 그런 통찰력이 왜 중요한지 좀 더 말씀해 주세요.

– 허허, 수로가 관심이 대단하구나. 좋다, 그런 적극적인 관심이 일단 맘에 드는구나. 누군가 이런 말을 했지. '통찰력이 있는 인간이 세상을 지배한다!'라고 말이야. 그만큼 미래는 통찰력이 좌우하는 거야. 학교이건 회사이건 통찰력이 뛰어난 사람이 놀라운 성과를 이루어내니까 말이야.

– 네에.

– 수로야, 너 '광해군' 임금을 잘 알지?

– 네에, 알아요.

– 광해군은 중립 외교정책을 쓴 분으로 잘 알려져 있단다. 다른 건 몰라도 그는 외교전술에 뛰어난 인물이었어. 우리는 그동안 명나라를 섬기며 살았는데, 그 명나라가 서서히 쇠퇴하고, 오랑캐로 알려진 여진족이 강성하여 '후금'이라는 나라를 세우게 되었지.

– 네에.

– 그 '후금'이 명나라를 쳐들어가면서 우리 조선더러 명나라를 함께 공격하자는 거야. 이 상황에서 네가 광해군이라면 어떻게 해야 하겠니?

– 명나라와 의리를 지켜서 거절해야 하잖아요?

– 음, 그게 이를테면 '명분'이냐 '실리'이냐 문제인데, 자, 생각해보자. 우리가 후금의 뜻을 거절하면 후금은 조선을 침략할 거야. 그렇다고 후금을 도와 명나라를 치면 명나라가 분노할 것이고.

– 그럼, 진퇴양난이네요.

– 그렇지. 이런 때 우리에게 필요한 게 통찰력이야. 괜히 후금의 비위도 맞추고 명나라의 비위도 맞추고 말이야. 자칫 잘못 선택했다가는 고래싸움에 새우등 터지는 꼴로 우리 조선도 망하게 될 테니까 말이야.

– 광해군은 그래서 어떻게 했나요?

– 광해군은 일단 군대를 출병시키지. 그리고 명나라와 싸우는 척하면서 실제 공격하지는 않아. 미리 명나라에게 우리 조선의 난처한 상황을 설득시켰거든. 그 때문에 결국 광해군은 두 나라 틈바구니에서 살아남을 수 있었던 거야. 명분과 실리, 둘 다 얻었던 거지.

– 와, 보통 어려운 판단이 아니었네요.

– 이처럼 통찰력은 한 나라를 살리기도 하고 망하게 하기도 하는 중요한 능력이지. 오늘날에도 마찬가지야. 왜 우리가 강대국과의 관계를 우리 기분 내키는 대로 할 수 없는가하면 그 힘을 역이

용해야 하니까 그래. 나라의 생존문제가 달려있는 문제잖아. 그러니까 외교관들은 특히 그런 통찰력이 있는 사람을 뽑아야겠지?

– 반기문 유엔사무총장도 그런 거 같아요.

– 선생님도 그분에 대한 기록을 읽어봤더니, 통찰력이 뛰어난 분이더구나.

– 네에. 저도 읽어봐야겠네요, 쌤.

– 이러한 통찰력은 국가적으로도 중요하지만 회사에서도 중요한 것이지. 왜냐하면 리더가 순간의 판단을 잘못하면 수백억을 날려서 부도를 당하게 되니까 말이야.

– 그렇겠네요, 쌤.

– 그래서 회사에서는 박학다식한 사람도 필요하겠지만 그보다 세상의 흐름을 꿰뚫어보는 사람을 더 필요로 한단다. 그게 경쟁력이니까 말이야. 우리는 평소 수많은 지식이나 정보를 잘 활용하고 판단해야 할 필요가 있어. 통찰력이 없으면 자신이 알고 있는 지식도 쓰레기가 된단다.

– 그렇네요, 쌤.

– 진로 선택도 물론 통찰력이 있어야한단다. 수로는 만약에 외국어를 하나 공부하겠다면 어느 나라 말을 선택하고 싶니?

– 불어요.

– 왜?

– 발음 굴러가는 게 섹시하고 멋있잖아요.

– 하하, 녀석아. 인생을 결정하는 중요한 마당에 통찰력 없이

그렇게 말해?

– 아하, 통찰력을 물어보려고 한 거였어요?

– 그래, 미래를 봐야해. 미래에 세계를 주도할 나라가 어느 나라인지 말이야.

– 어느 나라인데요?

– 일단은 중국이지. 그래서 중국어를 배워놓아야 해. 또 하나 비장의 무기로 스페인어를 준비해두어야 해. 왜냐하면, 우리나라에서는 지구 반대쪽에 있는 남미국가들에 대한 관심을 적게 두고 있어. 너무나 멀리 있고 가난한 나라들이다 보니까 그런 거 같아. 하지만 그들의 시장을 개척하고, 그들이 갖고 있는 지하자원들을 선점하겠다면 지금이라도 스페인어를 배워 발판을 마련해야겠지?

– 아~ 그런 게 통찰력이군요, 쌤.

– 중국이나 일본을 봐. 요즘 리튬이나 티타늄과 같은 희귀광물들에 대한 자원확보에 치열한 경쟁들을 하잖아. 그러한 광물들이 아프리카나 남미 쪽에 많거든. 국가경제를 위해서라도 우리도 그동안 등한시했던 남미로 관심을 돌려야 해. 페인트나 의류를 팔더라도 남미의 시장이 잠재 가능성이 크거든.

– 쌤은 그런 거 어떻게 알아요?

– 통찰력이라고나 할까? 하하하.

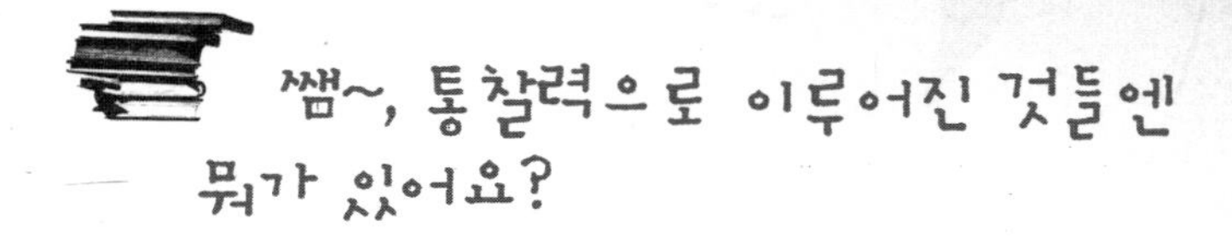

– 쌤, 통찰력으로 이루어진 것들엔 뭐가 있나요?

– 많지. 기계적인 장치로부터 예술작품에 이르기까지 통찰력은 다양한 곳에 적용된단다. 언젠가 선생님이 마그리트라는 화가의 그림을 본 적이 있는데 그걸 먼저 설명해주고 싶구나. 그건 달걀을 놓고 화가가 그림을 그리는 것이었는데 달걀이 아닌 새를 그리는 것이었단다. 순간 '아! 바로 저게 통찰력이다'란 생각을 했지. 아직 태어나지 않은 것을 미리 볼 줄 아는 능력. 나중에 그 그림을 보면 뭔가 좀 느끼는 게 있을 거야.

– 네에. 보고 싶네요, 쌤.

– 그는 우리에게 고정관념을 버리라는 거야. 그의 모든 작품은 그동안의 그림과는 전혀 다른 그림을 선보이지. 너무나 환상적이야. 바로 그는 눈에 보이는 것만을 그리는 시대는 끝났다는 걸 통찰력 있게 알아챈 것이지.

– 아하!

– '아르침볼도'라는 옛날 화가도 그래. 그의 그림을 이해하려면 통찰력이 필요해. 그의 그림 속에는 이중의 이미지가 있거든. 예를 들어 멀리에서 보면 사람 얼굴이지만 가까이에서 보면 곡식과 야채, 과일과 꽃들이지. 그러니까 사람인가하고 다가서면 식물로 바뀌고 식물인가하고 물러서면 인물로 바뀌는 거지. 과일과 채소들로 그러한 구상을 할 수 있다는 게 창의적인 능력도 능력이지만 통찰력이 대단한 거야.

– 와, 신기해요.

– 그리고 대성이는 과학자이자 화가인 '레오나르도 다빈치'라는 사람 알지?

– 네, 저 알아요. 모나리자 그린 사람이요.

– 그렇단다.

– 와, 맞혔다!

– 녀석, 좋아하긴. 레오나르도는 대단한 사람이었어. 세상을 끊임없이 관찰하고 연구한 사람이야. 그는 자전거와 헬리콥터, 낙하산 같은 물건을 구상하고 만들었을 뿐만 아니라, 의학, 화학, 수학, 해부학에도 뛰어난 지식을 가지고 있었어. 선생님은 그가 헬리콥터를 고안했다는 사실에 큰 충격을 받았단다. 왜냐하면 칼과

창으로 전쟁하던 15세기에 시기에 하늘을 날 수 있는 방법을 찾아냈다는 건 통찰력 아니면 불가능했던 거야.

– 그럼, 쌤. 증기기관차 발명한 사람도 그렇겠네요?

– 오우, 유나도 모처럼 좋은 말 잘했다. 제임스 와트라는 사람이 물이 끓는 주전자를 보고 증기기관차를 발견했다는 말은 유명하지. 보통사람은 주전자의 물이 끓으면 손이나 데지 않을까 조심만 하는데 그는 그 에너지를 활용할 생각을 했어. 머릿속에서 이미 증기엔진의 설계도가 만들어진 거야.

– 와, 천재네요.

– 너희들도 노력하면 가능해.

– '나사못'이나 '병뚜껑'도 안 그러니? 나사못이 없었다면 오늘날 그 많은 건축 재료나 기계부품을 어떻게 고정했을 것이며, 또 돌려서 여는 병뚜껑이 없었으면 엄청나게 불편했을 거 아냐? 그 나선형의 원리를 발견한 사람이 누구인지는 몰라도 정말 고마운 통찰력을 제공한 사람이지.

– 네,

– 그러고 보면 과학자나 예술가들은 통찰력이 필요한 사람이란 점에서 공통점이 있어. 화가들이 색을 배합하면서 새로운 색채와 형상을 만들어내고, 과학자들은 부품을 깎고 조립하여 새로운 기기들을 만들잖아? 뭔가 머릿속에 밑그림이 있어야 가능한 것이거든. 아참, 음악가도 그래. 작곡가들의 악보를 보면 보통 복잡한 게 아니잖아? 수많은 악기들을 지정해가며 한편의 관현악곡을 만든

다는 건 천부적인 재능과 통찰력이 없으면 불가능한 거야.

– 쌤, 전 그래서 노래 부르는 건 잘해도 악보 보는 건 싫어요.

– 수로다운 얘기구나, 하하. 참, 수로가 집이 안성이니까 뭐 하나 물어보자. 소설 허생전에서 주인공 허생이 안성에 내려와 어떤 일을 했지?

– 아이구, 쌤. 허생이 저하고 상의도 없이 한 일을 제가 어떻게 알아요?

– 그래그래. 허생이 잘못했구나, 녀석아. 소설에서 허생이 안성에 내려가 온갖 과일을 매점매석하잖아? 그런데 허생이 왜 과일을 매점매석했느냐 이거야. 말해볼래?

– 거, 쌓아놓고 먹으려고 그랬나?

– 땡~! 틀렸다. 허생은 추석날을 노린 거야. 추석이 가까워오면 사람들은 차례 상에 올리고자 과일을 찾을 것이고, 과일이 동이 났다는 걸 알면 많은 돈을 내고라도 사갈 것을 알았기 때문이야. 옛날엔 차례 지낼 때 과일이 없으면 안 되었거든.

– 와, 거 대박 났겠네요, 쌤?

– 허생은 수백만 냥을 벌줄 이미 알고 있었지. 왜냐하면 통찰력이 있었으니까 말이야. 한 마디로 조선사회를 꿰뚫어보았다는 얘기야.

– 네에.

– 이제는 딴 얘기를 해보자. 예전에 우리나라의 자동차나 냉장고가 수출에 큰 차질이 생길 뻔한 일이 있었어. 무슨 말이냐 하면

자동차나 에어컨에 사용되는 냉매제 있잖니? 프레온가스 말이야. 그 프레온가스가 오존층을 파괴하는 물질이라 프레온가스를 주입한 자동차나 에어컨을 외국에서 수입해가지 않겠다는 거야. 그래서 우리의 기업들은 부랴부랴 비싼 돈을 지불하고 친환경적인 냉매제를 수입해 사용해야 했지. 그런데 다른 나라들은 이미 이러한 사태가 올 줄 알고 새로운 냉매제 '이소부탄'을 개발했었단 얘기야. 여기에서 보듯이 우리의 기업들은 눈앞의 이익에만 연연하느라 미래를 내다보지 못했던 거야. 다시 말하면 호미로 막을 걸 가래로 막게 된 셈이지.

– 그러니까 통찰력이 부족해서 그렇단 얘기잖아요, 선생님.

– 그런데 요즘 보면 우리나라 기업들을 보면 다행히 그 흐름을 읽고 있는 거 같아. 자동차도 있잖니? 친환경차에 박차를 가하고 있거든.

– 아아, 하이브리드요?

– 대성이가 자동차를 잘 아는구나. 잘 맞혔다. 휘발유와 배터리를 사용하는 자동차인데 환경오염이 적어 큰 인기를 얻고 있단다. 물론 앞으로는 이제 배터리로만 가는 차가 주종을 이룰 것 같아. 휘발유나 디젤과 같은 연료는 지구 온난화의 문제를 일으키니까 말이야. 그리고 석유의 생산도 한계가 있고. 따라서 앞으로 휘발유차는 박물관에서나 볼 수 있을 거야. 그렇다면 우리의 자동차회사가 통찰력이 있다면 어떻게 해야 하겠니?

– 당연히 배터리자동차를 연구하고 만들어야겠지요, 선생님.

– 그게 바로 통찰력이야. 하지만 남보다 앞서가야 한다는 거 잊어서는 안 되겠지.

– 그게 문제네요.

– 앞으로는 발전시설도 풍력과 태양광 발전이 대세를 이룰 거야. 지금도 곳곳에 이런 시설들이 세워지고 있지만, 이러한 시설 또한 미래를 내다보는 안목 때문에 하는 거란다. 앞으로의 인류의 생존은 얼마나 에너지를 확보하느냐에 달렸어.

– 네에, 심각하네요.

– 그리고 유비쿼터스 시스템이 더욱 널리 보급될 거야. 휴대폰 하나로 집안의 모든 기기를 통제하는 일이 보편화될 텐데 이러한 시스템도 통찰력에서 만들어진 거란다.

– 네에, 전 그런 첨단시대에 살고 싶어요, 쌤.

– 상품의 디자인이나 진열도 모두 그러한 원리가 담겨있어. 너희가 잘 알고 있는 코카콜라도 여성의 몸맵시 모양으로 만들어놓으니까, 모양 예뻐서 좋고 용량도 줄일 수 있어 좋고 그래서 일석이조의 매출을 올리잖니?

– 창의력과 함께 통찰력이 있었군요, 쌤.

– 화장품시장도 그래. 그동안에는 모든 화장품케이스는 다 하얀색이었지. 그런데 어느 작은 회사가 금기시하는 까만색으로 케이스를 만들었단다. 어떻게 보면 무모한 행위였지. 하지만 그의 생각은 적중했어. 소비자들은 낯선 그 화장품에 관심을 갖기 시작하였고 그 회사는 몇 년 만에 획기적인 성장을 하였지.

– 네에. 그러니까 소비자들의 마음을 읽었네요, 쌤.

– 백화점에 가면 그러한 보이지 않는 싸움이 치열해. 상품을 진열하고 배치하는 것들, 에스컬레이터의 위치, 화장실의 위치 등 모든 것이 전략적으로 이루어져 있단다. 그러니까 수로 네가 화장실이 급해서 백화점으로 들어갔단 말이야. 그런데 화장실이 어디에 있을까? 미안하게도 화장실은 백화점 내부를 지나 멀리에 있단다. 위층으로 올라가는 에스컬레이터도 그렇지. 그렇게 한 이유는 뭘까?

– 불편하게 왜 그랬을까요? 쌤.

– 진열된 상품을 보면서 지나가라는 뜻이야. 그러다보면 사려는 마음이 없다가도 불현듯이 사고 싶은 마음이 생길 거란 믿음이지. 그게 마케팅 전략이고 통찰력의 활용이야. 그들은 유효기간이 거의 다 된 식품은 일부러 안쪽 깊이 넣어두지. 그러면 소비자들은 뒤쪽에 있는 것이 좋은 것인 줄 알고 일부러 깊은 곳에 손을 집어넣어 꺼내간단 말이야.

– 아, 그래서 그랬구나. 저도 저번에 날짜 지난 우유 먹고 설사했는데…….

– 하하, 그들은 어떻게 하면 하나의 물건이라도 잘 팔 수 있을까 그것만 연구하는 사람들이지. 사람의 심리를 꿰뚫는 안목이 있어야 가능한 직업이야.

– 네에. 그런데 좀 얄팍한 상술 같아요, 쌤.

– 언젠가 폭스바겐 자동차회사에서 이런 광고를 낸 적이 있지.

'폭스바겐은 불량품차를 생산했습니다!'

– 왜 그런 손해 볼 광고를 냈죠?

– 그 광고 밑에는 작은 글씨로 불량의 이유가 씌어있었지. "도색에 미세한 흠이 나서 불량 판정을 내려야 했습니다." 사실 그 미세한 흠은 육안으로도 잘 보이지 않는 것이었어. 한마디로 그들은 완벽을 추구하기 때문에 자그마한 실수라도 용납하지 않는다는 메시지였지.

– 와, 우리나라 자동차회사들은 차에 결함이 생겨도 리콜도 잘 안 해주잖아요.

– 그러니까 근시안인 거야. 폭스바겐 회사는 그 광고로 소비자들의 신뢰를 얻어 엄청난 매출을 올릴 수 있었단다.

– 우리나라하고는 차원이 다르네요, 쌤.

– 아무튼 가만히 보면 통찰력이 갖추어진 시설도 꽤 많아. 백화점의 여성전용주차장이라든가, 여성전용헬스클럽이라든가 하는 것도 그래. 여성이 마음 놓고 안전하게 이용할 시설이 많지 않다는 것에 대한 틈새를 공략한 것이지. 최근에는 소형아파트가 큰 인기라는데, 그건 또 왜 그러겠니?

– 값이 싸서 그런가요?

– 음, 그것만은 아니야. 요즘 우리나라는 결혼도 않고 혼자 사는 사람들이 부쩍 증가했단다. 그래서 소형아파트가 인기일 거라는 점에 착안해서 미리 작은 아파트를 공급했는데 예측이 딱 들어맞았던 거야. 그래서 지금은 전기밥솥도 작은 게 잘 팔려. 이렇게

미리 미래를 내다보는 사업을 하면 크게 성공할 수 있다는 거지.

– 쌤, 말씀하시느라 갈증이 날 텐데요, 제가 생수 한잔 드릴까요?

– 응? 거 고맙다. 생각해보니 생수도 그렇다. 10년 전만 해도 누구 돈 주고 물을 사 마실 줄 알았겠니? 그러나 지금은 건강염려증후군으로 말미암아 안 사 마시는 사람이 없잖아? 앞으로는 산소가 들어있는 신선한 공기팩도 팔릴 날이 머지않았어.

– 헤헤. 저도 금강산에 있는 신선한 공기를 압축해서 팔까요, 쌤?

– 녀석아, 지금은 공부해서 내공을 길러야 하는 때란다. 알았니?

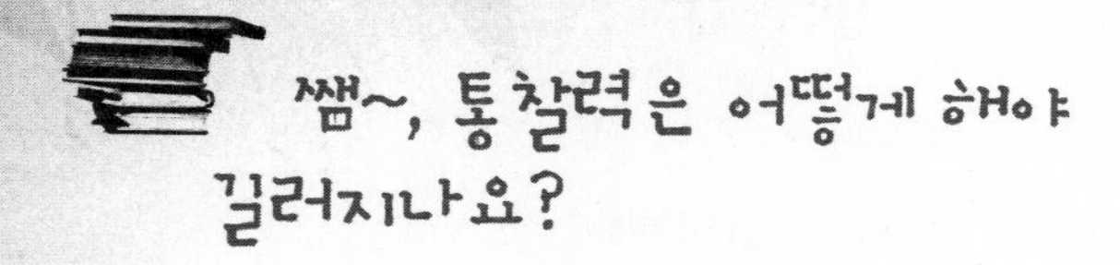

– 쌤, 그러한 통찰력은 어떻게 해야 길러지나요?

– 음, 우선 단편적인 공부를 멀리해야 해. 예를 들어 피아노를 배운다하더라도 그 곡이 만들어지게 된 배경과 작곡자의 생애 그리고 연주기법 등 음악에 대한 전반적인 이해가 있어야하는 거야. 어린아이들이 쇼팽의 '즉흥환상곡'을 연습하면서도 쇼팽이 왜 그 음악을 작곡했는지 전혀 모르는 경우가 있어. 그냥 아무 생각 없이 건반만 두들겨대는 거야. 그러면 마치 게임기 자판을 두들기는 거나 다름없지.

– 네에. 그리고 다른 건요?

– 또다시 강조하는데 책을 많이 읽어야 해. 옛말에도 '남아수독오거서'라는 말이 있잖니? 무릇 남자는 다섯 수레 분량의 책을 읽어야한다는 이 말. 이처럼 책을 많이 읽어야하는데, 일단 수학과 과학, 그리고 예술서적을 읽기를 권한다.

– 그거 학교교과서 같은 거 말예요, 선생님?

– 수학과 과학은 교과서도 보고 관련서적도 보란 얘기야. 앞에서 말한 것처럼 레오나르도와 같은 사람을 봐라. 화가이자, 과학자이자, 의학자가 아니냐? 이러한 지식이 네가 갖추어야 할 통찰력의 뼈대가 되는 거야.

– 네에.

– 소설 『삼국지』를 읽고 나아가 『손자병법』을 읽기를 권한다. 그 책을 재미로 읽지 말고 사람과의 관계에 대한 것, 조직을 부리는 것 등 살아가는데 필요한 지혜를 배우다보면 어느새 너희도 훌륭한 리더가 되어있을 거야.

– 네에, 『손자병법』요. 제가 메모해뒀습니다, 쌤.

– 하나 더 추가한다면 좀 어렵겠지만 사마천의 『사기』도 읽었으면 한다. 청소년용으로 쉽게 번역한 걸 보면 괜찮을 거야. 옛사람들이 말했잖니. "책을 읽으면 부유해지고 귀해지며, 책을 읽으면 현명해지고 이로움을 얻는다."고 말이야.

– 와, 당장 저 엄마한테 책 사놓으라고 전화해야지.

– 대성아, 가급적이면 네가 가서 손수 골라라. 책을 고르는 것도 공부란다. 그 다음으로 하고 싶은 말이, 나보다 똑똑한 사람을 사귀란 말을 하고 싶어. 자신보다 나은 사람과 어울리다보면 어느새 그 사람을 닮게 되니까 말이야. 하다못해 그가 성공하면 자신도 이롭지 않겠니?

– 네. 그래서 저도 연상이 좋아요, 쌤.

– 그리고 생각 좀 많이 해라. 잠 좀 줄이고 말이야.

– 우리 엄마는 잠을 푹 자야 키 큰다는데요?

– 키 크고 어리석은 것보다 키 좀 덜 크고 지혜로운 게 낫지 않니?

– 어, 그러다 키도 안 크고 어리석으면 그땐 어떻게 해요, 쌤.

– 허헛, 별 걱정을 다하세요! 아무튼, 평소에 깊이 생각하는 습관을 길들여야 해. 그리고 매사에 의문을 품고, 더욱이 달콤한 말은 일단 의심하고 들어가기, 여러 사람의 생각도 틀릴 수 있다는 생각, 이런 것들을 가지고 있어야 한단 말이야.

– 네에. 와, 그럼 머리는 언제 쉬나요?

– 걱정마라, 머리는 제가 알아서 쉴 테니까. 그리고 음……, 판단하기 복잡한 경우가 생기면 역사적으로 훌륭한 분들은 이러한 상황에서 어떻게 판단을 했을까 하고 생각해보는 것도 좋단다. 그러니까 역사도 좀 알고 있어야 하겠지, 하하.

– 와~ 대략 난감하네요, 선생님!

– 엄살 부리긴! 동물적인 감각으로 다가올 상황을 간파하는 자세도 필요해. 예를 들어 너희가 저녁에 집에 들어갔는데 집안 공기가 이상한 적 있었지.

– 맞아요, 쌤. 며칠 전에 우리 엄마가 아빠하고 말을 안 하더라고요. 두 분이 싸운 줄 나중에 알았어요. 그날 저녁밥도 못 먹고…….

– 바로 그런 거야. 제비가 낮게 날면 비가 온다거나, 쥐가 떼를 지어 이동하면 재앙이 닥친다거나 하는 따위처럼, 주변에서 일어

나는 조짐을 보고 사태를 직감할 수 있어야 하는 거야.

– 선생님, 그럼 책을 많이 보고 생각을 많이 하면 통찰력은 끝이에요?

– 유나야, 설마 그게 통찰력의 끝이겠니? 하하. 기본적으로 뇌가 예민해야하는 거야.

– 아, 실망! 저는 아이큐가 딸리는데…….

– 으응? 그런 공부에 관련된 아이큐를 말하는 게 아냐. 이를테면 판단력에 해당하는 '두뇌'를 말하는 거야. '뇌호흡'이란 것도 그런 능력을 키우는 거라고 생각해. 따라서 사람들하고 대화할 때에도 저 말이 사실인가 아닌가 판단하며 들어야한단다. 또 완벽한 거짓말들은 치밀하게 숫자나 근거들을 제시하므로 그 숫자나 근거가 사실인지 따져야 하고.

– 우리 엄마도 저번에요, 건강식품을 샀는데요, 유명한 한의사들이 품질보증을 했다고 해서 샀거든요, 근데 그거 먹고 쓰러졌어요.

– 그것 봐. 그런 것일수록 의심해야 한다는 얘기란다, 유나야! 우리가 흔히 학급에서 하는 토의 같은 경우, 과반수나 만장일치다 하는 것들도 옳지 않은 경우가 있지. 항상 비판적으로 판단해야 한단다. 그게 진실을 밝혀내는 통찰력이니까 말이야.

– 선생님, 선생님 말씀을 들어보니까 제가 통찰력이 있는 거 같아요.

– 아니 혜리가? 어떤 면에서?

– 저는 남자들을 딱 보면 한눈에 알아내요. 저 사람이 뻥을 치는지, 진실을 말하는지요. 그런 판단이 탁 드는데 이런 게 통찰력 아녜요?

– 으음, 여성으로서의 직감이 뛰어나단 말이지……. 음, 그래. 그것도 통찰력의 일종이지. 여성들은 남성보다 그러한 본능적인 직감이 발달했어. 그래서 남자에게 다른 여자가 생겼는지 아닌지 금방 눈치를 채지.

– 선생님, 그럼 저같이 그런 직감이, 그러니까 통찰력이 강한 사람은 어떤 직업이 좋을까요?

– 외환딜러가 어떨까? 외국의 돈, 그러니까 달러나 엔화, 유로화 등을 쌀 때 사고 오를 때 파는 사람 말이야. 이러한 딜러들은 자기 손을 통해 하루에도 수억 원이 거래가 되니까 무엇보다 신속한 판단과 결단력이 있어야 하는데……. 어때?

– 와, 딱 제 맘에 들어요, 거액을 만진다니!

– 하하, 그래. 웃으면서 우스개얘기로 마무리하자. 너희들 학교에서 시험 볼 때에도 통찰력이란 게 필요해. 직감 말이야! 답이 이건가 저건가 한참 고민하다가 답을 찍었는데 100퍼센트 틀리거든!

– 와~ 정말 그래요, 쌤. 정말이에요! 와, 정말 귀신 같이 아시네!

– 한마디로 말하면 맨 처음 마음속에 딱 떠올랐던 그게 정답이란 거야. 문제에 대한 답을 즉각적으로 뇌가 찾아낸 거지. 그런 걸 이성적으로 판단하겠다고 하면 틀린 답만 찾게 돼. 그러니까 경우

에 따라서는 이성적 판단이 틀릴 때도 있다는 말씀!

– 와아~~ 명언이다!

쌤~, 통찰력과 독서라는 두 마리 토끼를 다 잡을 수 있나요?

두 마리 토끼 잡는 독서 1. 나와 너

– 안녕하세요, 선생님?

– 어, 예쁜이들이 왔구나. 오늘은 혜리하고 유나만 왔네? 수로와 대성이는?

– 네, 걔네들은 아까부터 연락이 안 돼요.

– 음. 뭐, 할 수 없지. 우리끼리 맛있는 것 먹으면서 좋은 시간 함께 보내자.

– 와, 좋아요, 선생님!

– 음, 너희들은 진정한 만남 같은 거 생각해보았니?

– 사실 전요, 친구는 많은데 진짜 제 속을 털어놓을 친구는 없는 거 같아요.

– 혜리 정도 되면 그래도 낫다. 유나는?

– 저도 혜리랑 비슷해요. 친구들이 있어도 비밀얘기는 안하거

든요, 괜히 했다가 후회하거든요.

– 거참……, 그래도 너희는 얼굴이라도 예뻐서 어울릴 친구라도 있으니까 다행이지. 그렇지 못한 애들은 얼마나 서럽겠니? 사실 그런 문제는 어른들의 세계에서도 심각하단다. 『서울 1964년 겨울』에서도 낯선 세 사람이 포장마차에서 우연히 만나 함께 돈을 쓰며 지내는 게 나와. 그러다가 여관에 가서 따로따로 방을 잡고 자는데, 다음날 아침 한사람이 죽은 거야. 그러자 나머지 두 사람은 언제 그랬냐 싶게 얼른 그 자리를 떠나버리지. 이게 현대사회의 모습이란다.

– 삭막하네요, 선생님.

– 전요~ 그런 어른들이 무서워요, 선생님.

– 정말 우리가 서로 소중한 존재로서 귀한 만남을 가져야 하는데 지금은 그렇지가 못해. 사람이 비정하고 잔인해졌어. 모두들 외로운 섬 같은 느낌이란다. 그래서 아파트 이웃에 누가 사는지 관심도 없고 죽어나가도 모른단다. 관계라는 것도 그저 애완동물 같은 것에 의지를 하지. 여기에 현대인의 비극이 있는 거야.

– 아, 진실한 만남! 저도 그런 걸 원하는데 쉽지 않을 거 같아요, 선생님.

– 그래서 내가 얘기하고 싶은 철학책이 마르틴 부버의 『나와 너』란다. 나와 너는 어떤 의미가 있고 어떻게 만나야 하는가 하는 내용이야. 이것을 이해할 수 있다면 너희는 이미 철든 사람이다.

– 나와 너, 서로 사랑하라는 그런 얘긴가요? 선생님.

– 사랑이야기는 아니고, 존재에 대한 얘기를 하는 거야. 존재의 의미 말이야. 마르틴 부버는 존재의 진정한 개념으로서 '나–너'의 관계를 이야기해. 가장 온전한 만남의 형태가 '나'와 '너'의 관계라는 거야. 그런데 이것이 나와 그것의 관계가 되면 안 돼. 무슨 말이냐 하면 사람이 사람을 통해 존재감을 느껴야지, 사람이 돌멩이를 보며 존재감을 느낀다면 안타깝다는 말이지.

– 쩝! 얘기가 좀 어려워지네요, 선생님.

– 내가 너를 만날 때, 내 온 마음을 기울여 너를 사랑해야 네가 비로소 존재하는 것이고, 반대로 네가 온 마음을 기울여 나를 사랑해야 비로소 내가 존재한다, 뭐 그런 얘기다. 좀 어렵니?

– 한 번도 생각 안 해본 것이라……. 그러나 알 것 같아요, 선생님.

– 그러니까 사람을 만날 때에는 내 온 존재를 다 바쳐 사랑해야 진정한 의미가 된다는 말씀이야. 그렇지 않고 사람을 돌멩이처럼 취급해버리면 진정한 관계는 파괴되고 껍데기만 남는 거지.

– 네에.

– 반대로 설령 돌멩이일지라도 '너'처럼 온 존재를 기울여 사랑한다면 무의미한 '그것'도 의미 있는 '너'가 될 수 있다는 얘기야. 따라서 가장 진실한 '나–너'가 되어야만 진정한 인격적 만남이 된단다.

– 네, 선생님. 이해가 가요.

– 부버는 사람과 더불어 사는 삶이 가장 소중하다고 말한단다.

우리가 돌멩이나 책상과 인격적 관계를 맺을 수도 있지만 무엇보다 인간끼리 제일 소중한 관계가 되어야 한다고 강조하지. 마르틴 부버는 존재의 의미에 대해 말하고자 하는 거야. 한마디로 인간이 쓸쓸하게 고립되어서는 의미가 없다는 거야. 우리가 쓰는 인간(人間)이란 말도 '사람 사이'란 것 아니니?

– 네, 알아요, 선생님.

– 그처럼 사람이 사람 속에 머물며 인격적 만남을 가져야 한다는 거야. 인간이 인간일 수 있는 것은 인간과 함께 있다는 이유라는 거지.

– 와! 멋진 말씀이네요.

– 부버는 '경험'과 '체험'도 구분해서 말한단다. '경험'은 단지 피상적인 것이지만, '체험'은 진실한 개념이라고 본단다. 그러니까 네가 나를 '경험'했다고 말하는 것보다 나를 '체험'했다고 한다면 너와 나는 진실한 관계가 되는 거겠지. 무슨 말인지 알겠니?

– 네, 선생님. 우리는 서로가 체험한 관계이죠, 그렇죠?

– 와! 유나가 그런 표현을 활용하다니, 달리 보이는구나!

– 아하, 선생님. 그럼 만약에 제가 싫어하는 애들한테 '나와 너는 경험적 관계야'라고 말하면 '나는 너와 친하지 않아' 뭐 그런 뜻이겠네요?

– 오우, 혜리도 똑똑한 걸?

– 그런데요, 선생님. 통찰력과 이 내용이 무슨 관계예요?

– 으음, 그걸 설명해야 하는구나. 이 책은 인간 존재의 근본에

대한 물음을 제기하는 것으로 좀 심오한 내용이지. 적어도 이 정도는 알고 있어야 현대인에게 나타나는 인간소외 문제를 파악할 수 있는 것이고 해결방안도 마련할 수 있을 테니까 말이야. 앞으로도 더욱 인간은 서로 미워하고 죽이고, 방황하는 사람이 늘어갈 거니까. 그래서 인간은 어떻게 존재해야하는가에 대한 바람직한 안목이 필요해.

– 네에…….

– 쌩떽쥐베리의 『어린 왕자』에서도 왕자가 여우한테 사귀자고 제안했을 때 여우는 자신은 아직 길들여지지 않았다고 했잖니? 길들여지지 않았다는 건 친구가 될 수 없다는 말이야. 곧 '관계맺음'이 이루어지지 않았다는 얘기이지. 다시 말하면 서로를 진정으로 알지 못하는 '나와 너'의 관계가 아니란 얘기야.

– 아! 저도 『어린 왕자』 읽어봤어요, 선생님!

– 그래서 얘기인데, 우리는 서로 영적인 만남으로 영원한 관계를 가져야 한단다, 이것이 마르틴 부버가 가르쳐준, 세상을 꿰뚫어보는 힘이니까!

마르틴 부버의 또 다른 책 『인간의 문제』를 추천한다. 그는 '만남은 결코 존재의 결핍 때문에 발생하는 것이 아니고, 오히려 만남이 존재를 발견하게 한다' 고 말한다.

두 마리 토끼 잡는 독서 2. 도덕경

– 그 다음엔 우리 노자의 도덕경에서 통찰력을 빌려볼까?

– 네, 좋아요, 선생님. 그런데 도덕교과서처럼 딱딱한 내용 아네요?

– 흐음. 꼭 그런 말을 해야 되겠니? 하하.

– 괜찮아요, 선생님. 저희는 그보다 더 재미없는 얘기도 들어봤는걸요, 호호홋.

– 『도덕경』은 말 그대로 도(道)에 대한 얘기야. 한마디로 인간이 취해야 할 바람직한 태도에 대해 말하고 있단다. 그리고 핵심적인 구절에 있어서는 노자는 역설적으로 말하기도 하는데, 이른바, 도가도 비상도(道可道 非常道)라는 말이 있단다.

– 무슨 뜻이에요?

– 음, "도를 도라고 하면 이미 도가 아니다."라는 말이야. 이 말은 '진리'라는 것을 우리가 알려고 하면 이미 그 참뜻을 벗어난다는 얘기이지.

와, 선생님. 뭐가 그렇게 까다로워요. 노자는 꼭 그렇게 어렵게 말을 해야 했데요?

– 그럼 좀 쉽고 편한 내용으로 얘기해주마. 노자는, "가장 좋은 선(善)은 물과 같다. 물은 만물을 이롭게 하고 다투지도 않으며, 여러 사람이 싫어하는 곳도 마다하지 않고 머문다. 그러므로 도에 가깝다."고 하지. 이처럼 '도'라는 것은 지극히 자연스러운 것이어

서 조용한 마음속에 머무는 가장 어진 것이라 할 수 있어.

– 네에. 근데 제 마음속에 머무는 것은 졸음인데요, 선생님?

– 자, 이쯤에서 눈이 번쩍 뜨이는 진리를 얘기해주마. 용반(用反)이라는 개념인데, 무슨 뜻인가 하면 '반대쪽을 이용하다'라는 의미야. 예를 들어 바퀴의 축은 구멍이 뚫려 있잖아? 그런데 그 아무것도 없는 구멍 때문에 수레가 간다는 거야. 그릇도 그렇잖아. 진흙을 빚어 그릇을 만드는데, 그 역시 가운데 빈 공간을 쓰고자 만들잖아. 방을 만드는 것도 그렇지. 벽을 세우고 문을 달아 방을 만들지만 결국 우리는 그 가운데 빈 공간을 취하고자 한 거잖아.

– 와, 정말 그러네요.

– 이러한 의미를 가만히 생각해보면, 우리가 쓸모없다고 믿고 있는 부분이 사실은 매우 중요한 역할을 한다는 것을 깨우쳐주고 있지.

– 네에.

– 노자는 아름다운 삶에 대한 많은 이야기를 들려준단다. "완전한 비움에 이르십시오. 참된 고요를 지키십시오."라고 말이야. 헛된 욕심을 비우고 고요히 우주의 진리를 깨달으라고 한단다.

– 불교와 좀 비슷하네요? 선생님.

– 모든 진리는 서로 통하는 법이란다, 하하. 노자는 다시 역설적인 말을 한단다. 절학무우(絕學無憂)! 무슨 말이냐 하면, 배움을 끊으면 근심이 없다는 얘기인데, 이 말은 공부하지 말라는 뜻이 아니라 잘 먹고 잘살기 위한 학문을 하지 말라는 뜻이다. 세속적

인 부귀영화를 이루려고 공부하다가는 자칫 그것 때문에 오히려 근심에 빠지게 된다는 깨우침이지.

– 와, 생각해보니 도사님 말씀 같아요, 선생님.

– 그래, 도사님 말씀이지. 너희도 어른이 되면 이러한 말씀이 그리워질 것이니라.~

– 어머머, 선생님도 도사 같아요!

– 노자는 "도는 담박하여 별 맛이 없다."고 한단다. 세상의 말들은 달콤한 데 비해 진리는 화려하지도 않고 미사여구도 아니라는 얘기야.

– 어쩐지 말씀이 맛이 없더라.

– 어허, 감히 그런 말을! 우주의 진리를 전하는 순간이니 진지하게 들어라.

– 그는 또한 도가 송곳처럼 날카로운 것이 아니고 깃털처럼 부드러운 것이라고 하지. 그러므로 어떠한 단단한 물체도 비집고 들어가는 힘을 얻는 것이란다. 부드러운 것이 단단한 것을 비집고 들어간다는 말, 믿기지 않는다고? 처마에서 떨어지는 빗방울이 돌멩이를 뚫는 이치라고 생각하면 쉬울 것이다.

– 네에.

– 그러니까 너희의 머리도 설명을 듣다보면 언젠가는 뻥 뚫릴 거야, 하하. 그는 학문에 대해서도 이렇게 언급한단다. "학문의 길은 하루하루 쌓아가는 것입니다. 도의 길은 하루하루 없애는 것입니다. 없애고 또 없애 무의 경지에 이르십시오. 그 경지에 이르면

되지 않는 일이 없습니다.” 결국 학문을 통하여 양분을 흡수하고 도를 통하여 장 청소하듯이 찌꺼기를 비우라는 것이야. 이것이 온전한 깨달음에 이르는 방법 아닐까?

– 와, 노자의 말보다 선생님 해석이 더 멋져요!

– 녀석, 갑자기 쑥스럽게 그런 말을……. 하하. 그는 세상에 대해서도 비판적인 말을 한단다. ‘백성들이 굶주리는 것은 윗사람들이 세금을 많이 걷어가기 때문이다. 백성들을 다스리기 어려운 것은 그 윗사람들이 일을 만들기 때문이다’라고 말이야. 오늘날에도 가만히 생각해보면 세금정책에 문제가 많잖아. 성실하고 힘없는 사람들한테는 세금을 원천징수하고, 의사나 변호사 같이 돈 많이 버는 사람들의 탈세는 모르는 체하는 경우 말이야.

– 그런가요? 선생님.

– 노자는 또 이런 말을 해. “착한 사람은 말을 잘 하지 않고, 말을 잘하는 사람은 착하지 않다.” 어떠냐? 이해가 가지? 오늘날 달콤하고 말만 그럴 듯하게 잘하는 사람들이 많잖아. 그런 사람들을 꿰뚫어보아야 해.

– 아! 다행이네요, 선생님. 저도 말을 잘 못하니까 착한 사람 같아요.

– 말 못하는 걸 말한 게 아니라, 말을 절제하라는 얘기야! …… 노자는 이 『도덕경』에서 인위적인 행동을 하지 않는 ‘무위(無爲)’를 인간의 가장 이상적인 것으로 본단다. 그러니까 무위자연(無爲自然)이라는 말이 여기에서 나온 것이야!

– 아하!

– 따라서 이 책은 겉치레를 중시하는 사람, 물질만능을 추구하는 사람들에게 어떻게 사는 게 바람직한가 하는 것을 깨닫게 해준단다. 그의 말씀에 귀를 기울이면 삶의 위안과 함께 커다란 통찰력을 얻을 거야. 과연 우리는 어떻게 살아야 하는가!

무위자연(無爲自然): 자연법칙에 따라 행하고 인위적인 행위를 하지 않는 완성적 행위의 사상.

– 선생님, 이번에는 서양철학에 대해서도 좀 얘기해주세요.

– 음, 어떤 걸 얘기해줄까…… 그래. 『짜라투스트라는 이렇게 말했다』란 책을 소개해 줄까?

– 예에? 짜라……, 뭐라구요? 선생님.

– 짜라투스트라는 이렇게 말했다!

– 아아, 그거요? 네, 바르게 잘 듣겠습니다.

– '니체'라는 철학자는 제노바에서 겨울을 지내면서 『짜라투스트라』라는 인물을 창조하지. '예수'와 대결할 만한 인물을 만들었단다. 언젠가 선생님이 얘기했던 '초인'이야.

– 그럼, 반기독교적인 인물이에요?

– 강력한 무신론자이지. ……으음, 짜라투스트라는 30세에 산으로 들어간단다. 그리고 10년 동안 예수처럼 고행을 해. 이것은 예수가 광야에서 사탄의 유혹을 이겨낸 40일간의 고행과 같은 모습의 설정이야. 또한 예수가 했던 것처럼 마흔 살이 된 짜라투스트라도 제자들에게 설교를 하지.

– 선생님, 그러니까 니체도 성경을 아는 사람이네요.

– 짜라투스투라의 근본 사상은 허무주의(nihilism)이지. 따라서

이러한 허무를 극복하려면 예수와 같은 신이 필요한 게 아니라 철저히 자신의 노력만으로 극복해야 한다는 입장이야. 그러면서 그는 자유를 획득하는 과정을 낙타, 사자, 어린 아이 세 단계로 제시하지.

– 세 단계는 무슨 뜻이죠? 선생님.

– 낙타는 의무와 금욕을 상징하지. 그러한 낙타는 사막에 가서 사자로 변해. 사자는 그곳에서 고독을 견디며 철저한 자유정신, 비판정신을 배운단다. 그러나 참으로 순수하고 절대적인 단계는 '어린애' 단계에서 이루어지는 거야.

– 왜요? 어린아이는 뭘 모르잖아요, 선생님.

– '어린아이는 천진난함이며, 하나의 새로운 시작이고, 즐거움이란다. 니체는 어린아이와 같이 신성한 긍정이 필요하다고 보았어. 세상에 처음 나올 때 어린아이는 순수 본연의 모습이잖아? 외부의 그 어떤 사상에 오염되어 있지 않은 존재. 즉 짜라투스트라는 그러한 순수한 모습이라는 거야. 니체는 이러한 인간 본연의 자유로움을 신에게서 찾지 않고 인간 자체에서 찾고자 한 거지.

– 네에.

– 그래서 니체는 말하지. '신은 죽었다'고. 그리고 허무주의를 극복하기 위해서 '초인(超人)정신'이 필요하다고 말이야.

– 선생님 죄송한데요, 초인이 뭐예요?

– 아 참, 그걸 설명을 안 해줬구나. 초인이란 모든 것을 의지로서 극복한 존재를 뜻해. 그러니까 인간은 동물과 초인 사이에 놓

인 존재이기 때문에 인간을 극복하고 초인으로 나아가야 한다고 보는 거야.

– 네에, 선생님. 그런데 니체의 말처럼 신이 없다고 하면 너무 절망적이잖아요.

– 니체도 그건 알고 있었단다. 신이 없다고 하면 세상은 목표를 상실하고 추악한 것들로 가득 찰 거라는 사실을 말이야. 그래서 니체는 그때 다가올 허무를 다시 초인사상으로 돌파하고자 한 것이야.

– 네에?

– 따라서 인간은 매일 충실하게 살아야 한다는 얘기가 그의 주장이야. 한마디로 니체는 짜라투스트라를 통해 모든 사람이 삶의 최고 긍정형식인 초인이 될 수 있다고 믿었고, 되기를 갈망했지.

– 강한 사람이 되자, 그런 얘기군요, 선생님.

– 그런 거지! 이 책의 마지막 부분에는, 짜라투스트라가 제자들과 이렇게 작별한단다. "너희들이 모두 나를 부정했을 때 나는 다시 너희들 옆에 돌아올 것이다." 그리고 산으로 올라간단다. 예수가 제자들을 떠나 하늘로 올라가는 것처럼 말이야.

– 네에. 비슷하네요, 선생님.

– 자, 이 시간은 니체가 남긴 말 한마디로 마치고 싶구나. "나는 냉각된 정신을 믿지 않는다!"

– 뜨거운 정신으로 살아라 그런 얘기네요. 와, 철학책 한 권이 잠깐 사이에 내 안에 들어온 거 같아요, 선생님!

– 나도 이제 너희를 떠날 시간이 되었다!

– 어디로 가신다는 말씀 없으셨잖아요, 선생님!

– 화장실!

니체

독일의 시인 · 철학자. 쇼펜하우어의 의지철학을 계승하는 '생의 철학' 의 기수(旗手)이며, S. A. 키르케고르와 함께 실존주의의 선구자로 지칭된다.

– 선생님! 선생님도 가끔씩 어디론가 여행가고 싶다는 생각하세요?

– 고럼! 그런 생각이야 매번 하지. 그런데 왜?

– 가끔씩 답답할 때가 있어서요…….

– 너 또 엄마한테 혼났구나, 그지?

– 학원 빼먹은 게 딱 한번인데……. 그리고 다른 데 안 가고 노래방 갔단 말이에요…….

– 아하, 너는 그냥 노래방이겠지만 집에서 기다리는 엄마들은 많은 걱정을 한단다. 특히 시간이 늦어지면 더 그렇지. 요즘 길거리 봐라. 온갖 술집 네온사인이 번쩍거리고 술 취한 남자와 여자, 그리고 실랑이와 욕설들, 그 속에서 벌어지는 온갖 범죄들. 세상은 너희들이 생각하는 거하고는 달라. 그래서 엄마들은 걱정하는 거지.

– 그렇다고 큰일 나는 것도 아니잖아요…….

– 문제는 세상이야. 세상이 우리를 쾌락의 늪으로 밀어 넣고 있으니까 그래. 인간은 빵만으로 사는 동물은 아니잖아? 지혜로운 사람이라면 영적인 행복을 추구해야 하는 거지. 우리가 종교를 따지기 전에 아름답게 사는 게 어떤 것인지 정도는 알아야 해. 그래야 지혜로운, 다시 말하면 통찰력 있는 삶을 살 수 있는 거야.

– 그래도 저는 친구들하고 노는 게 좋은데…….

- 음, '크리슈나'도 부질없는 현실에 집착하지 말라고 했어.

- 그 사람이 누군데요, 선생님?

- 힌두교의 경전에 『바가바드 기타』라는 그러니까 음, '거룩한 자의 노래'라는 뜻인데, 거기에 나오는 신과 같은 존재를 말한단다.

- 네에.

- 그는 살고 죽는 것에 대해 '사람이 낡은 옷을 벗어버리고 새 옷을 갈아입듯이, 몸을 입은 사람도 낡은 몸을 벗어버리고 새로운 몸으로 옮겨간다'고 말하지. 사람의 몸에는 순수 정신 '아트만'이 있는데 몸은 죽는다 하더라도 아트만은 결코 죽지 않는단다. 그 아트만으로 우리의 탐욕과 분노를 다스려야 한다는 거야.

- 그러니까 영혼 같은 거네요?

- 그렇지. 음……, 감각은 애착을 낳지. 애착은 열망을, 열망은 분노를, 분노는 마비를, 마비는 기억상실을, 기억상실은 다시 이성을 파괴하고 이성의 파괴는 결국 파멸을 가져오게 한단다. 그러니까 인간은 감각의 욕망에 빠져서는 안 된다는 말이야.

- 맞는 말씀 같아요, 선생님.

- 크리슈나는 1만6천 개의 감각을 다스렸다고 전해진단다. 그렇듯 우리도 세상에 대한 집착을 걷어내고 욕정, 두려움, 분노에서 벗어나 업보를 만들지 않으면 신에 가까이 갈 수 있다고 하고. 사실, 신이 우리에게 생명을 주고 다시 거둬가는 데는 칠판에 동그라미 하나 그렸다가 지워버리는 만큼의 시간도 걸리지 않는다

고 해.

– 그렇겠죠.

– 유나야. 등산을 하다가 뱀을 만났는데 그 뱀을 막대기로 때려서 죽였다고 하자. 넌 그게 죄가 된다고 생각하니? 안 된다고 생각하니?

– 뱀이 먼저 달려들었으면 죽어도 싸죠.

– 그러나 크리슈나는 어떠한 폭력도 옳은 건 없다고 말한단다. 뱀을 죽였다면 엄연히 살생이니까. 그것은 진실로 자신의 행복을 위해 죽이는 행위가 아니기 때문이지. 죽인다고 해서 세상이 그만큼 행복해지지는 않는다는 얘기야. 자신의 행위에 조금도 이기적인 동기가 없어야 죄가 아닌 것이야. 의사가 환자에게 칼을 대는 것은 폭력이 아닌 것처럼 말이다. 그래서 마하트마 간디도 비폭력을 주장했던 것이고. 그 누구도 폭력으로는 진리에 이를 수 없는 법이란다.

– 아, 감동! 간디 말씀하시니까 이해가 되네요. 저번에 간디에 대한 책을 읽었거든요.

– 크리슈나는 우리에게 신(神)과 하나 되기 위해 요가를 권한단다. 정신적 수련을 하란 얘기이지. 그래야 훌륭한 요기(요가를 실천하는 사람)가 될 수 있고 비로소 평화를 찾을 수 있다는 거야. 악한 사람은 죽어서도 악마의 자궁에서 태어나지만, 요가를 수행한 사람은 순수하고 고귀한 혈통으로 태어난다고 해.

– 불교의 윤회설하고 비슷한데요?

– 크리슈나는 "나는 온 우주의 시작이요, 끝이니라."고 하면서 "여러 진주알이 한 실에 꿰어 있는 것처럼 만물이 내게 꿰어있다."고 말하지. 그러면서 자신이 사랑하는 사람을 이렇게 정의해. "기뻐하지도 않고 안달하지도 않고 슬퍼하지도 않는 사람, 턱없이 욕심 부리지 않는 사람, 선과 악을 함께 버린 사람, 원수와 친구를 똑같이 대하는 사람, 존경받는 것과 존경받지 못하는 것, 찬 것과 뜨거운 것, 쾌락과 고통을 똑같이 여기는 사람, 모든 집착에서 해방된 사람, 꾸중과 칭찬의 저울추가 똑같은 사람, 말없는 사람, 주어진 몫에 만족하는 사람, 집 없는 사람, 마음이 늘 고요히 안정되어있는 사람, 그렇게 자신을 내게 바친 사람이 나의 소중한 자니라."

– 종교는 다 비슷한 거 같아요. 아까 말씀하신 건 기독교에서 말하는 '나는 알파요, 오메가니라' 그런 거 아녜요?

– 어어? 유나가 성서 말씀을 다 기억하네?

– 그 정도는 다 알죠, 뭐.

– 크리슈나는 우리에게 과제를 내주지. 다음과 같은 것들을 지키라고 말이야. "교만과 오만에서 해방됨, 비폭력, 용서, 정직, 주인을 섬김, 순결, 불변함, 자기억제, 감각의 대상에 대한 혐오, 변덕의 부재(不在), 나고 죽고 늙고 병듦의 고(苦)를 깨달음, 집착의 부재, 자신의 자녀, 아내, 가정, 가족에 묻혀있기를 거절함, 선이든 악이든 깨어있어서 알아차리기, 내게 향한 흔들리지 않는 헌신, 조용한 곳에 머무름, 어중이떠중이들과 섞여 지내는 것을 싫

어함. 아트만의 본성을 확신함, 진리를 아는 지식의 목표를 인식함." 이 모두를 행하라고 하지. 그리고 '잘난 체함, 거드름, 자기기만, 격노, 야비함, 무지(無知)' 이런 것들은 악마의 유산이라고 말한단다.

– 아, 다 좋은 말이네요.

– 결국 크리슈나는 우리에게 홀로 살면서, 조금만 먹고, 몸과 생각을 억제하고 명상에 잠겨 평온함에 머물기를 바라는 거야. 이렇게 영혼을 청소하면 아무리 과거에 죄질이 나쁜 죄인일지라도 어둠의 바다를 건널 수 있다는 거지. 크리슈나가 들려주는 이러한 얘기는 오늘날에도 우리의 삶을 돌아보게 하고 미래를 통찰하는 데 큰 도움이 된단다.

– 선생님이 그런 말씀하니까 크리슈나 같아요!

바가바드 기타(Bhagavad gita)는 크리슈나 신이 쿠루 들판에서 벌어질 판두족과 카우라족이 전쟁을 앞두고 영웅인 아르쥬나의 번민을 크리슈나가 노래로 깨우쳐 다르마(달마)의 길을 열어주는 내용으로 되어있다.

5. 체 게바라

– 어, 대성이하고 수로가 왔구나. 마침 잘 왔다. 자리에 앉아라. 그렇잖아도 너희에게 들려주려고 아껴둔 얘기가 있는데 말이야.

– 그래요? 그런 줄 알았으면 얼른 올 걸 그랬네요, 쌤!

– 지난번에 선생님이 쿠바에 다녀왔잖니? 그때 쿠바의 가장 인상적이었던 게 뭔지 아니? 그건 팔뚝에다가 '체 게바라' 문신을 한 젊은이들이 나에게 미소 짓던 모습이었어.

– '체 게바라'가 뭔데요?

– 쿠바사람들이 영원히 잊지 못하는 아름다운 혁명가이지.

– 네에. 저도 그런 거 관심이 많습니다, 쌤.

– 저도요, 선생님.

– 체 게바라는 너희들에게 인생을 어떻게 살아야 하는가 하는 통찰의 힘을 키워줄 것이다. 그러니 잘 들어보도록! 체 게바라는 어려서부터 천식이 심했단다. 그래서 그는 의사에 대한 꿈을 가지게 되었지. 물론 여행 도중 나환자촌 사람들을 본 것도 그 계기가 되지. 어린 시절을 그는 코르도바에서 살기도 했단다. 천성적으로 그는 돈 욕심이 없고 활달했어.

– 앗! 쌤, 저랑 똑 같아요. 안 그래요?

– 하하, 나도 그런 생각을 했지. 수로야, 그래서 너를 영화계의 게릴라로 만들려고 하는 거야.

– 아, 선생님 가슴 뛰는 거 봐요. 보이죠?

– 그가 다섯 살 무렵, 책을 읽기 시작하자 그의 아버지는 책들이란 책은 모두 사들였단다. 그래서 그는 초등학교 때부터 문학작품을 마구 읽었어. 뒤마, 스티븐스, 베를렌, 보들레르 등에 빠져 지냈단다. 그 중에 그가 가장 좋아했던 작가는 '보들레르'였다고 해. 프로이트 관련서적도 14살에 읽었다니까…….

– 아~ 그런 면은 저랑 좀 다르네요, 쩝!

– 그는 여행을 좋아했어. 친구 알베르토와 10개월여 동안 자전거를 이용해 라틴 아메리카 전역을 여행했을 정도였으니까 말이야. 그는 청소년 시기를 이렇게 회고한단다. "나는 15살 때 무엇을 위하여 죽을 것인가를 놓고 고민했었다. 그리고 그것을 위해 죽음을 기꺼이 받아들일 수 있는 하나의 이념을 찾게 되면 흔쾌하게 내 생명을 걸겠다는 결심을 했었다."

– 와! 굉장히 성숙했네요?

– 책을 많이 읽었거든! 하하. 그가 고등학교 때, 데모에 참가하라는 친구들에게 이런 말을 했어. "나보고 맨손인 채 거리로 나가라고? 그래서 경찰들한테 몽둥이나 맞으란 말이야? 그렇게는 못해. 나는 무기가 주어질 때 거리로 나갈 거야."

– 와, 정말 게릴라정신이 있네요.

– 세월이 흘러 드디어 결심의 날이 온단다. 1954년, 미국의 지원을 받은 아르마의 군대가 과테말라를 침략할 때 그는 운명의 결단을 내리지. "나는 인간에 의한 인간착취를 막는 혁명가가 되겠다. 과테말라 안에서 나는 똑똑히 보았다. 힘센 나라가 가난한 나

라를 공격하는 것을, 아홉 개 가진 자가 하나 가진 자를 공격해서 열 개를 채우는 모습을…… 이대로 지나칠 수가 없다."

– 와, 정의로운 생각이네요!

– 그러다가 그는 1955년 7월 7일, 운명적인 한 사람을 만난단다. 바로 '피델 카스트로'! 쿠바의 독재정권과 싸우는 혁명가였어. 이 둘의 만남은 마치 조각났던 거울이 하나로 맞춰진 것처럼 숙명적이었단다. 당시 쿠바는 독재체제였으니까. 그들은 쿠바를 해방시키고자 1956년 11월 25일, 멕시코에서 '그란마호'라는 운명의 배를 띄워. 나중에 그 보잘 것 없는 배가 쿠바의 역사를 바꿀 줄 누가 알았겠니? 82명이 그들 전부였어. 더욱이 그들이 쿠바의 해안에 상륙했을 때 그들을 기다리고 있었던 건 쿠바군의 공격이었단다. 그 총격으로 말미암아 거의 다 죽고 스무 명만 살아남지. 그런데, 이 스무 명의 게릴라가 훗날 독재자의 정규부대 1만2천 명을 무너뜨릴 줄이야!

– 와, 그거 영화되네요, 그죠?

– 체 게바라의 정신을 알려면 그가 작성한 혁명군 수칙을 보면 된단다. 거기에 그의 정신이 압축되어있으니까 말이야. "우리 혁명군은 민중해방을 위한 십자군이며 농업개혁가다. 혁명가는 윤리적으로 결점이 없어야 하고,

철저하게 자신을 통제해야 한다. 혁명군은 금욕자여야 하고, 경제적, 윤리적, 기술적, 문화적으로 끊임없이 농민을 도와주어야 한다. 또 지역주민들에게 피해를 끼쳐서는 안 된다. 혁명군은 배반자를 처벌하고, 혁명의 적들이 소유하고 있던 재산과 생산수단을 압류하는 과정에서는 정당한 입법에 의거, 장악한다. 혁명의 적들에게서 몰수된 토지와 가축은 농민들에게 분배한다. 가능한 한 협동적인 제도를 창출한다. 혁명대원들이 갖추어야 할 정신적 육체적 자질은 선견지명, 낙천주의, 통찰력, 강인함이며, 혁명군은 굶주림, 질병, 갈증, 부상, 고문들을 견디어낼 각오를 가져야 한다."

– 와! 멋져요, 쌤.

– 이렇게 그는 남미 민중의 비참한 현실을 바로잡고자 쿠바에서 혁명지도자가 된 거야. 그는 천성적으로 돈을 싫어했어. 그래서 돈 없이 금욕적으로 살아가는 것을 혁명가의 최고 덕목이라고 여겼지. 마침내 1958년 12월, 체 게바라 부대와 카스트로 부대가 쿠바 군대를 물리치게 돼. 그리하여 새해 첫날, 쿠바의 해방을 가져오지.

– 사람들은 그에게 물어봐. 잠은 언제 자느냐고. 그때마다 그는 웃으며 "나는 여러분과 똑같다."고 대답했지. 그러나 그는 하루에 4시간도 채 자지 않으며 책을 읽고 문제를 연구하였던 거야. 이게 보통사람과 구별되는 그의 특징이었어.

– 아, 역시 독서야. 선생님이 그걸 말씀하시려고 이 이야기를 시작한 거죠!

– 그는 쿠바의 혁명정부에서 중앙은행 총재를 맡아 쿠바의 경제를 살리게 돼. 그러나 그는 그러한 편한 생활이 체질에 맞지 않는다는 걸 느끼지. 호랑이가 밀림에서 살아야 하는 것처럼 말이야. 그래서 어느 날 문득 그는 떠난단다. 카스트로에게 편지 한통을 남기고 말이야.

– 어떤 편지인데요? 쌤.

– "나는 공식적으로 나의 위치, 재상으로서의 지위, 고위 실력자로서의 지위 그리고 쿠바 시민권, 이 모든 것을 사양하고자 합니다. (……) 나는 아내와 자식에게 어떠한 물질적 재산도 남겨놓지 않았으며 오히려 그것을 행복으로 여깁니다."

– 와! 눈물 나도록 청렴결백하네요, 쌤.

– 그의 최종 목적지는 볼리비아였어. 그러나 불행히도 미국 CIA와 2천여 명의 볼리비아 병사들이 그를 기다리고 있었지. 결국 그는 볼리비아 산속에서 체포돼. 배낭 안에 남아있던 그의 유품은 '책과 일기장, 담배, 펜, 라디오, 천식약, 그리고 컵 하나'가 전부였단다. 어쩌면 사르트르가 말한 것처럼 체 게바라는 우리시대의 가장 완전한 인간이었는지 몰라. 그는 소외받고 고통 받는 민중을 위해 그의 전 생애를 바쳤으니까 말이야. 그는 이데올로기마저 초월한 성자였던 거야.

– 쌤, 저도 정말 체 게바라처럼 살겠습니다!

– 그래야지. 수로도 체 게바라 같은 리얼리스트가 되거라.

리얼리스트

현실의 불합리한 것을 극복하고 이겨내려는 태도를 가진 신념적 인물.

6. 느리게 산다는 것의 의미

– 쌤! 저 어제 훌랄라 중국집에다 자장면 시켰다가 배고파 죽는 줄 알았어요. 30분 걸리잖아요.

– 무척 배가 고팠던 모양이구나. 짐작이 간다, 하하. 그런데 좀 느리게 먹으면 어떠냐? 요즘, 우리는 너무 빨리 빨리 서두르며 살아. 음식도 빨리 빨리, 버스도 빨리 빨리, 사랑도 빨리빨리, 하하. 그렇게 서두르다가 죽는 것도 빨리 빨리 죽는 거 아닌지 몰라.

– 아~ 전 정말 기다리는 건 못 참겠어요, 쌤.

– 그게 현대사회의 병이지. 그렇게 살면 인생을 못 보는 거야. 삶은 그런 게 아니니까 말이야.

– 앗, 쌤도 저번에 주차위반하신 적 있었다면서요.

– 쉿! 남들이 듣겠다, 녀석아. 자, 선생님에게 집중해라. 우리가 하루를 어떻게 지내는지 한번 볼까? 아침에 눈을 뜨면서부터 등교시간에 쫓기고, 채 마르지 않은 머리로 집을 나서지. 그리고 엘리베이터 앞에서 연신 버튼을 누르고. 밥 먹을 시간도 없어서 굶거나 패스트푸드로 때우고, 그리고 경보(競步)하는 것처럼 서둘러 학교에 가고, 학교에 도착하면 밀린 숙제하랴 수업하랴 정신이 없고, 난장판 속에 점심을 입에 쓸어 넣고, 그러다 수업이 끝나면 또 다시 뛰어서 학원에 가고…….

– 쌤, 걱정 마세요, 저희는 학원 끊었어요. 엄마가 돈이 아깝대요.

– 나도 엄마 생각이랑 같다, 하하……. 그건 그렇고, 요즘은 어

떤 삶의 트렌드가 대세인지 아니? '천천히 그러나 더 훌륭하게 일하는 사람(Slow but Better Working People)'이라는 슬로비(Slobbie)족이 나타났어. 스피드시대에 오히려 느림의 미학을 추구하는 사람들이지. 우리가 녹차 한잔을 우려 마시거나 필라테스 또는 요가에 관심을 두는 것도 느림 속에 담겨있는 행복을 찾자는 것이란다.

– 아하, 그런 사람도 있군요……?

– 그래서 '피에르 쌍소'라는 사람은 느리게 살기위해 고급스러운 권태를 즐기라고 충고하지. 다시 말하면 '느긋한 행복감에 젖어서 기분 좋게 기지개를 켜며 만족스러운 하품을 할 수 있는 그런 권태'를 즐기라는 거야.

– 느리게 살면 굼벵이 같다고 혼나잖아요.

– 아니야. '바슐라르'라는 사람도 고요함을 즐겼단다. 그는 '부드러움, 느림, 안식, 이것이 살아있는 몽상이 추구하는 것들이다'고 했어. 생각해보면 우리가 가장 행복했던 때가 언제일까? 아마 엄마의 자궁 속에서 아늑하게 보내던 그때가 아니겠니? 그때 우리는 가장 건강한 몽상을 꿈꾸었지. 물론 몽상을 즐긴다는 건 쓸데없는 생각을 하는 것 하고는 달라. 몽상은 영혼의 싱싱한 휴식과 충만함을 가져다주기 때문이지. 이러한 몽상은 일상생활에 활력을 준단다.

– 그건 맞는 말씀이에요, 쌤. 저도 휴식이 필요해요.

– 요즘 보면 귀농인구가 늘고 있는데 왜 그럴까? 그들은 시골에 살면서 비로소 정신적 건강을 찾았다고 말하거든. 그러니까 행

복이라는 게 백화점에서 쇼핑을 하고, 노래방에서 놀고 집에 와서 컴퓨터게임을 즐기는, 그런 게 아냐. 작가가 말하는 시골의 기쁨은 이런 거란다. '항상 만나는 이웃, 해마다 찾아오는 사계절, 날마다 뜨는 태양, 낯선 사람 앞에서 수줍음 때문에 눈길을 다소곳이 내리깔고, 미사를 드리고 나오면서 이웃끼리 서로 인사를 주고받고, 마을사람들 모두 이장님의 연설을 들으며 고개를 끄덕이고, 사랑하는 연인의 애간장을 태우고, 노인 옆에서 잠시 시간을 지체하고, 아마추어 시인의 서투른 시에 귀를 기울여주는' 그러한 일상의 단조로움에 삶의 참맛이 있다는 거야.

– 네, 저도 시골에서 그렇게 자랐답니다, 쌤.

– 그러니까 '느림'이라는 것은 민첩성이 없는 둔감한 기질을 말하는 게 아니지. 그것은 어떤 행동이든 급하게 해치워버려서는 안된다는 말이야. 예를 들면, 문을 여는 일, 손을 뻗는 일, 편지를 쓰는 일 등 사소한 것에도 진지한 태도를 지니라는 거야.

– 네에.

– 사실 우리는 포도주 한잔에도 행복해질 수 있지. 어느 4월 빛나는 아침, 카페 테라스에서 한 남자가 분홍빛 포도주 잔을 앞에 놓고 행복한 표정을 짓고 있다면, 무엇이 그를 행복하게 한다고 생각하니? 아름다운 거리의 풍경? 아니면 아침햇살? …그를 행복하게 만드는 것은 사실 햇살과 포도주와 그 밖의 사소한 몽상들이야.

– 네에…. 저도 기분이 나른해지네요, 쌤.

– 피에르 쌍소는 '적은 것으로 살아가는 기술'을 배우라고 한단다.

– 어, 그거 저번에 배운 소로우의 작품 '월든'과 비슷한데요?

– 그렇지! 기억하고 있구나. 훌륭한 분들은 다들 '느림'에 대해 관심을 갖지. 하지만 현대인들은 시끌벅적한 걸 좋아한단다. 온갖 공연과 페스티발을 봐도 수많은 사람을 동원하잖아. 올림픽도 그래. '더 높이, 더 빨리, 더 멀리' 이것을 만약에 '덜 높게, 덜 빠르게, 덜 멀게'라고 하면 우리가 불행해질까?

– 쌤, 그건 좀 심하네요. 느리게 하면 우리도 나가서 우승하게요?

– 하느님도 일곱째 날에는 쉬셨단다. 마찬가지로 우리도 기계가 아닌 이상 '여유'가 필요하다는 얘기야. 강원도 봉평을 가다보면 현수막에 이런 글귀가 있단다. "빨리 달리면 아름다운 풍경을 볼 수가 없습니다." 과속에 길들여져 사는 현대인들에게 정말 필요한 얘기라는 생각이 들어. 우리는 더 이상 사냥감처럼 시간에 쫓기며 살아서는 안 될 테니까 말이야! 그래서 이 책을 읽는 동안만이라도 시계를 벗어두기 바란다.

– 요새 시계 있는 애들 없는데…….

김영월의 『느림의 미학』이라는 수필도 함께 읽으면 좋다.

– 대성이는 온고지신이 뭔 말인지 아니?

– 솔직히 들어는 봤는데, 뜻은 몰라요.

– 솔직해서 좋다. 흐음, 온고지신(溫故知新)이란 '옛 것을 익혀 새것을 안다'는 말이란다. 그러니까 우리 선인들의 지혜를 배우고 난 뒤 새로운 지식을 받아들여야 완벽한 지식에 이른다는 말이야.

– 네에. 그렇군요, 선생님.

– 그래서 적어도 우리 문화에 대한 몇 가지 것들은 알고 있어야 세계적인 것도 의미가 있게 되는 거란다. 그렇지 않니? 자기 나라의 청자는 모르는 사람이 중국도자기를 보고 감탄한다면 좀 순서가 틀린 행위 아니니?

– 청자를 모르는 사람이 설마 중국골동품을 알까요?

– 말이 나왔으니까 말이지 고려청자는 세계 최고의 작품이란다. 비 개인 하늘처럼 맑다고 해서 '우후청천색(雨後晴天色)'이라고 표현하지. 고려 사람들은 이 푸른빛을 '비색(翡色)'이라고 했단다. 그것은 중국의 비색(秘色) 청자와 구별하기 위한 말이었어.

– 선생님, 그게 무슨 차이가 있는데요?

– 중국의 비색(秘色)은 신비한 빛깔이란 뜻이고 청자의 비색(翡色)은 맑은 하늘과 같은 비취빛 빛깔이라는 뜻이야. 물총새 깃털색으로 설명하는 사람도 있더라만. 한마디로 고려청자의 빛깔은 소박하고 그윽한 아름다움이 있다는 얘기야.

– 중국 것보다 낫다는 얘기예요?

– 낫다는 말이 맞을 거야. 송나라의 학자도 그의 저서 〈수중금〉에서 '고려비색'을 천하제일로 꼽았단다. 저자는 책에서 청자를 이렇게 예찬하고 있어. "백옥같이 푸르고 갓 맑은 살갗 위에 검고 희게 수놓아진 상감의 아롱진 무늬들이 마치 흘러간 고려문화의 꽃 그림자처럼 차가운 청자 살갗 위에서 파시시 숨을 쉬고 있다. 얼마나 많은 백학이, 그리고 얼마나 많은 흰 구름장이 고려도공들의 망막을 스치고 지나갔을까. 학, 그리고 또 학, 학은 고려사람들의 마음속 하늘을 나는 하나의 꿈이었는지도 모른다."

– 문장이 너무 길어요, 쌤.

– 대성이는 아파트에 장판을 깔았니?

– 나무무늬로 된 장판인데요?

– 으음, 그런데 대부분 우리 선조들은 온돌바닥에 밀화 빛 장판을 바르고 살았지.

– 그게 뭔데요?

– 기름먹인 두툼한 한지를 몇 겹 발라서 사용한 건데 누리끼리한 빛을 띠어서 좀 고풍스런 맛을 주지. 옛날 우리 선조들은 '밝은 창 정갈한 책상에 앉아 종이소리를 부스럭거리며 한나절 차향(茶香)을 즐긴다든가, 거울처럼 얼굴이 비치는 밀화빛 장판방에서 화로를 끼고 서리 찬 밤에 바느질하는 아내의 얼굴을 즐긴다든가' 하는 아늑하고도 따스한 온돌방 서정을 즐겼던 거야.

– 근데 쌤, 온돌방이 우리나라에만 있다는 얘기가 맞아요?

– 그렇단다. 엄마의 체온 같은 온돌이란 게 얼마나 그리운 것이냐, 응? 이러한 구들장 방식은 중국이나 일본에도 없는 우리만의 과학적 난방시스템이지.

– 그래요. 쌤, 저도 요새 바닥에서 자는데, 침대에서 잘 때는 몸이 피곤하더라고요.

– 그렇지? 음, 그리고 우리나라 부석사에 있는 무량수전도 세계적인 건축물이란다. 무량수전은 고려 중기의 건축물로서 목조 건축 중 가장 아름다운 작품이야. 사뿐히 고개 든 지붕 추녀의 곡선과 기둥의 조화, 또한 주심포의 아름다움은 간결하면서도 역학적이지. 정말 갖출 것만 갖춘 완벽한 예술품이 아닐 수 없어.

– 네에. 정말 한번 가보고 싶어요, 쌤.

– 무량수전은 멀찍이서 보거나 가까이서 봐도 의젓하고도 너그러운 자태란다. 신경질적이거나 거드름 같은 것이 없어. 무량수전이 지니고 있는 이러한 자태야말로 석굴암 건축이나 불국사 돌계단의 구조와 함께 우리 건축이 지니는 참다운 멋이지.

– 네에.

– 무량수전 앞에서 먼 산을 바라보면 산과 산마루들이 모두 무량수전을 향해 마련된 듯싶은 착각까지 들어. 한마디로 감동이란다.

– 아아~ 정말 보고 싶네요, 쌤.

–그 긴 석축을 쌓아올리는 일도 자칫 잔재주에 기울기 마련인데, 부석사의 석축들은 이끼 낀 크고 작은 돌들의 모습이 모두 그 석축 속에서 편안하게 자리잡고 있어 참으로 신비한 구성을 이룬단다.

– 와, 다음 주에 우리 체험활동 그쪽으로 갔으면 좋겠다.

– 우리의 국보 78호인 '금동미륵보살반가상' 역시 세계 최고의 작품이지. '슬픈 얼굴인가 하고 보면 그리 슬픈 것 같이 보이지도 않고, 미소 짓고 계신가 하고 바라보면 준엄한 기운이 입가에 간신히 흐르는 미소를 누르고 있어서 무엇이라고 형언할 수 없는 거룩함을 뼈저리게 해주는' 부처님의 미덕을 느끼게 해.

– 쌤! 일본에도 우리 거와 비슷한 게 있다면서요, 그래요?

– 아, 그거? 그것은 일본 교토의 광륭사(廣隆寺)에 있는 '목조미륵보살반가상'인데, 일본 사람들이 세계에 자랑해온 국보 1호이지. 하지만 우리나라 춘향목으로 만들어진 게 몇 년 전 밝혀졌어. 즉, 금동미륵보살반가상을 만든 사람이 일본의 목조미륵보살반가상을 만들었다는 게 정확한 해석이야.

– 아, 그러니까 그동안 일본이 주장한 국보 1호가 우리나라 것이었단 말이에요?

– 그래.

– 개네들은 정말 웃겨요. 남의 나라 역사를 자기네 것이라고 우기다니, 참…….

– 너희들 혹시 김득신의 '파적도'라는 그림 본 적 있니?

– 아뇨?

– 음, 그럼 그 유명한 그림을 얘기해주어야겠구나. 그 그림은 제목 그대로 '고요함을 깨뜨리는 사건'이야. 그러니까 고양이 한 마리가 마당에 있는 병아리를 잡아채는 순간 마루에 있던 주인 사내가 몸을 날려 긴 담뱃대로 고양이를 내리치는 모습을 정지화면으로 그린 거거든.

– 그때는 디카도 없었을 텐데 어떻게 정지화면을 잡아냈죠?

– 그러니까 기막히지. 이른 봄날, 한낮의 툇마루에 앉아있던 노부부 앞에, 도둑고양이가 키우는 병아리를 물고 뛰는 순간, 다급한 어미닭은 새끼를 구하려고 덤비고, 영감은 긴 장죽으로 슬라이딩하면서 고양이를 내리치는 장면이 그대로 정지되어 있단다. 한마디로 절박한 풍경이 너무나 한국적이며 너무나 서민적인 익살과 정서로 드러나 있는 거야.

– 시골에 가면 우리 외갓집에도 닭을 키우는데요.

– 이 그림은 큰 트레머리를 한 부인의 맨발 모습이나 영감의 버선발 맵시도 대조적이고, 부인의 얼굴표정을 보고 있으면 웃는 상인지 우는 상인지 분간하기 어려울 만큼 구수하면서도 친근감이 가는 얼굴 그대로란다. 영감이 쓰고 있던 감투가 땅에 떨어져서 구르고 있으며, 나래를 편 암탉의 뛰는 자세는 화가 자신도 흥에 겨워서 일필휘지한 듯싶은 게 느껴지지. 다시 말하면 붓끝의 움직임에 숨 가쁨이 스며있다는 거야.

– 와, 선생님도 그게 느껴져요?

– 그럼, 그 시대에 이런 그림을 그렸다는 게 놀랍고 또한 우리 예술에 대해 자긍심을 갖게 한단다. 이 책은 오늘날 진정 한국의 멋이 무엇인가를 알게 하고 미적 통찰력을 갖게 하는데 큰 도움이 된단다.

밀화빛: 밀랍 같은 누런빛이 나는 빛깔. / **트레머리**: 앞에 옆가리마를 타서 갈라 빗은 다음 뒤통수 한가운데에 넓적하게 틀어 붙이는 머리. 넓적하고 클수록 보기 좋다고 하여 속에다 심을 넣고 겉에만 머리를 입혀서 크게 틀었다.

8. 무소유

– 야, 오늘은 날씨가 화창하구나. 저렇게 맑은 하늘을 보며 산속에서 며칠 지내면 좋겠다.

– 와~, 쌤! 저희랑 언제 등산가요, 네?

– 좋지. 가서 세상의 먼지들을 다 털고 오자.

– 제 등산복은 구입한지 얼마 안 돼서 먼지 같은 건 안날 텐데요?

– 아, 정말 무지한 세상을 떠나 머리 깎고, 산에서 살고 싶구나~

– 같이 살아요, 쌤.

– 그건 나중에 얘기하고~, 오늘은 정말 맑은 이야기를 나누고 싶다. 음, 예전에 김수환 추기경님이 '이 책이 아무리 무소유를 말해도 이 책만큼은 소유하고 싶다'라고 한 그 책이 무슨 책일까?

– 그건 제가 알지요. 『무소유』 아닙니까? 으하하.

– 녀석, 모처럼 아는 게 나왔나 보구나. 좋다, 수로가 맞혔다. 세상에 모든 것을 주고 간 추기경님마저 소유하고 싶다는 이 책의 내용은 어떤 것일까 궁금하지? 사실, 우리는 이 세상에 처음 태어날 때 그 누구도 빈손으로 태어난단다. 그리고 살만큼 살다가 어느 날 세상을 떠나지. 인생은 누구에게나 덧없는 한 순간이란 거란다.

– 우리는 오래오래 살 건데요, 쌤?

– 누구나 영원히 살 것처럼 말하지. 그래서 모든 걸 소유하려

하고, 돈이 된다면 몸도 팔고 사람도 죽이잖아? 실로 로또와 같은 한탕주의가 판을 치는 세상이 되었어. 인사말도 '부자 되세요'가 공공연히 쓰이고 말이야.

– '부자 되세요'란 말은 좋잖아요, 쌤.

– 물론 나쁘진 않지. 하지만 '착한 사람 되세요'란 말은 아니잖아. 얼마 전에 세상을 떠난 랜디 포시 교수는 젊었을 때 멋진 승용차를 구입해서 어린 조카들과 여행을 떠나게 되었는데, 출발하기에 앞서 조카들이 보는 앞에서 일부러 음료수를 차에다 쏟았단다. 왜 그랬을까?

– 왜죠?…….

– 그 이유는 차가 너무 깨끗하면 조카들이 조바심 생길까봐 일부러 그랬던 거야. 자동차는 그저 도구일 뿐인데 말이야. 자동차를 더럽히면 안 된다는 생각 때문에 여행을 망칠 수는 없잖아? 그런데 우리는 그렇게 살지 못하는 거 같아. 차를 신주단지 모시듯 하고, 차에 조금만 흠집이 나도 잠을 못 이루고 끙끙 앓잖아?

– 대단한 분이네요, 그 분이!

– 법정 스님은 난초 두 분(盆)을 선물로 받고 애지중지 기르지. 혼자 사는 처지라 살아 있는 생물이라고는 스님하고 난초뿐이었으니까. 난초는 키우는 게 까다로운 식물이란다. 어쩔 수 없이 그 난초를 키우기 위해 책을 구해다 읽고, '하이포넥스'라는 비료를 외국에서 사 오기도 한단다. 여름철이면 서늘한 그늘을 찾아 자리를 옮겨주어야 하고, 겨울에는 필요 이상으로 실내온도를 높여야 해.

– 굉장히 까다로운 화초네요, 쌤.

– 아마 이런 정성을 일찍이 부모에게 바쳤더라면 효자소리를 듣고도 남았을 거야. 그런데 어느 날 장마가 그치고, 햇빛이 눈부시게 쏟아져 내리는 날, 스님은 외출을 하지. 한참을 산에서 내려왔는데 문득 뜰에 내놓고 온 난초 생각이 나는 거야. 난초는 햇볕에 민감해서 오래두면 병들어 죽거든. 그 귀하고 비싼 난초. 정말 어떤 것은 한 촉에 백만 원이 넘는 것도 있단다. 그걸 죽게 놔둘 수가 없었어.

– 그래서요, 쌤?

– 결국 스님은 허둥지둥 절로 돌아왔지. 아니나 다를까, 잎은 애처롭게 늘어져 있었어. 그때 스님은 온몸으로 깨닫지. 집착이 괴로움인 것을. 그래서 집착을 끊기로 결심해.

– 어떻게요?

– 며칠 후, 친구가 놀러왔을 때 스님은 선뜻 난초를 그에게 줘버리지. 그리고 비로소 구속감에서 벗어나. 이때부터 스님은 하루 한 가지씩 버려야겠다고 스스로 다짐을 한단다. 난을 통해 무소유의 의미를 터득했기 때문이야.

– 차라리 버리려면 나한테나 주지…….

– 그런데 생각해보면 모순되는 부분이 있어. 집착에서 벗어나겠다는 스님이 그렇다고 친구에게 그 집착덩어리를 주다니, 우스운 이야기이지만 좀 말이 안 된다 싶어, 하하하.

– 앗, 그러네요, 쌤?

– 간디는 이런 말을 했단다. "내게는 소유가 범죄처럼 생각된다." 이렇게 말이야. 이쯤 되어야 성인이라고 할 수 있지 않겠니? ……크게 버리는 사람만이 크게 얻을 수 있는 법이란다. 물질로 말미암아 끊임없이 고민하는 현대인들은 이것을 생각해야 한단다. 아무 것도 갖지 않을 때 비로소 모든 걸 소유한다는 역설, 대단하지 않니?

– 네에…….

– '선택한 가난은 가난이 아니다'라는 법정 스님의 평소 말씀이 있단다. 이 책은 삶에 대한 혜안(慧眼)을 주며 인생을 통찰하게 하는 나침반이란다.

– 쌤, 저도 소장하고 있는 만화책 동생한테 다 줄래요.

『간디어록』
-리처드 아텐버러

쌀과 과일과 냉수만 마시며 오직 백성들을 위해 끊임없이 실천의 도를 행한 간디. 그의 위대한 인내력과 넓은 사랑이 정리되어 있는 책이다.

9. 생각의 탄생

– 이어령 전 문화부장관이 '이 책은 미래를 창조해나갈 인재들에겐 큰 보물지도이다'라고 한 책이 있는데, 그 책이 뭔지 궁금하지 않니?

– 쌤, 저희는 당연히 궁금하죠? 히힛.

– 좋다. 아마 이 책은 새로운 세계를 창조하는데 필요한 통찰력의 바탕을 제공해줄 것이다. 제목이 『생각의 탄생』이라고 하는 건데 들어봤겠지?

– 아하, 안 들어봤어요, 쌤.

– 역시 너희는 나를 실망시키지 않는구나. 노벨물리학상을 수상한 리처드 파인먼은 문제를 풀지 않고 그냥 느꼈단다. 대단한 통찰력을 지닌 사람이었어. 다시 말하면 원리나 해답을 직관으로 알아냈다는 건데, 아인슈타인과 다른 과학자들도 직관적으로 깨달은 후에 논리적으로 공식을 만들어냈단다. 그런 점은 시인들도 마찬가지란다. 문법이나 통사론의 규칙을 알고 나서 시를 쓰는 게 아니라 직관적으로 대상을 느끼고 난 뒤 쓰니까 말이야. 그런데 불행하게도 오늘날은 직관이 무시되고 있단다. 수학자들은 오로지 '수식 안에서', 작가들은 '단어 안에서', 음악가들은 '음표'안에서만 생각하려고 하지. 이 책은 이러한 점을 반성케 해준단다.

– 와, 포스가 대단한데요?

– 창조적인 사람들이 어떤 사람들이지 얘기해줄까? 이 책에 의

하면 가장 창조적인 사람들은 실재와 환상을 결합한단다. 그렇게 하기위해서는 13가지 생각의 도구들을 이용하는데, 그것은 관찰, 형상화, 추상화, 패턴인식, 패턴형성, 유추, 몸으로 생각하기, 감정이입, 차원적 사고, 모형 만들기, 놀이, 변형, 그리고 통합들이란다.

– 와, 복잡해요. 다 받아 적지도 못했네요, 쌤!

– 하하, 마찬가지야. 문제는, 오늘날 많은 사람들은 너희처럼 이것들을 '어떻게' 응용해야 할지도 모른다는 거야. 따라서 우리는 창조적 능력과 통찰력을 키우기 위해 이것들을 잘 해석해야만 할 거야.

– 네에.

– 이해한다는 것은 항상 통합적이란다. 동시다발적으로 이루어지는 통찰력이야. 다시 말하면 기억, 지식, 상상, 느낌 들이 몸을 통해 한순간에 이루어지는 것이지. 예를 들면 백화점의 회전문을 열 때, 회전력에 대한 물리공식이 문을 여는 순간 손으로 느껴지는 것이야. 이러한 지각을 '통합적 이해'라고 부른단다. 바로 이것이 생각하기의 최종목표인 셈이지.

– 아하, 그러니까 불량배들한테 걸렸을 때, 순간적으로 거시기를 한대 걷어찬 뒤 시속 100킬로로 달아나는 그런 판단력 말이죠?

– 작곡가 스트라빈스키는 음악을 그냥 듣는 것과 주의 깊게 듣는 것으로 구분하지. 신경을 집중하여 느끼는 게 중요하다는 말이다. 관찰은 예리한 모든 종류의 감각 정보를 활용하여 모든 사물

에 깃들어있는 놀랍고도 의미심장한 아름다움을 감지하는 능력을 가지기 때문이야.

– 네에.

– 그러므로 생각이 곧 느끼고 관찰하는 거야. 길을 지나는 많은 행인들은 나무를 무신경하게 지나치지. 그런 사람들에게 나무는 참을성 많게 자신의 모습을 감추고 있다가 시인에게 '세속적인 것의 장엄함'으로 발견되는 것이란 얘기야.

– 그러니까 시인은 그런 것을 관찰하고 발견하는 사람이네요?

– 그렇지. 그리고 '패턴' 속에서도 생각을 발견할 수도 있단다. 레오나르도 다빈치는 벽의 복잡한 문양 속에서 형상들을 발견하지. 이것은 시끄러운 종소리 속에서 어떤 이름이나 단어를 찾아내는 일과 같아.

– 아! 저도 벽지무늬를 보면 가끔씩 동물이나 사람 얼굴이 보여요, 쌤.

– 바로 그거야. 다른 기계소리나 소음 속에서도 동물소리나 사람들 주고받는 소리까지 발견하면 더욱 좋겠지. 다시 말하면 무늬의 패턴 속에서 어떤 형상이 나타날지 그 새로운 패턴을 생각하는 것은 즐거운 일이란 얘기야. 새로운 발견은 이렇듯 순간에 이루어지는 것이란다. 장기를 둘 때도 이러한 일정한 패턴이 있지. 그래서 과학자나 예술가가 이러한 패턴을 병치시킴으로써 새로운 작

품을 만들어내는 것이란다.

– 네에. 알 듯 모를 듯 하네요, 쌤.

– 사실 시인들도 적은 수의 낱말을 결합하여 새로운 패턴을 생성하는 사람들이라고나 할까?

– 네에.

– 그리고, '유추'라는 게 있다. 이것은 둘 사이에서 유사성 또는 관련성을 알아내는 것을 말하는데, 물리학자 뉴턴도 사과를 땅으로 잡아당기는 힘이 있다면 달까지도 끌어당길 것이라 했지. 문학도 마찬가지야. 유추와 은유로 독창적인 세계를 창조하고 있으니까.

– 학교는 감옥이다, 이런 게 유추와 은유죠. 그렇죠?

– 녀석, 참. 생각을 할 때에는 감정이입을 통해 생각하는 것도 좋단다. 동물학자 모리스라는 사람은 동물을 연구할 때마다 스스로가 그 동물이 되어 생각했단다. 그리고 어느 연극 연출가는 배우는 스스로 극중 인물이 되어야 한다고 말하지. 그래야 '몸으로 생각하기'를 할 수 있으니까 말이야. 궁극적으로 문제 속으로 들어가 그 문제의 일부가 되어야 한다는 거야. 그래야 완벽한 이해가 가능해지기 때문이지.

– 맞는 말이에요, 쌤. 선생님들도 우리처럼 교복을 입고 하루만이라도 생활해보아야 해요, 히히히.

– 좋은 생각이다, 수로야. 생물학자 리더버그도 '내가 만일 박테리아 염색체의 화학적 조각의 일부라면 어떨까?' 하는 생각으로

염색체 연구에 큰 기여를 했단다.

– 네에, 그렇군요.

– 우리는 '놀이'를 통해서도 생각을 끌어낼 수 있단다. 놀이를 하다보면 내면적이고 본능적인 느낌과 정서, 직관, 쾌락을 느낄 수 있는데, 바로 이런 것들이 새로운 창조적 본능과 통찰력을 자극하는 거지. 놀이는 자신만의 세계와 인격, 게임과 규칙을 만들게 하여 지식을 변형시키고 새로운 이해를 가능하게 한단다. 바로 새로운 과학과 예술이 여기에서 만들어지는 거지.

– 와! 이 사실을 엄마한테 얘기해야겠어요, 쌤.

– 마지막으로 '통합'적 사고라는 게 있단다. 이것은 자기가 알고 있는 감각적인 느낌이나 지식, 그리고 기억을 서로 결합시키는 능력이란다. 이것이 지식의 최종적인 단계라서 종합지(綜合知)라고 하는데, 예를 들어 음악가 리스트는 소리를 색으로 느끼고 들었다는 거야. 그래서 그는 자신의 오케스트라에 "여러분, 괜찮다면 조금만 더 푸르게 연주해주시오."라고 얘기했다는 거지.

– 네에. 쌤, 저도 선생님의 말씀을 푸르게 들었어요. 히힛.

– 음, 한마디로 경험을 변형할 줄 알고 지식을 통합할 줄 알아야 한다는 거야. 코발레프스카야는 수학자이자 시인이었고, 보로딘은 작곡가이자 화학자였으며, 모리스는 화가이자 생물학자였잖아. 그러니까 한 우물만 판다는 단편적인 생각은 금물이지. 너희도 수학과 영어를 열심히 공부해야 하겠지만 음악과 미술을 소홀히 해서는 안 돼. 서로 낯선 장르가 통합되어야 폭발적인 아이디

어가 나오니까 말이야. 이렇게 지식을 넓게 바라보아야 해. 그래야 통찰력도 생기고 창의력도 생기는 거란다.

– 와! 말씀을 들으니 우리가 생각의 보물창고에 다녀온 느낌이에요, 쌤!

로버트 루트번스타인의 『생각의 탄생』은 세상을 바꾼 위대한 천재들의 '발상법' 을 알려주는 책으로서 2007년 조선, 중앙, 동아, 한겨레 등 주요 언론사가 뽑은 올해의 책으로 선정되었다.

10. 금시조

– 쌤, 봉황새하고 용하고 싸우면 누가 이겨요?

– 허 참, 수로야. 그건 말이야, 호랑이하고 사자하고 싸우면 누가 이기느냐 그거와 같은 얘기야. 그건 단순하지 않아. 산에서 싸운다면 호랑이가 유리하고 들판에서 싸운다면 사자가 유리하고 그리고 그냥 싸운다면 힘센 수놈이 유리하고. 그러나 중요한 건 사자와 호랑이는 서식하는 지역이 전혀 다르기 때문에 만날 일이 없다는 거지.

– 그러니까 봉황하고 용이 싸우면 누가 이기는데요?

– 허 참, 아직도 감을 못 잡았니? 봉황새나 용이나 실제동물이 아니잖아, 고로 서로 싸울 일도 없어. 등급을 따진다면 용이 봉황새보다 위라고 할까. 그래서 중국 황실에서는 용의 문양을 사용했고 조선은 봉황의 문양을 사용했지.

– 아, 네에.

– 참고로 너희들 용을 잡아먹는 새가 있는데 그게 뭔지 아니?

– 그런 것도 있어요?

– 금시조라는 거야. 왜, 처음 듣는단 표정을 짓니? 사실이야, 하하. 그래 생각난 김에 이문열의 소설 『금시조』를 얘기해주마.

– 재밌어요, 선생님?

– 대성아! 단맛을 너무 좋아하지 마라, 이빨이 썩는단다.

– 좀 어려운 얘기인데, 너희는 '예술'이 우선이라고 생각하니?

아니면 '도(道)'가 우선이라고 생각하니? 쉽게 말해서 가수가 있는데 기교를 부려서 노래를 기막히게 잘하는 가수야. 그런데 사생활은 지저분해. 또 다른 가수 역시 노래를 기막히게 잘해. 그런데 그는 기교를 천박하게 여기지. 그리고 바른 정신을 추구하는 사람이야. 자, 이렇다면 너희는 누구의 삶을 선택할 거냔 얘기야.

– 그거 좀 헷갈리네요, 쌤. ……전 그냥 바른 정신을 추구하는 사람을 선택할래요.

– 역시 수로답군. 대성이는?

– 전, 노래를 기막히게 잘하는 사람으로 할게요…….

– 좋다, 여기에 특별한 해답은 없다. 아니 있기야 하지만 너희들이 나중에 판단을 하기 바란다. 여기에는 서예가 '고죽'이 나오고 그의 스승 '석담'이 나온단다. 한마디로 두 사람의 이야기야. 고죽은 어느 날 문득 어린 시절을 회상하지. 아버지가 돌아가시고 어머니가 자신을 버리고 집을 나간 아침, 숙부 손에 이끌려 '석담' 선생의 집으로 가는 건데……. 처음엔 석담 선생은 고죽을 제자로 들이려 하지 않지. 그러다가 어느 날 고죽이 쓴 글씨를 보고서야 제자로 맞아들이게 돼. 그러나 여전히 고죽에게 자상한 가르침을 베풀지 않지.

– 왜요?

– 고죽에게는 예술적 끼가 넘쳤기 때문이야. 다시 말하면 정신의 수련은 소홀히 한 채 기교만 닦으려는 고죽을 탐탁지 않게 생각한 것이지. 그것은 고죽도 마찬가지야. 고죽은 고죽대로 선생의

예술관을 비판하지. 이러한 불편한 관계로 세월이 흐르다가 어느 날 두 사람은 크게 다투게 돼. 결국 석담은 고죽에게 벼루를 집어 던지고 말지.

– 아, 그래서 쫓겨나나 보죠?

– 생각이 다른 두 사람은 본질적으로 일치될 수 없었던 거야. 스승은 글씨에서 힘을 중시하고 기(氣)와 품(品)을 숭상했고, 제자인 고죽은 글씨의 아름다움을 중히 여겼으니까 말이야. 이런 일이 있었어. 한일합방 이후 석담은 대나무와 매화를 시들고 뒤틀리게 그렸지. 고죽이 그 이유를 묻자 석담은 나라가 망했는데 무슨 흥겨움으로 잎이 무성하겠느냐며 나무라지. 한마디로 석담은 지조를 중시하는 사람이었어. 그래서 석담은 제자에게 한마디 던지지. "글씨에 만일 드높은 정신의 경지가 곁들여있지 않으면 검은 것은 다만 먹이요, 흰 것은 종이일 뿐이다."

– 스승이 좀 사랑으로 품어주시지 너무 엄하시네요.

– 깨달음에 이르게 하려면 대쪽 같은 스승이 필요한 법! 두 사람은 언젠가 이런 논쟁을 한 적이 있단다. 이를테면 예도논쟁인데…….

– 예도논쟁이 뭐죠?

– 예술이 우선이냐? 정신이 우선이냐? 그거야.

– 그래서요? 쌤.

– 고죽이 이렇게 따져 물어. "선생님 서화는 예(藝)입니까, 법(法)입니까, 도(道)입니까?" 이에 석담은 단호하게 말한단다. "도

(道)다!"

– 그러니까, 한사람은 정신을 추구하고 한사람은 솜씨를 추구한 것이군요.

– 그러다가 급기야 두 사람은 등을 돌리고 만단다. 결국 견디다 못한 고죽은 석담 선생을 떠나는 거야. 고죽은 이미 실력이 수준을 넘어선지라 어디를 가나 사람들로부터 환영을 받지. 그는 스승과의 공허감을 지우려고 술과 여자와 돈에 파묻혀 지내. 그러면서 서서히 깨달아가는 게 있었어. 자신을 쫓아낸 건 스승이 아니라 자신이라는 사실을.

– 아, 안타깝네요.

– 그러다 우연히 스승의 친구인 운곡 선생을 만나게 돼. 운곡은 그에게 한마디를 던지지. "석담이 죽을 때가 되긴 된 모양이로구나. 너 같은 것도 제자라고 돌아올 줄 믿고 있으니…… 괘씸한 것!" 순간 고죽은 심한 충격을 받아. 그래서 부랴부랴 스승에게로 돌아가지. 그러나 석담은 이미 세상을 떠난 후였어. 운곡선생은 고죽에게 말하지. "관상명정(棺上銘旌)은 네가 써라. 석담의 유언이다. 진사니 뭐니 하는 관직은 쓰지 말고 다만 '石潭金公及儒之柩[석담의 관]'라고만 쓰면 된다…… 그 뜻을 알겠는가? 그건 네 글을 지하(地下)로 가져가겠다는 뜻이다. 석담은 그만큼 네 글을 사랑했단 말이다. 이 미련한 작자야……."

– 아, 끝까지 석담은 고죽을 아꼈네요?

– 고죽은 비로소 스승의 사랑을 깨달은 거야. 그래서 울며불며

눈물로써 장례를 치르지. 그렇게 세월은 흐르고 또 흘러. 그래서 이제는 고죽도 나이를 먹어 늙은 몸이 된 거야. 병세가 악화된 그때 그가 하는 일은 자신의 그림을 다시 수집하는 일이 전부야. 아버지의 삶이 얼마 남지 않은 걸 알고 있는 고죽의 딸은 자신의 형제들을 부르고. 고죽은 그동안 자신이 목숨을 바쳐온 서화가 무엇이었는가 생각하며 회한에 잠기지.

– 정말 인생이 한순간인가 봐요, 쌤?

– 고죽은 그동안 팔았던 자신의 작품을 다시 사들이지. 그리고 하나하나 수집한 자신의 서화를 훑어봐. 그러나 남길만한 작품이 하나도 없음을 깨닫고 비로소 모두 불태워버리라고 지시하지.

– 와, 그거 비쌀 텐데 불태우면 안 되잖아요?

– 쌤, 그렇다면 석담 선생의 말씀이 옳다는 걸 인정한 셈이네요?

– 급기야 자녀와 문병객들이 보는 가운데 불을 지른단다. 그런데 불꽃이 활활 타들어가는 순간 홀연 한 마리 아름다운 금시조를 보게 되는 거야. 머리에 여의주가 박혀 있고, 입으로는 불을 내뿜으며 용을 잡아먹는다는 거대한 금시조(金翅鳥) 말이야! '예'와 '도'가 완성되는 순간이지.

– 와아!

– 금시조를 보았다는 것은 온전한 예술의 경지에 이르렀다는 것 아니겠니? 그러니까 결국 고죽이 '예'와 '도'를 이루었다는 얘기지!

– 이야기를 들으니까요, 쌤. 정말 저한테도 예술을 보는 안목

그러니까 통찰력이 불끈불끈 솟는 거 같아요, 하하.

– 너는 통찰력이 근육으로 가는구나.

금시조

불경에 나오는 상상의 큰 새로, 매와 비슷하며 머리에는 여의주가 박혀 있고 금빛 날개가 있는 몸은 사람을 닮았으며, 불을 뿜는 입으로 용을 잡아먹는다고 한다.

– 선생님, 왜 기운이 없어 보이세요?

– 음, 그렇게 보이냐? 고민이 있어서 그래.

– 무슨 고민요? 친구 분에게 돈 빌려줬어요?

– 녀석, 엉뚱한 소리 하긴! 다른 게 아니라 너희에게 『장자』를 설명해주고 싶은데 과연 너희가 이해를 할 수 있을까 이런 생각을 하다가 기운이 빠졌단다.

– 에이그, 쌤, 우리도 알만큼 알아요. 말씀만 해보시라니까요.

– 그러면 좋겠다만……, 그래 한번 해보자. 일단 '장자'는 알지?

– 글쎄요……? 그거 사람 이름인가요?

– 됐어, 됐고. 원래 이름이 '장주'인데 그냥 '장자'라고 부르지. 아무튼 그분의 말씀, 〈제물론〉을 보면 죽음에 대한 장자(장주)의 입장이 나온단다. "살아있는 것을 기뻐하는 것은 어리석음일 뿐이다. 사람이 죽음을 싫어하는 것은 어렸을 때 떠나온 고향에 돌아가지 않으려는 것과 마찬가지이다." 어때 이해가 되니?

– 죽는 걸 고향에 돌아가는 것으로 표현했네요.

– 음, 알아듣는구나. 좋다. 그러면 다음 단계를 얘기하겠다. "여희(麗姬)는 국경을 지키는 자의 딸이었다. 처음 진나라에 끌려왔을 때는 너무 울어 눈물로 옷깃이 흠뻑 젖을 정도였으나 왕의 궁전에 들어가 왕과 잠자리를 하고 맛있는 고기를 먹게 되자 울던 일을 후회하였다. 죽은 사람들도 이처럼 전에 자기들이 집착했던 삶을

후회할지 모른다." 이 말도 알아듣겠니?

– 죽고 나면 저승이 너무 좋아서 빨리 죽지 못한 걸 후회한다, 그런 뜻 같은데요?

– 허, 우리 수로가 눈치가 빠르구나. 그래, 장자는 잘 사는 것이나 잘 죽는 것이나 똑같이 중요한 과정으로 보았지. 모든 존재는 생겨남과 동시에 소멸의 과정을 밟는 거란 얘기다. 삶과 죽음이란 게 대립 관계가 아니라 같은 흐름이란 뜻이야.

– 음. 그런데 거의 생각해본 적이 없는 말씀이라 좀 어렵긴 어렵네요, 쌤.

– 어느 날 장자가 꿈을 꾸었는데 나비가 되어 훨훨 하늘을 날고 있었단다. 기쁜 마음에 하늘을 날아다니는데 자신이 장주임을 알지 못했지. 그리고 홀연히 잠을 깨어보니 자신으로 돌아와 있었다는구나. 장자가 꿈속에서 나비가 된 것인지 나비가 꿈속에서 장자가 된 것인지 스스로 알 수가 없었으나 장주와 나비가 서로 다른 것은 분명했어. 이를 일컬어 사물의 끊임없는 변화 즉 '물화(物化)'라고 부르는 것이다.

– 와~ 머리에 쥐가 나요, 쌤. 잠깐만 화장실 다녀오면 안 돼요?

– 사실 지금 이 순간에도 우리는 꿈을 꾸고 있는지도 모른다. 그러나 장자처럼 내가 나비의 꿈을 꾼들, 나비의 꿈속에 내가 있은들 달라지는 건 없다는 얘기야. 모두가 부질없는 생각(生角)일

뿐이지. 꿈과 현실, 나비와 장자 사이에는 좋고 나쁨이나 구별이 없어. 단지 대상[物]의 변화, 하나의 흐름일 뿐이야.

– 쌤, 화장실 다녀온 사이에 진도 많이 나갔어요?

– 〈양생주〉편에는 또 이런 이야기가 있단다. '포정'이라는 요리사가 왕에게 올릴 음식을 만들기 위해 소를 잡고 있었지. 한손으로 쇠뿔을 움켜쥐고 어깨로는 무게를 견디며 무릎을 세운 채 칼질을 하는데, 그 소리가 바람을 가르듯 경쾌하게 울려 퍼져 마치 음악을 연주하는 듯했단다. 그윽이 바라보던 왕이 감탄하며 "참, 훌륭하다. 기술이 어찌 이런 경지에 이를 수 있는가?"라고 말했어. 이에 포정은 칼을 내려놓고 이렇게 말하지. "제가 귀하게 여기는 것은 도(道)입니다. 기술(技)을 넘어서는 것입니다. 제가 처음 소를 잡을 때는 눈에 보이는 것이 온통 소뿐이었습니다. 삼 년이 지나자 온전한 소 대신 다루어야 할 부위만 눈에 들어왔습니다. 게다가 지금은 눈이 아닌 마음으로 소를 대하는 경지까지 이르렀습니다. 저는 하늘이 낸 결을 따라 틈바구니에 칼을 밀어 넣고, 구멍에 칼을 들이댈 뿐입니다. 이렇게 칼을 다루다 보면 설령 뼈와 힘줄이 뒤엉켜있어도 실수가 없습니다. 훌륭한 요리사는 일 년에 한 번만 칼을 바꿉니다. 살을 가르기 때문입니다. 보통 요리사는 달마다 칼을 바꿉니다. 뼈를 자르기 때문입니다. 저는 지금까지 19년 동안 이 칼로 소를 수천 마리나 잡았습니다만 칼날은 이제 막 숫돌에 간 듯합니다." 이에 감탄한 왕이 "훌륭하다! 나는 오늘 포정의 말을 듣고 몸과 마음을 유지하기 위해 갖추어야 할 지혜를

터득했노라."라고 했단다.

– 우리도 정말 그런 실력을 갖출 수 있을까요? 힘들 것 같아요, 선생님.

– 너희도 지금부터 지식의 칼날을 갈아서 공부를 잡으면 최고의 경지까지 이를 수 있단다. 선생님을 믿고 칼 한번 갈아보지 않을래?

– 괜히 잘못 갈았다간 사람 다쳐요, 쌤.

– 또 다른 예화로서 '우사'란 사람에 대한 이야기가 있다. 우사는 형벌을 받아 한쪽 발을 잃었는데, 어떤 이가 와서 놀라 그에게 묻지. "대관절 어찌 된 일인가? 어쩌다가 한쪽 발을 잃었는가? 하늘의 뜻인가, 사람의 뜻인가?" 그러자 우사가 이렇게 대꾸했어. "하늘의 뜻이지 사람의 뜻은 아니야. 사람의 생김은 하늘이 정해주지. 내가 한쪽 다리로 살게 된 것도 그런 이치야. 연못가에 사는 꿩은 열 걸음을 옮겨 먹이를 한입 쪼아 먹고 백 걸음을 걸어야 물을 한 모금 마실 수 있지만 새장에 갇히는 것은 원치 않아. 음식은 쉽게 얻어지겠지만 마음이 갇히기 때문이지."

– 무슨 뜻이에요?

– 자기가 잘못하여 벌을 받았는데 목숨이라도 붙은 게 하늘의 고마운 뜻이란 얘기야. 그리고 꿩처럼 자유롭게 사는 게 행복이지 닭처럼 닭장에 갇혀 사는 건 원치 않는단 얘기지.

– 와, 중국 사람들 말은 잘 생각해서 들어야 하겠네요, 쌤.

– 이런 게 바로 무위자연(無爲自然)이야. 운명에 순응하면서 진

리를 깨닫는 거지. 그러니까 달관의 자세라고 할까. 한쪽 다리를 잃고 나서야 우사는 이것을 깨달았던 거란다.

– 네. 너무 비싼 수업료를 냈네요, 쌤.

– 장자는 '각의(刻意)' 편에서 집착을 버리면 모든 것을 소유할 수 있다고 말해.

– 앗! 그거 역설법이네요, 맞죠?

– 무위의 경지에서는 마음의 경계가 사라지며 온갖 미덕이 저절로 갖추어진다고 말한단다. 이게 성인의 덕이라는 거지. 또한 '달생' 편에는 '재경'이라는 북 받침대를 만드는 사람이 나오는데, 그의 놀라운 솜씨를 묻는 임금의 질문에 그는 제사모실 때처럼 목욕재계를 하여 집착을 끊은 뒤 일을 시작한다고 한단다.

– 성실한 사람인데요, 쌤.

– 한마디로 마음을 비우고 일하라는 얘기다. 다시 말하면 '무위'의 중요성을 강조한 거야. 욕망을 없애라는 말!

– 아~ 무위가 그런 뜻이군요, 쌤.

– 마지막으로, 장자가 죽을 때 제자들이 모여서 성대한 의식을 준비하게 된단다. 혹시라도 시신을 까마귀나 솔개가 훼손하지 못하도록 말이야. 그러나 장자의 생각은 달랐어. 하늘과 땅을 관으로 삼고 해와 달을 옥으로 삼으며 별을 장식으로 삼고, 만물을 부장품으로 여기며 자연에 눕겠다고 했단다.

– 와, 보통 사람하고 차원이 다르네요…….

– 이처럼 자연에서 나서 자연 속에서 살고자 했기에, 자연이 노

자를 낳고 노자에게서 장자가 생겼다고 하는 말도 있어. 그러니까 절대 자유란 자연과 하나가 될 때 가능한 일인 거야. 따라서 『장자』란 책이 그저 낡은 사상이라는 편견을 버리고 책속의 진리를 읽고 삶을 해석하는 통찰을 배우길 바란다.

장자(莊子, BC 369~BC 289)

중국 고대의 사상가. 도(道)를 천지만물의 근본원리라고 보았다. 물오리의 다리가 짧다고 하여 그것을 이어주거나 학의 다리가 길다고 하여 그것을 잘라주면 자연스러움을 해치게 되듯 인위적인 것을 배격했다.

논술, 통찰력 기르기

- 수로야, 우리가 베르나르의 소설도 배웠고 법정 스님의 『무소유』도 읽어 보았는데, 기왕이면 이러한 노하우를 써먹어야겠지? 그래서 말인데 이와 관련하여 논술 문제를 하나 만들어보았단다. 책도 읽고 논술도 준비하고, 일석이조이지! 하하.

- 그러면 좋죠!

- 그러면 먼저 아래의 제시문과 보기를 읽고 나서 얘기해보자.

- 네 , 제가 큰 소리로 읽어볼게요.

(가) 베르나르 베르베르의 장편소설 『뇌』는 인간의 뇌에 '최후의 비밀' 이라는 전기 자극을 줌으로써 행동의 동기를 인위적으로 통제하는 이야기이다. 온몸이 마비된 한 인간에게 슈퍼컴퓨터가 연결되어 그것을 통제한다. 이 전기 자극은 최고의 쾌락을 제공하기 때문에 한번 경험한 사람은 누구도 '최후의 비밀' 에서 벗어날 수 없다.

'인생역전!' , '대박!' 10개 복권발행 기관이 연합해서 만든 '로또' 복권의 선전 문구다. 고단한 일상의 삶을 살고 있는 다수 국민들의 뇌에 짜릿한 '자극' 을 준다. 이미 수많은 사람들이 여기에 빠져 허황된 즐거움에 젖어 있다.

그런데 6개의 숫자를 모두 맞혀 1등에 당첨될 확률은 814만분의 1이다. 하루에 복권을 한 장씩 사면 2만 년에 한 번 당첨될 수 있다는 계산이다. 그럼에도 국민들이 이 복권에 매료되는 것은 '혹시나' 하는 사행심 때문이다. 혹시나 당첨되면 정말 '인생역전' 이 가능하다고 믿는 것이다. 그러나 당첨은 거의 불가능하다. 설령 당첨되었다 하더라도 그들의 결말은 모두 불행하게 끝난다. 대박에 대한 환상. 그것은 이것은 베르나르의 소설에서 나오는 전기 자극처럼 진정한 행복이 아닌 조작된 행복이고 착각일 뿐이다.

(나) 크게 버리는 사람만이 크게 얻을 수 있다는 말이 있다. 물건으로 인해 마음을 상하고 있는 사람들에게는 한 번쯤 생각해볼 말씀이다. 아무것도 갖지 않을 때 비로소 온 세상을 갖게 된다는 것은 무소유의 역리(逆理)이니까. - 법정, 『무소유』 중에서

[문제] (나)의 관점을 바탕으로 (가)에 나타난 현실을 비판하고 바람직한 대안을 쓰시오. (600자)

- 쌤, 다 읽었어요!

- 읽어보니까 어떤 생각이 드니?

- 근데 쌤, '로또'를 사는 사람들 가운데 그냥 재미로 사는 사람도 있잖아요.

- 물론 있지. 그러나 그런 사람은 많지 않아. 문제는 병적으로 사는 사람이 사회 전반에 확산되어 있다는 게 문제야.

- 정말, '로또 복권'이 성실하게 살려고 하는 사회 분위기를 흐리게 할 것 같아요.

- 바로 그거야. 한탕주의가 문제야. 건전하게 노력해서 성공하려고 하는 것보다 인생을 그저 한 방에 날리려고 하는 게 문제라는 거지. 물론 뼈

빠지게 일해봐야 먹고살기도 힘드니까 그렇다는 건 이해가 가지만, 점점 그러한 자본주의의 속물적인 생각이 만연한다는 게 안타깝지.

- 맞는 말씀이에요, 쌤!

- 그래서 위와 같은 사회 고질적인 병폐를 통찰하고 비판할 줄 알아야 한다는 거야. 실제로 위와 같은 논술문제는 가끔씩 출제되는 유형인데, 〈보기〉에 있는 법정 스님의 삶의 태도를 통찰력으로 파악한 다음 쓰면 되는 거야.

- 법정 스님의 『무소유』는 저도 읽어봤는데요, 히힛.

- 그래? 그럼 이제 잘 쓰는 일만 남았구나, 하하.

- 어떻게 쓰는 게 좋죠?

- 먼저, 600자 분량이면 세 개의 단락으로 나누어 쓰는 게 좋단다. 첫 단락은 로또 문화의 현실을 (가)에서 유추하여 쓰고, 두 번째 단락은 로또 문화의 문제점으로, 물질주의 조장이라든가, 사행심 조장과 같은 것을 비판하면 돼. 그리고 마지막 단락은 해결 방안으로 '무소유' 정신을 제시하여 행복의 가치를 정의해주면 되는 거지. 그러면, 수로가 예시답안을 한 번 읽어볼래?

사행성 산업은 경기 불황 국면에 호황을 누리는 대표적 업종이다. 그래서 복권 판매소는 불경기일수록 '인생역전' 을 꿈꾸는 사람들로 문전성시를 이룬다. 그러나 제시문에서 보듯이 그것은 환상이고 착각이다. 운이 좋아 복권에 당첨된 경우라도 돈을 무절제하게 사용하여 폐인이 되기도 한다. 그러면서도 사람들이 대박의 환상을 떨치지 못하는 것은 현재 자신의 경제적 여건에 만족하지 못하기 때문이다.

제시문 (가)를 보면 베르나르의 소설처럼 사람들은 당첨될 것이라는 최면에 길들여 진 상황이다. 실제 로또의 당첨확률은 극히 적다. 그럼에도 사람들은 이성적 판단 보다 광고 문구에 현혹되어 허황된 환상을 좇는다. 이러한 대부분의 사람은 경제 적 능력이 없는 서민들로서 자신도 갑부가 될 수 있다고 생각한다. 이것은 행복의 가치를 돈으로 판단하는 것으로 그 폐해를 우려하지 않을 수 없다.

얼마 전 세상을 떠난 법정 스님은 진정한 행복을 무소유에 두고 있다. 물질의 구속을 벗어날 때 진정한 행복이 있다고 역설(力說)한다. 국제기관에서 전 세계 54개국 국민들이 느끼는 행복도를 조사해본 결과 방글라데시가 1위를 차지하고 선진국이 하위에 머무른 것도 같은 맥락이다. 이것은 돈과 같은 물질이 반드시 행복의 필수 조건이 아니라는 점을 말해주고 있다. 결국, 개인의 행복은 물질이 아니라 정신적 만족에서 비롯된다는 사회적 분위기 조성이 필요하다.

- 역시……, 읽어보니까 필요한 말만 쓰여 있네요. 쌤, 저도 많이 써보는 훈련을 해야겠어요.

- 논술에는 예시답안은 있어도 정답이라는 건 없단다. 그러니까 수로 너도 훌륭한 답안을 쓸 수 있다는 자신감을 갖도록!

- 옛 써~ㄹ!

V

논증력 꿀 발라먹기

플라톤의 대화 · 은유로서의 질병 · 책임의 원리 · 페미니즘의 도전
이기적 유전자 · 문명의 충돌 · 루시퍼이펙트 · 인권, 그 위선의 역사
촘스키, 누가 무엇으로 세상을 지배하는가 · 과학의 종교 읽기

쌤~, 논증력이 뭐예요?

– 선생님, 안녕하셨어요?

– 아이구, 어서 와라. 혜리랑 유나랑 왔구나.

– 네, 선생님. 오늘은 저희 둘만 왔어요. 근데요, 선생님. 지난 토요일 날 저희 학급에서 토론을 했거든요? 근데 나중에 담임선생님이 하시는 말씀이 저더러 논리가 약하대요. 그래서 충격 받았어요. 전 나름대로 잘했다고 생각했는데…….

– 아아, 혜리에게 그런 일이 있었구나.

– 선생님, 신문이나 방송을 보면 논증이나 논리를 어려서부터 길러야 한다는데, 정말 논리나 논증, 이런 게 뭐예요?

– 으음, 드디어 논증에 대해 말할 시간이 되었나? 그래, 좋다. 오늘은 논증이 무엇인가에 대해 내공을 키워주마. 음, 너희들이 친구들과 대화를 하면서 유심히 살펴보면 말하는 특징이 각기 다른 것을 느낄 거야. 그냥 사사로운 얘기를 하다가도 저 혼자 열 받는 친구가 있는가 하면 그저 남이 하는 말만 듣고 히히 웃기만 하는 친구도 있을 것이야. 또 두서없이 산만하게 말만 늘어놓고 수

습 못하는 친구도 있을 것이고.

– 정말 그래요, 선생님. 그런 친구들 있어요.

– 유나는 어떤 스타일이니?

– 전 주로 친구들이 하는 말만 듣는 입장이에요. 어떤 때는 결론만 얘기하기도 하구요.

– 음, 그래도 자기 얘기만 떠들어대는 아이보다는 낫구나. 음, 너희들이 대화 때마다 느꼈겠지만 같은 말인데도 어떤 친구가 하는 말은 쉽게 수긍이 가고 한마디의 말을 들어도 편안한 경우가 있어. 반대로 어떤 아이가 말을 하면 정말 말 같지 않고 나중에는 짜증이 나는 경우도 있지. 왜 그럴까? 그것은 그 말을 하는 사람이 내가 이해할 수 있도록 자상하게 체계적으로 하느냐 그렇지 못하느냐에 달려있기 때문이지.

– 그러니까 그게 설득력이란 얘기예요?

– 그렇단다. 그게 바로 이야기를 탄탄하게 엮어내는 힘, 바로 논리라는 거야. 어쩌면 세상의 모든 것은 논리로서 존재하는지도 모르지. 꽃 한 송이가 핀다 하더라도 그것은 가장 아름다운 모습을 가장 논리적으로 드러내고 있는 것 아닐까. 거리의 벽보에 붙어있는 광고도 가장 짧은 논리로 상품을 알리는 것이고. 지나가는 여학생의 따뜻한 미소도 자신의 표정을 논리적 드러내고 있는 것이야. 사랑의 고백에서부터 신문의 사설, 정치인들의 심야토론에 이르기까지 논리로 이루어지지 않은 건 없을 거야. 한마디로 자신의 생각을 논리적으로 입증하는 게 논증이지.

– 아하, 세상 모든 게 논리로 존재한다, 이 말씀이네요?

– 그래. 꽃이 예쁘게 핀 것도 나에게 오면 더 많은 꿀을 얻을 수 있다는 논리를 벌들에게 논리적인 색깔로 증명하는 거지.

– 그러니까 색깔이 예쁠수록 논리적이겠네요? 히히, 호호.

– 미국드라마 『형사 콜롬보』를 본 사람이 있을지 모르겠다. 만약 보지 않았다면 기회가 닿을 때 보기 바란다. 키가 작고 어수룩한 생김의 콜롬보. 그는 늘 바바리코트를 입은 모습으로 피의자에게 "잠깐만!"이라고 외치며 결정적 단서를 찾아내지. 그에게 걸려들면 어떠한 상대라 하더라도 그의 치밀한 논리에 밀려 범행일체를 자백할 수밖에 없어. 그는 천재적인 추리와 논리, 한마디로 그의 매력은 범행의 단서를 찾아내 죄를 입증하는 치밀한 논증에 있었던 거야.

– 아, 그렇게도 논증이 사용되는 군요, 선생님!

– 다른 법정 드라마를 보더라도 변호사가 억울한 피고인을 위해 끝까지 증거를 확보하고 논리로 싸우는 모습은 얼마나 감동적이니? 이처럼 논증이란, 자신의 주장에 대해 근거를 제시하며 증명하는 방법이란다. 그러니까 어떤 결론이 왜 옳은지, 또는 왜 옳지 않은지 밝혀내는 능력이라고나 할까? 그러니까 차근차근 나름의 주장을 증명하여 상대방으로 하여금 생각이 바뀌기를 바라는 것이지.

– 선생님, 논증도 형식이 있다고 하던데, 어떤 식이에요?

– 아하, 그건 여기에서 얘기하면 복잡해진단다. 그 종류도 많고 복잡하니까 말이야. 음, 한두 개만 얘기하면 이런 거지. "모든 사

람은 감정의 동물이다. 혜리도 사람이다. 그러므로 혜리는 감정의 동물이다." 이런 거 말이야.

– 호호! 재밌네요. 선생님.

– 그런데, 오류를 조심해야 해. 예를 들면 "첫사랑은 이루어지지 않는다. 너와 나는 첫사랑이다. 그러므로 우리의 사랑은 이루어지지 않는다." 이런 거지.

– 어, 결론이 기분 나쁘네요?

– 하하하, 이게 논리를 이용해서 말장난하는 거야. 쉽게 말하면 속임수이지! 이런 예를 하나 더 만들어볼까? 너희가 화장품가게에 온 손님이라고 가정하고 이렇게 논리를 펴볼 테니 들어봐라. "훌륭한 안목을 가진 분은 이 제품을 구입합니다. 당신은 이 제품에 관심을 안 보이는군요. 그러므로 당신은 훌륭한 안목을 지닌 분이 아닙니다." 어때? 화장품을 사야만 되겠지? 아, 물론 논리가 엉터리야. 화장품을 구입해야 안목이 있는 건 아니니까 말이야.

– 아, 말 잘하는 사람들 조심해야겠네요.

– 간혹 외판사원들이 이러한 논리로 원하지도 않는 상품을 구매하게 한단다. 조심해야 할 거야.

– 네. 우리도 논리와 논증으로 무장해야겠어요, 선생님!

– 그래, 거저 얻어지는 게 없듯이 논증적인 사고와 말에 신경을 써서 연습하면 금방 나아질 거다.

– 네에, 선생님. 이제 좀 알 거 같아요. 저에게 논리가 부족하다는 담임선생님 말씀이 무슨 뜻이었는지 알겠어요, 선생님.

쌤~, 논증력이 왜 중요해요?

– 선생님, 논리와 논증에 대해서 지난 시간에 말씀해주셨잖아요? 근데 골치 아픈 논증이 저희에게도 중요한가요?

– 물론 중요하지. 호랑이에게 물려갈 때는 정신만 차리면 되지만, 사람에게 물려갈 때는 논리가 있어야 살 수 있는 거야. 지금은 총칼을 들고 싸우는 게 아니라 말로써 싸우는 거니까 말이야. 세상엔 생각보다 사기꾼과 협잡꾼, 온갖 나쁜 의도로 상대를 곤경에 빠뜨리고자 하는 사람들이 많단다. 어리바리한 사람은 설 자리가 없어.

– 와, 그 정도로 사람들이 계획적인가요?

– 사기꾼들 봐라. 온갖 미사여구로 사람의 혼을 빼버리잖니? 눈뜨고 코 베어가는 정도가 아니라 속눈썹까지 뽑아가는 세상이란다. 똑똑하지 않으면 그런 사람을 당해내기란 여간 어려운 게 아냐.

– 왜 사람들은 그 좋은 말솜씨를 꼭 나쁜 쪽에다 쓰죠?

– 가치관 나름이란다. 그 옛날 순진하고 똑똑했던 히틀러도 뛰

어난 웅변술로 독일민족에게 최면을 걸고 나아가 600만의 유태인들을 학살했잖아?

– 와, 그렇게 많이요?

– 어떤 사람은 히틀러를 나쁘지 않다고 말하더라만, 바로 그런 게 논리싸움이야. 자신이 히틀러를 좋아하면 히틀러가 유태인들을 죽일 수밖에 없었던 이유를 제시하면서 그를 위대한 영웅으로 만들기도 하지. 이게 다 논리야. 그러니까 논리란 칼과 같아. 의사가 사용하면 생명을 살리고 악한 사람이 사용하면 피를 묻히게 되는 거처럼 말이야.

– 와, 무서워요.

– 정말 논리로 무장을 해야만, 진정한 승리를 할 수 있단다. 고려가 명나라를 쳐들어가려 할 때, 반대한 사람이 이성계였지. 그의 논리는 4가지였어. "작은 나라가 큰 나라를 치는 것은 불가능하다. 농사철에 군사를 일으키는 것은 옳지 못하다. 요동을 정벌하면 그 틈을 타서 왜구가 침략할 것이다. 이제 곧 여름철이 다가와서 활이 풀어지고 군사들이 전염병에 걸릴 것이다." 이러한 논리로 그는 부하들을 설득하여 오히려 고려를 쳐버렸지. 엄연한 반란인 셈이야. 만약 '4대 불가론'과 같은 논리가 없었다면 군사들이 따르지 않았을 거란 얘기지.

– 그 불가론을 깨뜨릴 논리는 없었나요?

– 바로 그거야. 그 반박논리가 약했던 게 아쉬운 점이란다. 이성계의 논리가 잘못되었다는 반박논리만 있었어도 이성계의 기반

이 흔들렸을 거야.

– 네에, 논증하려면 강심장도 필요하겠네요, 선생님.

– 지금 선생님이 말하는 게 논증이 왜 중요한가야, 그지? 우리가 바르게 비판하고 바르게 판단하려면 논리가 있어야 해. 그래야 나라를 바르게 세우고 사회를 건강하게 만들기 때문이란다. 친일파 문제도 안 그러니? 우리나라는 지금까지 친일파를 단 한명도 처벌한 적이 없단다.

– 왜요?

– 광복 이후에도 친일파들이 계속 권력을 장악하고 있어서야. 그들이 경찰과 군 수뇌부에 앉아있는데 처벌이 가능하겠니? 그래서 '반민족행위에 관한 특별법'을 만들어 처벌하고자 했는데 오히려 그 법을 집행하려던 사람들이 체포되는 일이 발생했단다. 그게 우리나라야.

– 그런 말 들으면 속상해요, 선생님.

– 지금도 그래. 친일파에 대한 언급을 할라치면 그쪽 사람들은 나름대로 논리를 펴.

– 그 사람들에게도 논리가 있나요?

– 그들은 친일파를 언급하는 사람을 은근히 불순세력인 것처럼 몰아세우지. 친일파들도 국가에 이바지했다는 거야. 그러면서, 세월이 한참 지났는데 굳이 어두운 과거를 들출 필요가 있느냐는 거지. 또한 친일파들도 역사의 희생자들이며 사실 일제 때 친일 안 한 사람이 어디 있느냐며 물고 늘어지기도 해. 친일파를 더 이상

얘기하는 사람들은 국론분열자라고 몰아세우기도 하고. 이게 그들의 논리야. 가만히 들으면 맞는 말 같잖아?

– 그러게요, 선생님.

– 그러니까 그러한 논리에 당하지 말라는 말이야. 논증의 힘이 중요하다는 얘기지, 내 말은!

– 아, 맞다. 그래요, 맞아요! 선생님.

– 기왕 말이 나왔으니 친일파 이완용의 논리를 얘기해줘야겠다. 그런데 이완용이 누구인지는 잘 알겠지?

– 아이, 참. 당연하죠. 을사조약을 강제로 체결했던 사람이잖아요.

– 미안하다. 선생님이 너희를 무시했구나. 으흠…… 그래. 이완용이 일제 때 막강한 권력을 휘둘렀지. 임금보다 막강한 지위를 누렸으니까 말이야. 그때 어느 청년이 그러한 이완용을 암살하고자 칼을 갈고 있었던 거야. 이완용은 새벽이면 남산 오솔길로 조깅을 나가곤 했지. 바로 그 남산 오솔길에서 청년이 이완용을 기다린 거야. 청년은 물었지. "당신이 이완용 맞지요?"

– 그래서요, 선생님. 찔렀나요?

– 아냐. 아쉽게도 그러질 못했어. 깜짝 놀란 이완용이 침착하게 "그렇다네."라고 하면서 청년의 표정을 읽었어. 청년이 자신을 암살하려고 한다는 것을 알아챘지. 살기를 띈 청년이 "당신은 왜 조선을 일본에 넘겼습니까."라고 물었지. 이완용은 기다렸다는 듯이 "조선은 독일, 프랑스, 러시아와 같은 강대국에 먹힐 위기에 처해

있었소. 마치 부모 잃은 어린아이가 늑대들에게 물려 죽게 된 그러한 처지 말이요. 그래서 나는 조선을 살릴 방법이 무엇인가 고민을 했소. 어차피 조선이 누구엔가 먹힐 운명이라면 차라리 일본에 맡기자. 일본은 그래도 우리 이웃나라 아닌가, 이런 생각에서 어려운 결단을 했던 것이오. 아, 누가 이 괴로운 심정을 알아줄는지……. 청년도 공부 좀 하시오. 그럼 난 바빠서 이만…….” 그렇게 사라지더란 얘기야.

– 도망친 거잖아요, 선생님.

– 그렇지! 이완용의 교활한 논리에 속아 넘어간 거야.

– 아, 허망하네요.

– 이게 논리야. 청년은 논리에 당한 거고, 이완용은 논리로 목숨을 구한 거지.

– 아, 청년이 비판력만 있었어도 좋았을 텐데!

– 역사가 다 그렇단다. 지나고 나면 아쉬움만 남지.

– 아쉬운 사람이 또 있어요? 선생님.

– 나는 김구 선생을 저격한 안두희를 생각하면 참으로 안타깝단다. 우리 민족 최고의 지도자였던 백범(白凡) 김구(金九) 선생을 그는 왜 암살했을까? 한마디로 누군가에 의해서 논리적으로 세뇌를 당했기 때문이야. 그 배후가 분명하지는 않아. 그가 미국의 첩보부대 OSS요원이었으니까 미국이 배후일 거란 말도 있고, 또 이승만이란 말도 있지……. 하지만 끝내 배후를 밝히지 않고 박기서란 사람에게 피살되었단다. 무지한 탓이야. 무지했기에 그런 용서

받지 못할 짓을 저질렀던 거야.

– 와, 논리를 잘못 배우면 정말 큰일 나겠네요, 선생님.

– 논리학에 '거짓말쟁이의 역설'이라는 것이 있단다. 말이 복잡하니까 잘 들어봐라. 크레타 인을 한 번도 만나본 적이 없는 사람들 앞에 어느 날 크레타인이 나타나. 그 크레타인이 '모든 크레타인은 거짓말쟁이다'라고 말해. 그렇다면 그 말은 참일까, 거짓일까? 만일 그의 말이 참이면 크레타 사람은 거짓말쟁이지. 그러나 그도 또한 크레타인이기 때문에 그의 말 자체가 거짓말이야. 우리는 이때 그 크레타인의 말을 믿어야 하는가 말아야 하는가?

– 와, 선생님 머리에 쥐나요. 벌써 금 갔나 봐.

– 인간의 역사는 거짓말의 역사나 다름없어. 어떤 말이 거짓인지 참인지를 구별하는 일은 수천 년 동안 인류의 과제였단다. 그러니까 우리는 사람들이 하는 말을 그대로 믿어선 안 된다는 거야. 또 무슨 말에든 순순히 "아, 그렇군요." 하고 고개를 끄덕이는 것은 아무 생각이 없다는 뜻이기도 해.

– 아! 그렇군요, 선생님. 호호~

– 우리는 정치인들의 말, 텔레비전이나 잡지의 과대광고, 이런 것들도 곧이곧대로 들으면 안 된다는 말을 하고 싶단다. 최근 들어 부쩍 국민을 위하는 것처럼 말하는 거짓 논리들이 판을 치고 있어. 다 자기네들 욕심을 채우고자 하는 술책에 불과하단다. 이러한 논리적 싸움은 회사에서 노사 간에 일어나기도 하고 또 동네 주민들 간에 일어나기도 하지. 모두 파이 한 조각 더 얻겠다고 다

투는 논리의 전쟁이란 게 안타까워. 참으로, 인간은 간 데 없고 논리만 남은 세상이란다.

– 저는 논리가 미워요, 선생님!

– 오늘날, 정보화시대라고 해서 텔레비전이나 라디오, 인터넷 같은 데서 토론의 장이 자주 열리고 있는 걸 본단다. 토론하는 사람들도 다양해졌어. 하지만 우려스러운 건 여전히 인신공격에다가 흑백논리로 막말을 쏟아내는 경우가 많아. 이러한 것은 논증이라 할 수 없는 것들이야. 따라서 이러한 것들을 쾌도난마할 논리를 키우라고 부탁하고 싶다.

– 네에. 정의가 이기는 사회가 되도록 저희가 열심히 노력할게요, 선생님!

– 선생님, 저 어쩌면 변호사 될지 몰라요, 필이 그쪽으로 꽂혀요.

– 하하하, 똑똑한 예쁜 유나가 말까지 잘하면 대단하겠는 걸?

쌤~, 논증력으로 이루어진 것들엔 뭐가 있어요?

– 선생님, 인간은 빵만으로 사는 동물이 아니라고 해서 저 요새 밥 굶고 있어요.

– 녀석, 이상한 논리를 펴기는……. 아니 너 또 다이어트 시작했구나, 응? 그렇지? 허허, 밥을 먹어야 해. 큰일 할 사람이 건강을 해치면 안 된단다.

– 근데, 선생님. 생각해봤는데요, 논증으로 이루어진 것들도 있을까요?

– 아, 있지! 그걸 얘기하기 전에 먼저 논증과 관련된 사람들을 알고 넘어가야 할 거 같아. 판사나 검사와 같은 법조인들이 바로 그런 사람들이야. 이 사람들이 논증으로 먹고 사는 사람들이지. 그 다음에는 국회의원, 외교관들이고. 이 사람들도 정말 나라를 위해 논리를 펴야 하는 막중한 일을 하는 사람들이야. 그리고 토론 진행자라든가, 대학교수들 이런 사람들이지. 아, 물론 과학자들도 논리로써 이론을 만드는 사람이니까 역시 논리를 떠나서는

살 수 없는 사람들이고 말이야.

– 아! 과학자들도 논리를 쓰는군요, 선생님.

– 당연하지. 그들이 쓰는 게 귀납법이라는 거 아니니? 예를 들어 '대륙이동설'하면 그냥 주장하는 게 아니잖아. 타당한 이론으로 입증해야 하잖아. 첫째, 남아메리카 대륙의 동쪽 부분과 아프리카대륙 서쪽부분의 해안선 모습은 비슷하다. 둘째, 남아메리카대륙과 아프리카대륙에서 공통적인 생물화석이 발견되었다. 셋째, 북아메리카대륙과 유럽에서 같은 구조와 암석이 나타났다. 따라서 원래 하나였던 대륙은 오늘날 서로 갈라진 것이다. 이런 게 논리란 얘기야.

– 아하! 그렇군요.

– 그리고 '피타고라스의 정리'와 같은 수학공식도 다 치밀한 논리로 이루어진 거야. 피타고라스의 정리란 너희도 알다시피 3개의 변을 a,b,c라 하고 c에 대한 각이 직각일 때 $a^2+b^2=c^2$로 됨을 말하는 거잖아?

– 선생님, 석굴암에도 수학적인 원리가 쓰였다는데 그것도 수학적 논리가 적용된 거네요?

– 그렇지. 하나를 알려주면 열을 아는구나. 뿐만 아니라 프렉탈 구조와 같은 것도 마찬 가지이지.

– 피라미드도 수학적 논리가 쓰였겠죠?

– 암, 그렇고말고!

– 다른 장르에는 없나요?

– 사실 논증이라는 게 증명하는 것이라서 예술작품에 적용하기에는 좀 무리가 따른단다. 하지만 넓은 의미에서 보면 음악에도 체계가 있으니까 논리가 있다고 할 수 있지. 예를 들어, 모차르트의 '돈 조반니' 같은 작품은 완전무결한 오페라음악이란다. 모차르트 작품 가운데서도 가장 치밀하고 논리적인 작품으로 유명하단다.

– 저희는 클래식에 약해요, 선생님! 길게 얘기하시면 안 돼요.

– 하하. 그렇다면 문학으로 넘어가서 셰익스피어의 『베니스의 상인』은 배워서 알지?

– 네. 그건 배웠어요, 선생님.

– 이 작품을 보면 재판하는 내용이 나오잖아. 샤일록이 안토니오에게 돈을 빌려주는데 기일 내에 갚지 못하면 '살 1파운드'를 떼겠다는 조건을 걸잖아. 돈이 필요한 안토니오는 선뜻 그 약속에 동의하고. 하지만 안토니오는 돈을 갚을 수 없게 되어 위기에 몰리고……. 그때 판사가 명 판결을 내리잖아. "계약서대로 살 1파운드를 떼 가라. 대신 한 방울의 피를 흘려선 안 된다. 또한 정확히 1파운드에서 남아서도 안 되고 모자라서도 안 된다."

– 네. 기억나요, 선생님. 결국 샤일록은 생명을 위협한 죄로 벌을 받잖아요, 그죠?

– 음, 기억력이 좋고 정말 똑똑하구나. 다른 애들보다 몇 배 낫다.

– 호호홋. 제가 제일 낫죠? 근데 선생님 또 어떤 게 있을까요? 논증력으로 이루어진 게……?

– 한시와 같은 것들도 기승전결 구조의 논리로 되어있단다. 신문의 사설도 나름대로 논리와 논증을 가지고 있고……. 안중근 의사의 법정최후진술 같은 글도 대단히 논리적인 글이란다. 그 살벌한 왜놈들 법정에서 조금도 굴하지 않고 자신의 정당성을 밝히는데, 참으로 눈물이 나오는 장면이야.

– 어떤 내용인데요?

– 안중근 의사는 칼로써 황제를 협박하여 체결한 을사조약은 무효라는 말과 조선의 독립을 보장하겠다고 한 뒤 지켜지지 않은 약속, 이토의 간사한 꾀로 수많은 백성이 죽어간 것들이 모두 일본의 책임이라고 말하는 거야. 아울러, 이토가 동양의 평화를 어지럽게 하기 때문에 의병 중장의 자격으로 죄인을 처단했을 뿐이라고 말했단다. 정말 준엄한 논리였지.

– 네. 제가 제일 존경하는 분이에요, 선생님.

– '기미독립선언문'도 기막힌 논리적 명문장이란다. 세계 그 어느 곳에 내놔도 손색이 없는 최고의 작품이지. 왜놈들이 이걸 읽는다면 일본인으로 태어난 걸 부끄러워 할 거야.

– 아, 그거 독립기념관에 가서 본 적 있어요, 선생님.

– 보았다니 다행이구나. 그렇다면 김구 선생의 '나의 소원'도 다 읽었겠네? 그 책을 보면 독립에 대한 열망이 단호한 어조로 나

와 있잖아. 그지?

– 네. 훌륭한 위인이라고 배웠어요, 선생님. ……그런데 서양 작품에는 뭐 없나요?

– 서양?……. 인디언 추장 '시애틀'이 미국 14대 대통령 '플랭크린 피어스'에게 보낸 편지가 생각나는구나. 그게 가장 설득력이 있지. 대단히 질서정연하고 논리적인 연설문이야. 백인들의 야만성과 폭력성을 조목조목 반성하게 하는 명문장이란다. 음……. 그리고 또 다른 것으로 미국의 '패트릭 헨리'가 연설한 '나에게 자유가 아니면 죽음을 달라'는 문장 또한 굉장히 설득적이야. 한마디로 미국이 영국으로부터 독립하게 된 계기가 이 연설 때문이었으니까.

– 아, 패트릭 헨리가요? 대단하네요!

– 링컨도 그런 유명한 연설을 했지. 혹시 뭔지 알겠니?

– 음, 알아요. 거 뭐냐, 국민에 의한 국민을 위한 국민의…… 뭐, 그런 거잖아요?

– 녀석, 그래도 대견하다! 그래 맞아. 게티즈버그 연설에서 한 말이지. 국민에 의한, 국민을 위한, 국민의 정부가 사라지지 않도록 우리 모두 노력하자는 감동적인 연설이었단다.

– 와, 선생님. 논증이란 한마디로 폭탄 같아요.

– 와우, 멋진 비유인데? 잘 쓰면 유익하지만 잘못 사용하면 위험하다 그 애기지? 유나가 실력이 많이 늘었구나. 축하한다. 그럼, 오늘 애기는 여기서 끝~

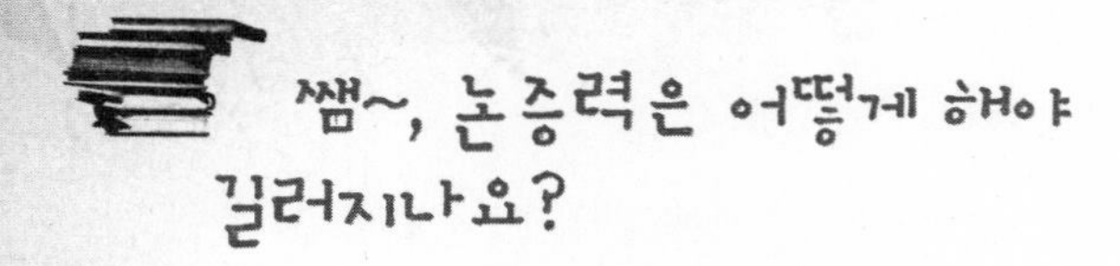

– 선생님, 이러한 논증력을 키우려면 어떻게 해야죠?

– 짧게 얘기하면 논증적인 글을 많이 써보고 논리적인 말을 많이 연습하면 되지, 하하하.

– 아이, 참. 그건 아무나 할 수 있는 말이잖아요, 선생님.

– 그러냐? 하하하. 그래, 문학적인 글은 타고난 재능이 있어야 가능하지만 논증적인 글은 누구나 배워서 할 수 있는 것이란다. 자신의 주장만 확실히 나타내면 되니까 말이야.

– 의외로 쉽네요, 선생님?

– 사실 그게 다는 아니지. 머리가 좀 샤프해야 해. 세상엔 참으로 자기주장만 옳다고 생각하는 사람이 많잖아. 예를 들어 새로운 입시제도에 대해 반대하는 사람이 있다고 할 때, 그 사람의 반대 이유의 문제점이 무엇인지 찾아내어 증명을 한다면 반대론자도 납득하고 물러서지 않을까?

– 그런 실력까지 우리가 가능할까요?

– 자신의 무한한 능력을 믿어라. 혜리나 유나에겐 논리가 이미 꿈틀거리고 있단다. 선생님 눈에 그게 보여.

– 호호호, 저희의 마음이 다 보여요?

– 세상에는 말도 안 되는 소리를 하면서 상대를 당황하게 만드는 말들이 많지. 논리를 배우면 그러한 함정에 빠지지 않아. 이런 엉뚱한 말을 하는 녀석들이 있잖아. "이웃의 아내를 탐하지 말라고?……. 그럼 먼 데 사는 사람의 아내를 탐내는 건 괜찮겠군." 정말 웃기지도 않잖아?

– 논리에 문제가 있다는 얘기군요, 선생님.

– 그런 게 많아. "이 전기밥솥은 25만 소비자가 선택한 제품입니다." 그러니까 사서 쓰라는 주장도 잘못이지. 또한 "내 주장이 틀렸다는 걸 네가 증명해 봐. 못하지? 그러니까 내 주장이 옳아."라는 이런 것들도 참으로 고약한 논리라서 조심해야 할 거야.

– 네. 그럼 그러한 사람들에게 속지 않으려면 어떤 점을 조심해야 하는데요? 선생님.

– 상대방이 겁주는 말을 의심해야 해. 이를테면 아스피린 하나 사려고 약국에 갔더니 비싼 약을 추가로 권하면서 이걸 먹지 않으면 늙어서 파킨슨병에 걸릴 위험이 있다고 이야기 한다면, 이런 게 함정이란 얘기지. 또 영양실조 어린이의 사진을 보여주며 기부금을 요청하는 자선단체들도 조심해야 해. 연민에 호소하는 오류를 범하고 있으니까. 사실 기부금 전부가 아이들에게 가는 게 아니거든.

– 지하철 계단에 있는 노숙자들 돕는 것도 생각하면서 해야겠네요?

– 물론 논리적으로 따져서 행동해야 한단다. 하지만 진짜 도와줘야 할 노숙자를 지나치면 안 돼. 도와주어야 할 사람은 마땅히 도와주어야 하니까 말이야. 요즘 사람들이 자주 범하는 게 논점에서 벗어난 말을 하는 거란다. 한참 얘기하다 보면 얘기가 엉뚱한 곳으로 빠지잖아?

– 맞아요, 선생님. 우리 엄마 아빠도 여행계획을 상의하다가 툭하면 내 공부문제로 다퉈요.

– 하하, 그런 집 많지! 그리고 말이야. '누구나, 항상, 결코, 절대로, 아무도' 이런 말을 남용하는 것은 오류일 가능성이 높으니까 각별히 조심해서 따져야 한단다. 알았니?

– 아, 말하는 것도 힘들고 듣는 것도 피곤하네요, 선생님!

– 실제로 말이야, 너희가 논증력을 기르려면 학교공부에서부터 타당한 증거를 찾으려고 노력해야 해. 다른 사람과 대화할 때에도 그 사람의 주장이 타당한지 체크하면서 듣고 내가 말할 때에는 조리에 맞게 말해야 하고 말이야.

– 네. 그러니까 귀가 얇으면 안 되겠네요, 선생님?

– 아! 나는 귀가 두꺼워서 다행이다, 호호호.

– 선생님, 듣는 건 비판적으로 들으면 되겠는데, 말할 때는 어떻게 해야 좋아요?

– 합리적인 근거를 제시하면서 말하면 되지. 상대방이 반박하

면 일단 수용해주면서 다시 반박하면 되고 말이야.

– 선생님은 쉽게 말하시지만 저희는 잘 이해가 안 가요, 선생님.

– 논증을 할 때에는 '전제' 있잖니. 그 전제를 신뢰할 수 있는 것으로 제시해야 해. 예를 들어 '개는 아는 사람을 보면 꼬리를 흔든다' 이런 거는 맞잖아. 그런데 만약에 '개는 아는 사람을 보면 오줌을 지린다' 이런 거는 잘못되었지. 개라고 해서 다 오줌을 지리지는 않으니까 말이야. 이렇게 처음 시작하는 말을 잘못 제시하면 결론도 당연히 엉망이 된단다.

– 그러겠네요, 선생님.

– 말을 할 때에는 성질을 죽이고 말을 해야 한다. 가급적 말은 짧고 구체적으로 해야 해. 구체적으로 말이야. 예를 들더라도 달랑 하나만 들지 말고 둘 이상을 들어야 하겠지. 비유를 들더라도 적절한 비유인지 생각해보고, 남의 말을 인용할 때에는 권위자의 말을 인용하되 출처를 밝혀야 하고 말이야.

– 네에.

– 한마디로 전제가 확실하고, 근거가 충분하면 되는 거야.

– 네에, 잠깐만요, 선생님. 메모 좀 하고요……. 네 됐어요.

– 가급적 논리를 전개할 때에는 설명하려 들지 말아야 해. 열 번을 설명하는 것보다 한 가지의 예가 효과적이니까. 예를 조목조목 드는 게 논증이란 거지. 또한 상대방이 반박하면 성질을 죽이고 일단 '네 말도 맞아 하지만~'이런 식으로 말을 받아야 해.

– 아하, 그렇구나!

– 자~ 그래서 짧게 정리하면, 먼저 스스로 생각하는 연습을 할 것. 다음, 논리의 규칙을 어기지 말 것. 상대방 말의 허점을 찾아낼 것. 증거는 세 가지 이상 제시할 것. 오류를 범하지 않을 것. 자료는 꼼꼼히 수집하여 정리할 것. 이 정도만 연습해도 훌륭한 논증을 구사할 수 있단다.

– 네에.

– 선생님! 전요, 이번 토요일에 토론대회 학교 예선이 있거든요? 잘할 자신이 생겼어요.

– 그래? 유나가 실력 발휘할 절호의 찬스가 온 거구나.

– 그렇죠? 고마워요, 선생님!

– 유나야, 방금도 얘기했지만 토론을 할 때엔 항상 메모를 하면서 상대방 말에 모순이 없는가를 체크해야 해. 특히 성급한 일반화를 경계해야지.

– 그게 어떤 건데요?

– 음, 이렇게 말해볼까? 예쁜 여자 연예인들 몇몇이 성형미인이라고 치자. 그럴 때 '예쁜 여자 연예인들은 모두 성형수술해서 예쁜 거야'라고 한다면 성급한 판단이란 얘기야.

– 아~ 이해가 가요, 선생님.

– 말하는 상대방이 타당한 증거를 제시하지 않고 개인적인 판단으로 말하는 것은 아닌지도 점검해야 돼. 그것은 사실과 다를 수 있으니까 논거가 아니란 얘기지. 더러는 토론이 과열되어 인신

공격으로 변할 때가 있어. 그럴 때에는 잠시 멈추고 쉬었다가 다시 해야 한단다.

– 네에, 잘 알겠습니다.

– 논쟁을 위한 논쟁이 되어서는 안 된단다. 아무튼 상대방의 주장이 끝나면 상대방의 논지를 정리해보고, 제시된 명제는 참인가, 증거는 타당한 것들인가, 결론이 논란의 여지는 없는가를 하나하나 따져봐야 해.

– 이제 어느 정도 감이 잡히네요, 선생님.

– 그러니? 하하. 음, 토론이 꼭 거창한 주제로 이루어지는 것만은 아니란다. 그냥 일상생활 속에서도 끊임없이 이루어지는 거야. 친구와 의견을 주고받고 하는 것도 토론이니까. 어떤 상황에서든지 자신의 주장을 얘기하고 반대에 부딪치고, 설득하다 보면 논증력이 키워지는 거란다.

– 혜리야! 오늘 우리 집에 가서 나랑 토론 연습하는 거 어때?

– 저녁은 뭘 사줄 건데?

– 원하는 것 모두!

– 오케이!

– 하하하, 녀석들. 친구들을 몇 더 불러서 모의재판 같은 것을 해도 재미있을 거다. 좋은 저녁 보내기를 빈다. 유나, 혜리야!

쌤~, 논증력과 독서라는 두 마리 토끼를 다 잡을 수 있나요?

두 마리 토끼 잡는 독서 1. 플라톤의 대화

– 어? 오늘은 수로하고 유나가 왔네?

– 유나는 저번에 토론대회 잘 끝냈니?

– 아~ 선생님. 저 이제 본선대회 나가게 됐어요. 선생님이 가르쳐주신 그대로 했더니 걔네들이 아무 소리 못하고 버벅거리더라구요, 호호호.

– 논증을 제대로 써먹었구나. 하하, 잘했다. 오늘은 책을 통해서 논증과 논리를 잡아보자. 근데 숙제로 낸 『플라톤의 대화』는 대략 어떤 내용인지 읽어왔니?

– 선생님, 전 숙제 내주신 줄 몰랐어요. 죄송해요.

– 문자로 보냈는데……? 괜찮다. 이 시간에 내 설명만 잘 들어도 된단다.

– 네. 다음부터는 미리 읽고 올게요.

– 음……. 소크라테스가 사형선고 받는 부분을 얘기해보자. 소크라테스는 사형을 선고받는데, 그 이유 몇 가지 있단다. 즉, 국가가 인정하지 않는 신을 들여온 죄, 청년들을 부패시킨 죄였어. 한마디로 원로원들에게 밉보인 거야. 그래서 아폴론에게 제사를 드리러 간 배가 돌아오면 사형이 집행될 예정이었지.

– 아, 어떻게 해요?

– 소크라테스의 어릴 적 친구 크리톤이 그를 찾아가 탈옥할 것을 권유한단다. 그러나 소크라테스는 크리톤의 권유를 거절해.

– 왜 그랬을까요?

– 그 부분이 소크라테스의 유명한 주장이 펼쳐지는 부분인데, 크리톤은 "소크라테스 자네가 죽으면 나는 친구를 잃게 될뿐더러, 또한 사람들은 부자인 내가 돈을 써서 자네 목숨을 구하지 않고 내버려 두었다고 욕할 걸세. 사람들은 자네가 달아나지 않으려 한 사실을 믿지 않을 거란 말일세."라고 말하지.

– 네에.

– 소크라테스는 "오오 크리톤! 어째서 우리는 대다수의 사람들이 생각하는 것을 염려해야 하나? 우리가 염려해야 할 것은 가장 훌륭한 사람들의 생각인데, 그들은 무슨 일이나 정해진 대로 볼 걸세."라고 답해. 그러면서 크리톤에게 고마움을 표하지. 하지만 자신을 구하려는 뜻만은 극구 사양해. 그 이유는 무지한 다수의 의견보다 단 한사람일지라도 올바른 전문가의 의견을 존중해야 한다는 거였어. 병을 치료하려면 전문가의 의견을 따라야 하는 것

처럼 삶에 있어서도 전문가의 말을 존중해야 한다는 거였어.

– 전문가가 누구인데요?

– 법을 집행하는 사람이지.

– 그 사람들은 나쁜 의도를 가졌잖아요.

– 그래도 전문가이니까 무지한 다수보다는 재판관의 의견을 따라야 한다는 생각이야. 어찌 보면 고지식하지만 그게 소크라테스의 논리이지.

– 네에.

– 소크라테스의 판단을 가만히 생각해보면 문제가 있단다. 질병을 치료하는 데에는 전문가가 있을 수 있겠지만 정의와 불의, 선과 악을 따질 수 있는 전문가는 없다는 거지.

– 그러네요, 쌤. 그거 유비추리가 잘못된 거죠, 쌤?

– 아니, 수로 네가 제비추리도 아닌 유비추리란 말을 써? 와, 놀라운 걸?

– 쌤. 저 '걸'이 아니라 '보이'예요, 코리안 핸썸 보이!

– 와, 농담마저 멋있구나!

– 헤헷.

– 소크라테스는 악을 악으로 갚지 말라고 한단다. 다시 말해 누군가 나를 해쳤을 때 나 역시 그를 똑같은 방식으로 해쳐서는 안 된다는 것이야. 맞는 말이지만 반론의 여지가 있는 부분이기도 하지. 소크라테스는 이렇게 말해. "내가 이제 막 여기서 도망치려 할 때, 나라와 국민이 '너의 행위가 우리들의 법률과 나라를 파괴하

는 것임을 모르는가?'하고 묻는다면 나는 뭐라고 말해야 할까? '나라가 나에게 부당한 판결을 내렸기 때문이오'라고 말해야 할까?" "저들은 이렇게 말할 걸세. '너는 이 나라에서 출생하고 양육되고 교육을 받은 이 나라 사람인데 네가 조국에게 이런 일을 해도 좋단 말인가? 네가 욕을 먹는다고 아버지나 주인에게 욕을 할 수 없는 것이고, 매를 맞았다고 해서 아버지나 주인을 때릴 수 없는 것처럼. 그리하여 우리가 너를 죽이는 것이 옳다고 생각하기 때문에 너를 죽이려 할 때, 너도 네 힘이 닿는 데까지 우리를, 즉 조국을 죽이려 하고, 그러고는 네가 이렇게 하는 것이 옳다고 말할 참인가?" 이 부분은 매우 중요한 부분이지.

– 어떤 점에서요? 선생님.

– 조국의 절대적인 권위를 인정하고 있는 거야. 조국이 죽으라면 부당한 명령이라 하더라도 죽어야 한다는 건데. 어때, 수로나 유나는 죽을 수 있겠니?

– 전혀요, 쌤. 앞날이 창창한 제가 왜 죽습니까요. 국가가 저한테 해준 게 뭐가 있는데요, 헤헷.

– 그래서 오늘날 이 부분은 비판적으로 해석해야 할 부분이기도 한 거야. 개인은 국가에 종속되어있기 때문에 국가의 명령에 무조건 따라야 한다는 것은 무리지. 왜냐하면 개인은 국가에 종속된 개념이 아니기 때문이야.

– 당연하죠. 선생님.

– 결국 70년 이상을 아테네에서 산 소크라테스는 자신이 원했다면 얼마든지 다른 곳으로 망명할 수도 있었을 텐데 그는 그 방법을 택하지 않고 사형을 받아들인단다. 재판의 판결이 올바른 건 아니지만 국법을 따라야 한다는 판단에서였지.

– 죽음을 두려워하지 않다니 참으로 위대한 인물이네요, 쌤.

– 그렇지. 이 책을 보면 '파이돈' 편이 나오는데, 거기에서 영혼불멸에 대해 얘기한단다. 아마 소크라테스는 자유로운 영혼이 되고자 했던 거 같아. 그의 말에 따르면 영혼이 육체와 섞여 있는 동안에는 영원한 진리를 이루지 못한다고 보았어. 무릇 육체란 먹고 살아야 하는, 끝없는 골칫덩어리란 얘기야. 또한 육체는 진리탐구를 방해하는 것이기도 하며 분쟁을 만드는 요인으로 생각했단다.

– 맞는 말이네요, 선생님.

– 따라서 소크라테스는 진리를 찾으려면 육체를 떠나야 한다고 생각했지. 그것은 우리가 죽은 후에 가능하다는 얘기야. 한마디로 그는 쾌락이나 물질적인 만족보다는 정신적인 가치를 추구하라고

주장했어.

– 동양의 사상과 비슷하네요, 쌤?

– 진리는 다 통하는 법이란다. 그리고 '향연'이라는 부분을 보면 소크라테스가 '디오티마'라는 여인의 입을 빌려 자신의 연애관을 말한단다. 즉 육체의 아름다움에서 영혼의 아름다움으로, 나아가 아름다움 그 자체에까지 도달하는 것이 올바른 연애라고 한단다. "올바른 연애의 길로 가려는 사람은 어려서부터 이를 숭상해야 하며 아름다운 육체를 가까이 해야 합니다. 그리고 영혼의 아름다움이 육체의 아름다움보다 훨씬 소중하다는 것을 알아야 합니다." 이렇게 말이야.

– 근데 제목이 『소크라테스』가 아니라 왜『플라톤의 대화』예요? 선생님.

– 아, 그것은 소크라테스가 죽은 후 플라톤이 소크라테스와 제자들이 나눈 이야기를 정리했기 때문이야. 오늘날에도 그의 논리는 어떻게 사는 것이 아름다운 삶인가에 대한 방향을 제시해준단다.

– 앞으로 더 열공해야겠어요.

소크라테스

고대 그리스의 철학자. 자기 자신의 '혼(魂:psyche)'을 소중히 여겨야 할 필요성을 역설하였으며, 자기 자신에게 있어 가장 소중한 것이 무엇인가를 찾기 위해, 거리의 사람들과 철학적 대화를 나누었다.

2. 은유로서의 질병

– 아니, 수로야. 너 지금 뭐하고 있니?

– 앗! 선생님. 저 지금 혜리한테 꼭짓점 댄스를 알려주고 있어요, 히힛.

– 됐다, 됐고. 자리에 앉아라.

– 네, 잠깐만요.

– 수로야, 만약 어느 누가 나에게 '신종 플루 같은 놈!'이란 이런 표현을 한다면 어떤 느낌이 들까? 생각하기도 싫을 테지만 말이야.

– 어우, 그런 놈을 가만 둬요? 안다리 후리기로 그냥 메다꽂아야죠.

– 음, 당연하겠지. 그런데 왜 그 말이 기분 나쁜가를 따져봐야 해. 그 말에는 바로 천벌 받을 놈이라는 은유가 덧칠되어있기 때문이야. 이처럼 우리는 질병에 대한 많은 은유를 아무 생각 없이 사용하기도 하고 또한 받아들이는 것이란다.

– 뭔가 이야기를 시작하려 하시는 것 같은데, 쌤! 오늘 주제는 뭐예요?

– 흐음, 말하면 짐작하겠니? 좋다. 좀 고난이도로, 대학생들이 좋아하는 책에서 골랐다. 『은유로서의 질병』 짠!

– 와, 그럼 우리가 이 책을 이해하면 대학생 수준이 되는 거예요? 앗싸!

– 음;;……. 환자란 '고통 받는 사람'의 뜻이란다. 맞지? 환자들이 가장 두려워하는 것은 질병에서 오는 고통이 아니라 사람들이 자신의 고통을 비하하는 고통이라고 한단다. 다시 말하면 질병에 대한 사람들의 왜곡된 '은유'가 치료에 도움을 주기는커녕 오히려 환자들에게 더 큰 고통을 안겨준다는 얘기야. 우리가 나병환자를 보면 하늘이 내린 저주라고 비하하는 것처럼 말이야.

– 내용이 시작부터 어렵네요, 쌤. 역시 우리 스타일이 아니네요, 히힛.

– 반대로 질병을 미화시키는 경우도 있지. 20세기 초 다수의 시인들은 각혈하는 모습으로 살았단다. 알다시피 1930년대 이상과 김유정도 각혈하면서 예술혼을 불태웠잖아. 채만식도 마찬가지이고. 소설의 주인공들도 그래. 황순원의 단편소설 〈소나기〉에서도 병약한 소녀가 비를 맞고 죽잖아? 이처럼 우리는 오랫동안 질병을 애틋한 것으로 여겨왔던 거야. 한마디로 미화시켰단 얘기이지.

– 맞아요. 옛날 소설을 보면 여자주인공은 꼭 폐결핵으로 죽거나 백혈병으로 죽어가더라고요. 쌤, 맞죠?

– 특히 낭만주의시대의 예술가들은 질병이 정신을 신비롭게 만들어준다고 믿었어. 질병이란 열정이 가득 차 있을 때 나타나는 것으로 천재적 창조성을 가져온다고 믿었던 거야. 지금 생각하면 어이없는 일이지만 말이야.

– 정말 어이없네요, 선생님.

– '카프카'라는 작가도 "나는 정신적으로 아프답니다. 폐 속의

질병은 내 정신적 질병이 넘쳐흐른 것에 불과하지요."라고 말한 것에서도 알 수 있지. 자신의 폐병을 열정적인 정신으로 이해했던 거야. 어찌 보면 그 당시는 질병에 대한 은유가 창궐하던 시대라고 할 수 있어. 따라서 이 책의 작가 '수전 손택'은 제임스 조이스, 앙드레 지드, 애드가 앨런 포, 카프카의 작품을 포함하여 총 77편에 달하는 서적에서 얼마나 많은 질병이 사실과 다르게 은유로서 왜곡되어 있는지 밝혀낸단다. 참으로 대단한 분석력과 논리력이야. 한마디로 작가는 이러한 잘못된 생각이 결과적으로 질병을 악화시키고 또한 근거 없는 환상과 신화를 만들어 본질을 왜곡한다는 거야.

– 맞는 얘기죠. 질병은 질병일 뿐이잖아요, 쌤.

– 그녀는 대표적인 질병으로 '결핵'과 '암'을 든단다. 이 두 질병의 공통점은 앞서 말한 것처럼 모두 '열정적 질병'으로 여겨졌다는 사실이야. 폐결핵 환자가 몸에서 열이 나면 격렬한 열정의 신호로 보았어. 따라서 폐결핵을 사랑의 질병으로 보았던 거야. 당시 토마스 만의 소설에도 결핵이 얼마나 신비화되고 있었는지 잘 나타나 있지. 그는 결핵을 마법처럼 행복감에 젖게 해주고 식욕증진, 성적욕망까지 불러일으킨다고 여겼단다. 반면에 암은 정력을 감퇴시키고 욕망을 없애는 것으로 믿었지. 그래서 사람들은 결핵에 걸리면 이성을 유혹하는 비범한 재능을 얻게 된다고 생각했단다. 참으로 얼마나 어리석은 미신이니?

– 그때 폐결핵으로 죽은 사람은 모두 행복한 착각 속에 죽었겠

네요, 그렇죠?

– 선생님. 그런데 당시 사람들이 그렇게 폐결핵을 미화한 이유가 뭐예요?

– 혜리가 좋은 질문을 했구나. 으음, 그것은 폐가 몸 위쪽에 있어 영적으로 정화된 기관과 관련되었다고 믿었던 거야. 반면에 암은 신체의 부끄러운 부위 즉 항문, 방광, 유방, 자궁, 전립선, 고환 등에 머무르기 때문에 부정적 은유로 보았던 것이지. 좀 재미난 일화를 얘기해줄까?

– 네엣.

– 쇼팽도 결핵을 앓았지. 쇼팽은 그 당시 창백한 얼굴을 유행시켰던 요부 팜므파탈(Femme Fatale)과 흡사했어. 그래서 주변사람들은 쇼팽을 부러워하며 찬미했지. 어처구니없지? 결국 이와 같은 질병은 환자에게 이중의 고통을 안기고 치료의 기회를 빼앗아 갔단다. 사실 수전 손택도 다섯 살 때 아버지를 결핵으로 여의었고, 자신도 유방암과 자궁암 환자로 오랫동안 질병과 싸운 아픔이 있지.

– 아, 딱하네요, 선생님.

– 그녀는 병에서 완치되자마자 질병에 붙어있는 못된 은유들을 제거하고자 이 책을 쓰게 된 거야. 결과적으로 그녀는 '질병은 질병일 뿐 저주도 아니며 축복도 아니다'라고 말하지. 다시 말하면 질병에 대해 대중이 만든 은유나 상상적 관념이 얼마나 어리석은 것인지, 그것이 약자에게는 얼마나 큰 폭력이 되는지를 깨달아야

한다는 거야.

– 옳은 말씀이네요, 쌤. 저희 작은 삼촌도 보건소에 있는데 정말 질병은 질병일 뿐이에요. 처음부터 그냥 뿌리를 확 뽑아야 하는 거예요, 쌤.

– 이 책은 작가의 탁월한 논리와 분석력이 없으면 정말 불가능한 작업인 거야. 적어도 은폐된 진실을 드러내려면 그만한 논거의 확보와 설득력, 그리고 열정이 요구되는데 그녀는 자신의 경험과 다양한 예를 동원하여 잘못된 우리의 미신을 파헤치고 있단다.

함께 읽으면 좋은 책으로 레이 모이니헌의『질병 판매학』이 있다. 이 책은 건강한 일반 대중의 '사소한 질병' 이 제약회사들의 마케팅에 의해 어떻게 '심각한 질병' 으로 바뀌는가를 방대한 자료 조사를 바탕으로 설득력 있게 보여준다.

– 수로야, 너는 앞으로 우리 인류가 풀어야 할 문제를 딱 두 가지만 얘기하라고 한다면 무엇을 꼽을래?

– 혜리한테 먼저 물어보시죠, 쌤.

– 좋다. 우리 똑똑한 혜리가 두 가지만 얘기해봐라.

– 어~ 한 가지는 환경오염이고요, 또 한 가지는 전염병이요, 선생님.

– 내가 원한 정답은 아니지만 아무튼 잘 말했다. 음, 첫째는 핵문제이고 두 번째는 환경 문제다. 아마 인류가 멸망한다면 이 둘 중 하나로 멸망할 거야.

– 쌤! 저 결혼도 해야 하고, 아직 할 일이 많아요. 그런 말씀하지 마세요.

– 생각해봐라. 생명의 젖줄이라는 냇물은 오늘날 하수구로 변했고 도시는 거대한 매연의 굴뚝이 된 지 오래잖니? 우리는 매일 이러한 종말적 상황 속에서 산단다. 그런데 문제는 이러한 위기를 정작 우리가 느끼지 못한다는 거야.

– 그런 거 같아요, 저도 매일 샴푸를 쓰거든요.

– 우리가 문제의식을 가지고 오염된 사물, 인간의 타락, 문명의 시궁창이 어떤 모습인가를 보면 그 심각성을 깨달을 수 있는 거야. 단지 우리는 그동안 이러한 말들을 숱하게 들어왔기 때문에 생태학적 경고를 귓전으로 흘린다는 게 문제야. 노아가 방주를 만

들 때도 수많은 사람들은 무관심했으니까 말이야.

– 정말 노아의 방주가 있어요?

– 그런 얘기는 나중에 하자. ……그러면 어떻게 이 생태학적 불감증을 치료할 수 있을까? 작가는 '사고의 전환'이 없이는 불가능하다고 얘기해. 사람들은 그동안 기계를 돌려서 먹고 살아왔기 때문에 기술에 의한 환경파괴는 어쩔 수 없다는 생각을 하고 있지. 하지만 그러한 생각을 고치지 않으면 지구가 우리를 멸종시킬 거라는 얘기야.

– 그거 가이아 이론 얘기할 때 들은 거 같아요, 선생님.

– 그래? 우리의 기계문명도 위험한 뇌관을 지니고 있단다. 물론 겉으로 보이지는 않지. 하지만 기계문명 속에는 이미 불행이 숨어 있는 거야. 무서운 암세포가 느낌 없이 온몸에 퍼지는 것처럼 말이야. 평화적으로 사용되는 기술 또한 전쟁보다 무서운 힘을 감추고 있지. 이러한 위험을 공감한다면 우리는 지금 당장 생각을 바꾸어야만 해. 한마디로 인간은 이제 지구를 책임져야 한다는 거야.

– 네. 잘못을 했으면 책임을 져야죠, 쌤. 우린 그런 거 하나는 확실히 하죠.

– 지금까지 우리는 '자연도 말을 할 수 있는가? 자연도 고통을 당하는가? 자연도 존재의 권리를 가지고 있는가?' 하는 물음을 제기했단다. 그렇다면 이젠 '인간도 과연 존재해야 하는가?'라는 자연도 물음에 귀를 기울여야 할 때가 된 거야. 우리가 예전에도 존재했고 지금도 존재하니까 당연히 앞으로도 존재할 것이라는 생

각은 빗나갈 수 있는 거지. 인간의 존재가 당연하다면 지구상의 모든 존재도 당연한 거 아니니? 다른 것들의 존재를 인정해야만 인간의 존재도 인정되는 것이니까 말이야.

– 와, 내용도 내용이지만 글들이 굉장히 논리적이네요, 그렇죠?

– 너희들은 지금 자연이 우리에게 건네는 말소리를 느낄 수 있니?

– 예에? 지금 무슨 소리라뇨? 선생님.

– 자연은 지금 우리에게 경고 메시지를 보내고 있단다. 자연에 대한 파괴를 그만두지 않으면 인간과 더불어 동반 자살하겠다고.

– 네에? 무슨 말씀이세요, 선생님.

– 핵전쟁이 터지면 승자도 없고 패자도 없이 모두 전멸하는 것처럼, 자연과의 불화 역시 한쪽만 살아남을 가능성은 희박하단다. 죽으면 모두 함께 죽게 되는 것이지. 요나스가 쓴 이 책은 자연과 인간이 더불어 살아야 한다는 새로운 생태학적 윤리를 부르짖는 것이야. '책임의 원리'란 인간과 인간 사이에서만 지켜져야 하는 게 아니라 자연과 인간 사이에서도 이 원리가 존중되어야 한다는 말이지. 마르틴 부버 식으로 말하면 '나와 그것'의 관계를 '나와 너'의 관계로 돌려놓아야 한다는 얘기야.

– 와~ 하마터면 무슨 말인지 못 알아들을 뻔 했어요, 쌤.

– 인간은 이 순간에도 산업화를 이루기 위한 파괴를 끊임없이 자행하고 있는 거지. 정말 개발이라는 것이 굶주림을 면하기 위한 수단이라면 해야겠지만 지금의 개발은 그렇지 않잖아. 돈을 끌어

모으려는 인간의 욕심, 어쩌면 그런 것으로 말미암아 인간은 멸망할지 모르지. 중요한 건 인류의 참다운 발전이 자연 정복에 있는 게 아니라는 거야. 한마디로 지금까지의 잘못된 이념들을 없애버리고 생태학적 이념으로 살면 되는 데 말이야.

– 정말 인생 뭐 있나요. 훌랄라 하면서 사는 거죠, 뭐.

– 이 책은 단순히 환경문제의 심각성을 고발하는 것에 그치지 않고 문제의 본질이 무엇인가를 짚어내면서 우리의 잘못된 유토피아를 비판하고 있단다. 대단한 거지. 아울러 우리가 나아가야 할 길이 무엇인가를 논리적으로 명쾌하게 보여주는 책이야.

함께 읽으면 좋은 책으로, 제임스 러브록의 『가이아의 복수』를 권한다. 가이아 이론의 대가가 말하는 현재의 가이아와 '지구온난화' 문제를 새로운 관점으로 설명하고 있다.

– 쌤, 안녕하셨어요? 쌤! 저희 이모 다음 주에 시집간대요.

– 어이구, 이제 고생하겠구나!

– 왜요? 결혼하면 뿅~가는 행복 아니에요?

– 수로는 아직 어리고 또 남자라서 잘 모르겠지만, 아직도 여자라는 이유만으로 힘들 게 사는 사람들이 많단다. 아직도 여성을 분류하는 방식이 '성녀(聖女) 아니면 석녀(石女)', '아내 또는 애인' 이런 식으로 나누는데, 이런 게 여성에 대한 편견이야. 이 때문에 여성은 남성들의 요구에 따라 정숙하면서도 요염한 역할을 해야만 했어. 다시 말하면 엄마처럼 포근하면서 섹시한 여자가 되어야 했지.

– 와, 쌤. 저는 이런 말 들으면 괜히 부끄러워요.

– 수로야, 너도 이젠 이런 문제를 어른스럽게 접근해야 해.

– 네. 알겠습니다, 쌤.

– 가정에서 일어나는 대개의 부부싸움을 보면 더러는 아내가 '어머니 같은 이해심'과 '여성의 섹시함'을 동시에 지니지 못하고 있을 때 발생한단다. 유흥업소를 찾는 남성고객은 대부분 그쪽 여성에게서 배려, 보살핌, 그리고 '오빠', '당신이 최고야'라는 격려와 칭찬을 듣고 싶어서 찾는다고 해.

– 그런 유흥업소는 법으로 막지 못하나요?

– 자본주의 시장에서 어떻게 막을 수 있겠니?

– 이해가 안 돼요, 쌤.

– 오늘날 대부분의 여성들은 가엾은 삶을 살고 있어. 남편을 출세시켜야 하고, 자녀를 좋은 대학에 보내야 하고, 가정폭력을 참아야 하고, 게다가 생명을 위협받는 상황에서는 자녀를 돌봐야 한단다. 어쩌면 훌륭한 어머니가 되려면 자신을 파괴하는 유전자를 지니고 있어야 하는지 몰라. 한마디로 가족을 위해 희생하는 존재가 여성이란 얘기야. 이게 바로 남성 중심사회에서의 어머니의 모습 아니니?

– 아! 그래서 저는 결혼하지 않을 거예요, 선생님.

– 그래? 그것도 괜찮아. 행복추구권은 어차피 자기한테 있으니깐. 안 가는 것도 일종의 자기 논리야.

– 선생님, 저는 정말 예쁘게 살 거예요. 나이 먹어서도 아줌마란 소리는 안 들을 거예요, 호호.

– 아줌마? 혜리도 아줌마를 부정적으로 생각하고 있구나. 그래……. 물론 아줌마란 단어는 예쁜 이미지는 아니지. 우리마저도 '아줌마' 하면, 음식점에서 떼를 지어 큰소리로 웃고 떠들며 지하철에서 자리 쟁탈전이나 벌이는 뻔뻔스러운 여성들로 기억하지. 촌스럽게 화장한 얼굴, 문신한 눈썹, 뚱뚱하고 나이 든 추레한 모습, 창피한 줄 모르고 시장에서 악다구니 써대는 사람들, 그 혐오스런 아줌마들이 우리의 어머니들로 생각한단다.

– 아우~, 쌤. 전 정말 그런 아줌마들 싫어요. 정말 매너 꽝이에요, 꽝!

– 하하, 언제 한번 아줌마들에게 된통 당한 모양이구나. 아무튼 우리는 아줌마인 우리의 어머니를 섹슈얼리티가 없는 그저 혐오스런 대상으로 매도해왔어. 성차별을 인정하며 지낸 셈이지. 만약 우리가 장님과 헤어질 때 '또 봐요'라고 한다면 장님을 배려한 말이 아니잖아? 그처럼, 우리가 무심코 쓰는 말에는 여성에 대한 편견이 담겨있단다.

– 어떤 게 그런 건데요? 선생님.

– 여성을 '곰과 여우', ',본처와 애첩', '성녀(聖女)와 성녀(性女)'로 구분하여 얘기하잖아. 그런데 정작 남성에게는 그런 구분이 없어. 이러한 건 여성을 그저 몸뚱이나 성에 관한 대상으로 생각했다는 거야. '정숙한 여성' 또는 '문란한 여성'이라는 말은 있지만 '정숙한 남성'과 '문란한 남성'이라는 말은 또 없잖아? 이처럼 언어문화 속에도 남성 중심의 편견이 뿌리 깊다는 걸 생각해봐야 해.

– 따져보니 그렇네요, 선생님. 은근히 약 올라요.

– 남편 뒷바라지와 자녀 양육에 헌신하다가 결국 우울증을 앓는 정신질환을 '빈 둥지 증후군'이라고 한단다. 요즘 그런 여성들이 부쩍 늘었잖니. 여성들은 그저 남성의 외로움을 해결해주는 역할뿐이었던 거야. 자신의 외로움을 표현할 수 있는 주체가 아니었지. 특히 직장생활을 하는 여성들은 직장에서도 스트레스가 많은데 집에서도 가사노동을 담당해야 하잖아? 더욱이 밤늦게 들어온 남편의 짜증과 비위도 맞춰줘야 한단다.

– 와, 그래서 아줌마들이 성질이 사납군요.

– 가부장제 사회에서 여성을 인격적인 존재로 보지 않았지. 단지 노동, 폭력, 매매, 협상의 대상으로만 보았단다. 끔찍한 일이지만 이슬람에서는 지금도 여성의 중요한 부분을 10살 전후에 잘라버린다고 해. 그것도 마취도 없이 병조각, 녹슨 면도칼을 사용해서 행한다고 하니 정말 무지한 인권 말살이 아닐 수 없어.

– 그리고 페미니즘에는 '급진주의 페미니즘'과 '자유주의 페미니즘'이 있단다. 이 둘 사이에는 큰 시각 차이가 존재 해. 급진주의 페미니즘은 포르노에 대한 규제를 주장하는 입장인데 비해, 자유주의에서는 반대하는 입장이지. 성 판매 여성을 바라보는 시각도 급진주의에서는 희생자 또는 세뇌된 여성으로 보는 반면, 자유주의 쪽에서는 성 노동자, 성 전문가, 성 치유자로 본단다.

– 페미니즘이라면 여성의 권리를 내세우는 것으로 알고 있는데 자유주의 쪽 사람들은 좀 다르네요?

– 좀 그렇지? 급진주의자들은 성매매 자체를 잘못된 것으로 보는 반면, 자유주의 쪽에서는 금지시켜서는 안 된다고 생각해. 왜냐하면 가난한 사회에서는 생존을 위한 성매매가 허용될 수밖에 없다는 거지. 따라서 급진주의 페미니즘은 모든 성매매를 금지하는 반면 자유주의 페미니즘은 아동과 장애여성에 대한 성매매와

인신매매를 제외한 성매매는 허용하자는 입장인 거야.

– 네에. 페미니즘의 입장이 그렇군요, 쌤.

– 이렇듯 작가는 페미니즘에 관련된 오늘날의 제반 문제들, 그러니까 가정폭력, 인권, 사랑과 성, 성매매 등을 여성주의 입장에서 문제를 제기하고 그에 따른 해결책을 찾고자 하는 내용이란다. 정말 여성에 대한 부당한 차별이 사라지는 날까지 노력해야 할 거야.

– 아~ 제가 여성이라서 그런지 이런 내용이 나오면 정말 슬퍼져요, 선생님.

이 책은 페미니스트가 남성과 싸우려고만 하는 과격한 여자라는 식의 고정관념을 벗어나서 여성뿐 아니라 장애인, 유색인종, 성판매 여성 등 소외된 사람들의 목소리에 귀 기울인다는 점에서도 뛰어나다.

두 마리 토끼 잡는 독서 5. 이기적 유전자

– 혜리야! 혜리는 이기적인 면이 있니, 없니?

– 어머, 선생님. 전 이기적이지 않아요. 어, 왜 그런 웃음을 짓죠?

– 하하, 정말 그렇다면 넌 훌륭한 성인의 자질을 갖고 있는 거야. 그런데 사실 모든 동물은 이기적일 수밖에 없단다. 태어나면서부터 우리는 이기적 유전자를 갖고 태어났으니까 말이야.

– 정말요? 사실 저도 좀 이기적이에요, 선생님!

–『이기적 유전자』의 저자인 '도킨스'는 모든 생명체는 자기를 보존하려는 원칙을 가지고 있다고 하지. 검은머리갈매기를 보면 집단을 이루고 살면서 이웃 갈매기가 먹이를 사냥하러 나가면 바로 그 둥지를 습격하여 새끼들을 삼켜버린단다. 그리하여 그 갈매기는 먹이를 구하러 나가지 않고도 자신의 새끼를 지키며 동시에 풍부한 영양을 섭취하게 돼. 잔인하게 보이지만 생존하기 위해 유전자가 그렇게 지시하는 것이란다.

– 와, 내 뜻이 아니라 유전자가 시킨다고요? 무서운 얘기네요, 쌤.

– 동물의 세포는 쉽게 말하면 유전자의 화학공장인 셈이지. 그러니까 인간의 몸은 유전자를 위한 몸체일 뿐이야. 유전자는 컴퓨터의 프로그래머처럼 우리의 행동을 컨트롤하며 지시를 내린단다.

– 선생님, 무슨 영화 속 얘기 같아요.

– 예를 들어, 미숙한 새끼가 있다고 가정하자. 너무 미숙하여 정상적인 성장이 불가능하다고 한다면 차라리 남아있는 형제나

부모에게 먹히는 편이 낫다는 거야. 그래야 형제들의 유전자를 건강하게 살릴 수 있다는 것이지. 의아하겠지만 유전자의 입장에서 보면 그렇다는 얘기야.

– 생존의 법칙인가 보죠? 선생님.

– 어쨌든 유전자의 입장에서 보면 철저한 이기주의가 선(善)인 셈이지. 설령 일부 군집 생활하는 동물의 행동이 서로를 위하는 것처럼 보여도 그것 역시 계산된 이기주의라는 거야. 부모가 자식을 챙겨주는 것도, 형제간끼리 서로를 위해주는 것도 결국 자신의 몸속에 들어있는 유전자를 보호하기 위한 행위란다.

– 아, 그럼 우리 엄마가 절 사랑하는 것도 유전자가 시켜서 그런 거라고요? 선생님.

– 인간은 암암리에 이기적인 방향으로 진행되어 온 거야. 그러니까 이기적인 사람이 유전자를 잘 지키는 훌륭한 인간인 셈이지. 피 한 방울 섞이지 않은 사람을 사랑하고 희생까지 한다면 그건 유전자 입장에서 보면 미친 짓이겠지?

– 예수님은 이웃을 사랑하라고 했잖아요, 쌤.

– 하하, 예수님은 영혼을 살리려고 말씀하신 거잖아.

– 쌤, 그런데 유전자가 왜 이렇게 이기적이게 되었어요?

– 그것은 자신의 유전자를 널리 퍼뜨리려고 하는 성질 때문이란다. 그래서 아까 얘기한 것처럼 생명체는 유전자가 시키는 대로 움직이는 '기계'일 뿐이야. 생명체의 본능이 원래 배타적이며 이기적이란다.

– 쌤! 저도 밥 먹을 때는 유전자의 본능에 충실할레요, 히히힛.

– 자식에게는 부모의 유전자가 각각 반절씩 있지. 그래서 부모는 자식에게 투자한 50%의 유전자에만 관심을 갖는단다. 서로 협력하여 자녀를 양육하는 것이 서로에게 유리하기 때문이지. 그리고 가능한 한 많은 자식을 낳으려고 해. 더욱이 배우자에게는 복제된 자식을 맡기고 자신은 다른 배우자와 새로운 자식을 얻으려는 수법을 쓴단다. 이것 역시 이기적인 행동인 거야.

– 그래서 도킨스는 밈(Meme)이라는 이론을 만들었단다. 이것은 문화유전론이야. 그러니까 생명체의 유전은 '유전자'가 담당하지만 문화적 유전은 '밈'이 담당한다고 보지. 그것은 한사람의 뇌에서 다른 사람의 뇌로 복제되는 것을 의미하는 것이야. 예를 들면 곡조나 사상, 의복의 양식, 단지 만드는 법 등 '밈'이 모방을 통해 후대로 전해지게 한다는 거야. '밈'도 자기복제를 하여 널리 전파하고 진화하려는 속성이 있단다.

– 좀, 어렵지만 이해가 가요. 선생님.

– 근데요, 쌤. 생명체가 다들 그렇게 이기적인 동물인가요? 너무 삭막해요.

– 다 그런 건 아니야. 항상 예외는 있지. 흡혈박쥐는 저녁에 사냥을 나가서 먹잇감으로부터 마음껏 배를 채우고 돌아와서는 먹잇감을 구하지 못한 동료에게 자기가 먹은 것을 토해내 굶주림을 면하게 한단다. 이러한 이타적인 행위는 아직 연구가 더 필요해.

– 국어시간에 배웠는데, '반포지효'라고……. 까마귀도 늙은 어

미에게 먹이를 물어준다고 하던데 정말 그런가요? 쌤.

– 그럴 수도 있겠지. 까마귀도 군집생활을 하니까 서로의 신뢰가 강한 동물이거든. 그래도 다행이야. 인간이 이성적 동물이란 게 말이야. 그렇지 않았으면 인간도 약육강식의 모습을 보였을 거야.

– 이 책을 쓴 분은 관찰력이 뛰어난 분 같아요, 쌤.

– 도킨스 박사는 결국 동물은 왜 이기적일 수밖에 없는가를 궁금해 하다가 개미나 진딧물, 빼꾸기, 돌고래 등 수많은 동물을 연구해 이러한 것을 밝혀낸 거지. 그러니까 그의 결론에는 귀납적 추론이 적용된 셈이야.

– 아! 그런가요, 선생님? 호호호.

– 그의 문장은 조금 거칠지만, 모든 동물이 이기적일 수밖에 없다는 그의 논리는 상당한 타당성을 지니고 있어. 마치 순자의 '성악설'을 보는 것 같단다.

사람의 본성은 원래 악하며, 선하게 되는 것은 인위적인 노력 때문이라고 순자(荀子)가 주장했다.

성악설

6. 문명의 충돌

– 다들 모였니? 이 시간에는 정말 최고의 보약을 푹 고아서 한 그릇씩 줄려고 하니까 잘 들어야 한다! 어디 다들 모였나 보자. 수로, 혜리, 대성이, 유나……. 음, 다 왔구나. 좋다!

– 무슨 보약을 준비하셨는데요?

– 얼마예요? 쌤.

– 하하, 진짜 보약이 아니고 『문명의 충돌』이라는 책이란다. '새뮤얼 헌팅턴'이라는 사람이 쓴 건데 대단해. 기가 막히지. 한마디로 문명과 문화 그리고 국제문제를 해석하여 본질을 밝히고 예측까지 하는 책이란다.

– 와, 뭔가 느낌이 짜릿하게 오는데요? 쌤.

– 문명과 문화는 모든 사람들의 생활방식을 가리키는 말이란다. 문명과 문화에는 사람들의 가치, 기준, 제도, 사고방식이 담겨져 있지. 그 중에서도 종교라는 것, 이 종교가 문명을 규정하는 매우 중요한 특징이 된단다.

– 아하~ 이슬람교와 기독교, 불교 그런 종교요?

– 그렇지. 민족들마다 나름대로 소중한 종교가 있지. 그래서 문명이 서로 사이좋게 발전해야 하는데 그렇지 않은 게 문제야. 주로 서구문명이 다른 문명을 조직화된 폭력으로 정복하였다는 얘기야. 서양인은 종종 이런 사실을 잊고 있지만 침략을 당한 민족들은 결코 잊지 못하지. 따라서 이러한 감정이 전쟁의 불씨가 되

기도 한단다.

– 서로 평화를 지켜야죠, 선생님.

– 흐음, 그게 말처럼 쉽지가 않은 거란다. 문명 간의 대규모 전쟁을 피하려하면 전 세계 지도자들이 서로 다른 문화의 차이를 받아들이고 존중하는 게 급선무야.

– 그건 맞는 얘기이네요, 쌤. 서로를 존중해야죠.

– 서양문화가 우수한 문화라는 편견을 버려야 해. 아직도 많은 사람들이 서양에서 공부하고 문화를 서구화하려는 사람이 있는데 그건 잘못된 판단이란 말이야. 동아시아를 비롯한 비서구 사회는 자기의 문화를 포기하지 않고도, 다시 말하면 서양의 가치, 제도, 관습을 수용하지 않고도 근대화할 수 있다는 거야.

– 맞는 말씀이에요. 우리나라와 중국의 문화가 미국보다 낫잖아요? 그렇죠?

– 당연하지. 음……. 그래서 하는 얘기인데, 미래를 전망해보면 2020년에 가서는 중국이 세계 최대 규모의 경제력을 자랑하게 될 것으로 예측된단다. 10개 상위국은 중화문명권 3개국(중국, 한국, 대만), 서구문명권 3개국(미국, 독일, 프랑스), 일본, 인도, 인도네시아, 태국이 될 것이다. 그러니까 너희들도 만약에 외국어를 공부하겠다면 중국어를 배우는 게 낫겠지?

– 와! 예언이나 다름없네요, 선생님.

– 똑똑한 사람의 눈에는 미래가 보이는 법이란다. 음……. 앞으로는 아시아의 경제성장과 이슬람의 인구 증가가 서양 사람들에

게는 불안요인으로 작용할 거야. 서구사회는 이미 기울어 있고 동아시아는 떠오르고 있으니까 말이야. 그래서 세계문제에 대한 발언권과 영향력은 앞으로 동아시아의 몫으로 돌아올 거야. 중국과 대만, 한국이 주축이 될 거란 말이지.

– 전 영어 학원 끊고 내일부터 중국어 배울래요, 선생님.

– 녀석아, 영어도 하고 중국어도 해야지, 무슨 소리야?

– 앗, 그런가요? 선생님.

– 또한 미래에는 세계무역은 신뢰할 수 있는 상대하고만 거래를 하게 된단다. 따라서 국가는 문화가 서로 비슷한 나라들과 뭉치고, 문화적 동질성이 없는 나라는 견제하게 될 거야. 중국은 두 가지 목표를 정하였지. 하나는 중국공동체를 집결시킬 수 있는 문명의 핵심국이 되는 것이고, 또 하나는 동아시아의 패권을 되찾는 것이야. 그러한 이유 때문에 종종 발해의 역사를 왜곡하는 '동북공정' 같은 문제가 불거져 나오는 것이란다.

– 아! 그런 치밀한 계획에서 나왔군요, 쌤.

– 최근 북한의 핵무기가 뜨거운 감자로 떠오르고 있는데, 다수의 한국인들은 북한의 핵무기를 한민족의 핵무기로 이해하고 있단다. 핵폭탄을 같은 동포의 머리 위에 떨어뜨릴 리는 만무하다는 생각이야. 오히려 핵무기가 있음으로 인해 일본이나 주변 강대국들이 우리를 함부로 건들지 못할 거란 생각을 한단다. 그래서 만약 우리가 통일이 된다면 경제력이나 군사력에 있어서 세계 최강의 나라가 될 거야.

– 그런데 선생님! 중국과 미국은 어떻게 돼요?

– 중국과 미국은 그동안 서로 다른 이념과 정책을 둘러싸고 오랜 갈등을 빚어왔으므로 근본적인 관계개선은 불가능해. 미국은 중국을 비롯한 동아시아가 세계의 중심이 될 것을 알기 때문에 중국을 시기할 수밖에 없는 것이고, 자연히 중국과의 전쟁은 피할 수 없게 될 거야. 지금도 중국과 미국은 환율전쟁을 하며 신경전을 펼치고 있잖아? 그럼에도 불구하고 중국을 비롯한 동아시아는 세계문명의 중심이 될 거야. 가마솥처럼 뜨겁게 말이야.

– 중동지역은 앞으로 어떻게 돼요? 선생님.

– 음, 사실은 그곳이 문제란다. 서구 기독교문명과 이슬람문명은 언젠가 크게 한번 충돌할 수밖에 없어. 그 갈등의 골이 깊기 때문이야. '메르니시'라는 사람은 "서구는 호전적이고 제국주의적이며 식민주의의 공포를 통하여 다른 민족들에게 지워지지 않는 상처를 남겼다. 서구문화의 상징인 개인주의는 모든 말썽의 원천이다. 서구문화는 우리의 잠재력을 깔아뭉개고 우리의 생활을 침해한다."고 이슬람인의 심정을 밝혔지.

– 네에.

– 미국을 비롯한 서구인들도 이슬람을 보는 시각이 매우 부정적이야. 미국인의 61퍼센트가 중동과 이슬람을 가장 위협적인 존재로 지목했지. 미국인들은 3대 위협국으로 이란, 중국, 이라크라고 응답했단다. 미 국무성에 따르면 미국은 중동에서 모두 17회의 군사작전을 벌였는데 모두가 이슬람교도를 겨냥한 것이었어. 그

중 걸프전은 유전을 차지하기 위한 최초의 자원전쟁이었지.

– 쌤! 그러면 앞으로 세계전쟁도 일어나나요?

– 그건 장담 못하지. 문명의 충돌로 일어나는 전쟁을 '단층선 전쟁'이라 하는데, 잘못되면 세계대전이 될 수도 있다는 거야. 그래서 헌팅턴은 세계 주요 핵심국들이 적극적으로 나서서 막아야 한다는 말을 한단다.

– 설마 세계대전이 오겠어요? 선생님.

– 정말 그런 종말의 날은 없어야지. 아무튼 이 책은 문명의 충돌은 왜 일어났는가, 또한 앞으로의 양상은 어떻게 변화할 것인가를 자세히 분석했어. 물론 바람직한 방향도 제시하고 있고. 방대한 자료를 논거로 제시하면서 박진감 있게 주장하는 그의 논리는 한마디로 예술이야. 마치 요리사가 멧돼지 한 마리를 뼈는 뼈대로 살은 살대로 발라낸 뒤 객관의 식탁에서 주관적 요리를 만드는 것처럼 말이야. 이렇게 볼 때, 『문명의 충돌』은 헌팅턴 최고의 요리가 아닐까, 그런 생각이 든단다.

하랄트 뮐러의 『문명의 공존』도 읽어보길 권한다. 이 책은 『문명의 충돌』이란 개념을 제시했던 새뮤엘 헌팅턴의 이론체계를 비판한 책으로, 문명과 문화가 어떤 상황에서 정치화되는지 분석하고 이를 바탕으로 세계 정치동향 및 지역의 발전가능성을 전망하고 있다.

7. 루시퍼 이펙트

– 이번에도 좀 두꺼운 책을 한권 소개해 주마. 어때 기대가 되지?

– 기왕이면 두꺼운 책이 좋죠. 읽다가 졸리면 베고 잘 수도 있고요, 헤헤.

– 아무튼 책은 얇은 것보다 두꺼운 것이 좋단다. 두꺼운 책은 적어도 한사람이 평생 노력한 땀의 가치가 있으니까 말이야.

– 선생님, 저는 두꺼운 책을 보면 처음부터 질려버리는데요?

– 하하, 인내심도 좀 있어야 보람도 있는 거란다. 대성아! 오늘 소개할 『루시퍼 이펙트』는 좀 무서운 책이기도 하다. 음, 그러니까 착한 사람이 어떻게 사악한 행동을 하게 되는지에 대한 연구보고서야. 인간에게 이러한 악마적 본성이 숨겨져 있었다는 걸 확인하는 순간 선생님도 환멸을 느꼈지.

– 루시퍼가 무슨 뜻이에요, 쌤?

– 하느님이 가장 사랑했던 천사였단다. 그러나 하느님을 배신하고 악마가 되었단다. 그러니까 이 책은 천사 루시퍼처럼 선량한 사람도 유혹에 빠지면 끔찍한 행동을 서슴지 않는다는 실험보고서야. 실제로 스탠퍼드 대학에서 '교도소 실험'을 기록한 책이지.

– 착한 사람도 정말 잔인해지나요?

선생님.

– 약간 좀 다른 얘기인데, 몇 년 전 '르완다'에서 발생했던 일이 있어. 열두 살짜리 아들이 자신의 엄마를 추행한 일이었지. 후투족 무장군인들이 소년을 위협하면서 그렇게 하도록 강요했기 때문이야. 더욱이 그의 동생들에게 엄마를 붙들게 하고 남편은 그 광경을 지켜보도록 했지. 아무리 목숨을 위협한다고 어떻게 그런 짓을 할 수가 있니? 또 그 군인들도 인간인데 어찌 그런 행동을 시킬 수 있었을까……? 중요한 건 분명히 그들은 인간이었다는 거야.

– 할 말이 없네요, 쌤.

– 그런 놈들은 다 죽여야 해요, 선생님.

– 누가 이러한 끔찍한 범죄를 저지를 수 있다고 상상이나 할 수 있겠니? 그래서 스탠퍼드 대학교 심리학과에서는 이러한 실험을 했던 거지. 실험 참가자 24명을 모집하고 그리고 동전 던지기를 하여 두 그룹으로 나누었어. 교도관 12명, 죄수 12명.

– 재밌었겠네요. 헤헤.

– 죄수들은 스탠퍼드 감옥에 들어오기 전 모두 발가벗은 상태로 소독을 받고, 죄수복을 지급받지. 머리에는 스타킹을 씌워 마치 삭발한 것처럼 보이게 하고, 다리에는 족쇄를 채웠단다. 이렇게 개성을 없애버려야만 진짜 죄수처럼 쉽게 통제되기 때문이야. '교도관'들 또한 제복을 지급받고, 호루라기와 곤봉, 선글라스(감정이나 표정을 감추기 용이하도록)를 지급받았단다. 그들에게는 감옥의 질서를 유지하기 위한 규칙을 만들 수 있는 권한이 부여되었지.

– 네에.

– 한 방에는 세 명의 죄수들이 있었고, 이들을 감시하는 3명의 교도관들은 8시간마다 교체된단다. 이렇게 첫날은 서로의 역할을 소개받고 무난하게 흘러갔지. 그런데 둘째 날, 죄수들이 소란을 일으키자 교도관들이 소화기를 사용하여 죄수들을 진압하는 일이 발생해. 그러자 그들은 진짜 교도관처럼 죄수들의 옷을 벗기고 침대를 빼앗으며, 주모자를 독방에 가두지. 이러한 사건으로 말미암아 하루 만에 죄수는 진짜 죄수처럼, 교도관은 진짜 교도관처럼 행동하게 돼. 시간이 갈수록 교도관들은 스스로 죄수들을 가혹하게 처벌하기 시작했고 화장실마저 통제를 하는 거야. 실험이 시작된 지 36시간 만에 죄수 하나가 정신적으로 혼란을 일으켜 중도에 포기를 하지. 그렇게 죄수는 죄수들대로 교도관은 교도관대로 갈등의 골이 깊어지면서 내면의 사악한 모습들을 드러내기 시작해.

– 와! 무서워지네요, 선생님.

– 사흘째 되는 날, 죄수들은 점점 무기력해져가고, 더욱이 대소변 양동이를 비우지 못하게 했기 때문에 방에서는 악취가 나는 상황이었어. 나흘이 지나면서 교도관들이 죄수에게 맨손으로 화장실 청소를 시키지. 그리고 이유 없이 줄을 세우고 성적으로도 희롱을 하기 시작해. 뿐만 아니라 예상치 못한 가혹행위를 일삼게 되는 거야. 그러니까 실험이 진행될수록, 죄수와 교도관뿐만이 아니라 교수들마저 '실험'임을 망각하는 거야. 다들 악마처럼 변해가고 있었지.

– 와, 무슨 호러 영화 같아서 무서워요, 선생님.

– 이러한 극도의 공포와 불안감 속에 정신적 질환을 보이는 죄수들이 속출하기 시작했지. 상황이 이처럼 걷잡을 수 없이 악화되자, 결국 6일 만에 실험을 중단해. 교수들마저 객관적인 관찰자의 위치를 상실하고 진짜 교도소장이 된 것처럼 난폭해졌기 때문이었어. 참으로, 인간 속에 숨어있던 악마의 성질을 확인한 거란다.

– 끔찍해요, 선생님.

– 여기서 흥미로운 것은 교도관들의 행동이야. 그들은 처음에 교도관이라는 임무에 거부감을 느끼지. 하지만 근무복과 곤봉, 선글라스를 착용하자 그 권위와 익명성에 곧 죄책감을 망각해버려. 아울러 '죄수' 들은 실제로 매 맞아 죽어도 좋은 놈들이라고까지 생각을 하게 되고. 죄수들도 예상 외였어. 동료가 교도관으로부터 폭행을 당할 때 분노를 느낀다기보다 '저 멍청한 놈 때문에 내가 고생하는구나, 저런 놈은 당해도 싸' 라는 생각이 먼저 들었다고 한단다.

– 네에. 무슨 말씀인지 알겠어요, 쌤.

– 이 끔찍한 실험은 오늘날 많은 생각을 하게 한단다. 그리고 여러 가지 사회적 현상을 설명하는데 중요한 자료로 쓰이지. 대표적으로 나치의 유태인 학살과 이라크에서 미군들이 이라크 포로들에게 가한 가혹행위, 그리고 르완다의 학살, 세계 곳곳에서 자행되는 크고 작은 범죄가 그저 평범한 인간들에 의해 저질러졌다는 것이 설명되는 거야.

– 선생님, 근데 이 책에서 어떤 논증을 배우죠?

– 흐음, 역시 귀납적 추론에 관한 거야. 세계에서 발생하는 학살, 흔히 '제노사이드'라고 하는데, 이런 끔찍한 일들이 통계적으로, 그리고 실험한 결과 인간 내부에 도사리고 있는 악마성에 있다는 결론이야. 이러한 자료는 우리가 인간의 폭력성을 논증할 때 훌륭한 논거가 될 수 있는 거란다.

– 네에, 선생님. 전 갑자기 심리학이 공부해보고 싶어지네요.

– 좋지. 유나는 차분하니까 심리학 공부도 어울릴 거야.

– 쌤! 그러니까, 우리가 6·25 때 서로 죽였고, 5·18 때 우리 군인들이 시민을 죽인 것도 '루시퍼 이펙트'로 설명할 수 있는 거죠?

– 역시 수로가 배운 걸 잘 적용시켜 이해하는구나.

루시퍼 (Lucifer)

기독교에서 타락한 천사, 사탄의 우두머리를 말한다.

8. 인권, 그 위선의 역사

– 선생님! 수로가 내 스마트폰 메시지 훔쳐봤어요. 좀 혼내주세요, 네?

– 하하, 수로가 원래 장난이 심하잖니. 혜리가 이해해라.

– 이건 인권침해예요, 인권침해.

– 하하하, 인권침해라기보다 사생활 침해 아니니?

– 너도 내 꺼 보면 될 거 아냐? 뭐 그런 걸 가지고 치사 빤스하게 그래?

– 그러지 말고 선생님이 마침 인권에 대한 생각이 났는데, 그 얘기를 들려주마. 그렇지 않아도 요즘 인권이라는 말들을 많이 하잖아? 인권을 모르면 아주 바보가 되는 사회가 되었어.

– 네, 선생님. 저는 필기구랑 다 준비됐어요.

– 영국의 웰스라는 사람은 '한 사람이 사유한 집 또는 정당하게 둘러친 울타리 안은 그 누구도 함부로 침범할 수 없는 그만의 성(城)'이라고 했단다.

– 아아, 그러니까 그런 게 인권이라는 얘기군요.

– 인간은 그 어떤 나라나 들판, 산, 농장, 공원 등을 막론하고 자유롭게 오갈 수 있는 권리를 가져야 한다고 했지. 뿐만 아니라 죄수에게 강제로 음식을 먹여서는 안 되며, 그가 원하는 한 스스로 굶는 것을 막아서도 안 된다고 말했어. 그만큼 개인의 자유와 권리가 소중하다는 얘기야.

– 네에. 당연한 말씀이네요, 쌤.

– 강대국들은 입으로 인권을 말하지만 그러나 정작 꺼려하고 있단다. 그것은 자기네 나라의 인권문제도 국제사회로부터 자유롭지 못하기 때문이야. 그래서 그들은 '세계 인권선언문'을 제정할 때에도 '모든 인류는 태어날 때부터 자유로우며, 동등한 존엄과 권리를 가진다. 그들은 이성과 양심을 부여받았으며, 서로를 형제애의 정신으로 대해야 한다'고 두루뭉술하게 만들었단다. 구체적인 게 없잖아, 그렇지?

– 네, 정말 그러네요. 그리고 '반드시 지켜야 한다'와 같은 말이 없네요.

– 그들은 '사회 보장권'에도 합의를 보지 못하고 파나마는 '요람에서 무덤까지', 베네수엘라는 '임신부터 사망까지', 시리아는 '임신에서 파멸까지' 등으로 제 입맛에 맞게 문구를 고쳤어.

– 네에.

– 2차 대전이 끝나고, 국제군사재판이 독일의 뉘른베르크에서 열렸거든. 나치의 죄목은 당연히 반평화 범죄, 살인과 학살, 인종적 종교적 박해 등 '비인도적 범죄'였단다. 그런데 우스운 게 재판을 담당하는 나라가 연합국이란 사실이야. 무슨 말이냐 하면 연합국들은 사람을 안 죽이고 죄도 없냔 얘기야. 같이 싸움을 한 당사자가 상대를 재판을 한다는 것은 모순이란 얘기지. 적을 적들이 심판하는 꼴이었어.

– 애들끼리 싸웠는데 이긴 애가 재판하는 거나 똑 같네요, 쌤.

– 바로 그거야. 수로가 기막힌 비유를 하는구나. 그들은 재판을 하면서 자신들이 저지른 전쟁범죄에 대해서는 눈을 감았지. 예를 들어 소련이 핀란드와 폴란드를 침공한 것이 그렇고, 미국이 일본에 원자폭탄을 투하한 것도 그렇지. 그런 범죄는 재판에 회부하지도 않았던 거야. 그래서 잭슨 검사는 "우리가 오늘 이 피고인들을 심판하는 기록이, 내일에는 역사가 우리를 심판하는 기록이 되리라는 것을 잊지 말아야 한다."고 했지.

– 어쨌든 전쟁이 나면 이겨야 할 거 같아요, 선생님.

– 그건 그렇지. 지면 그 모든 죄를 옴팍 뒤집어쓰니까 말이야. 그래서 말인데, 뉘른베르크에서의 재판은 한마디로 독일에 '전쟁유죄'란 딱지를 붙이기 위한 것이었어. 반면에 연합국이 저지른 파괴와 살상은 정당한 것이 되었지. 이를테면 자기네들은 '선(善)을 위한 전쟁'이었단 얘기니까.

– 자기 합리화네요, 뭐.

– 40년이 지난 후 도쿄 전범재판에 관한 세미나에서 중국의 한 교수가 "중국을 가장 먼저 약탈한 사람은 영국인들이었다. 그러나 도쿄 재판에서 영국은 심판자의 위치에 있었다. 그리고 네덜란드가 쳐들어왔고, 프랑스가 밀고 들어왔으며, 마지막으로 미국이 남은 것을 챙겼다. 중국인들이 보기에는 모두 다 똑같은 도둑이었다. 결국 도둑이 도둑을 심판한 것이다."라고 한 걸 보면 이해가 갈 거야.

– 정말 다 똑같이 나쁜 나라들이네요, 쌤.

– 전쟁이 나면 사실 윤리고 도덕이고 없지. 그저 죽기 아니면 까무러치기로 서로 도적질 하고 튀는 거야.

– 그런 거 보면 착한 나라는 없는 거 같아요, 선생님.

– 2차 대전이 끝난 뒤 세계는 냉전시대로 접어든단다. 미국과 소련이 팽팽한 신경전을 펼치던 때를 말하는 거야. 그때 미국이 소련을 괴롭힐 구실을 찾아내었지. 무엇이냐 하면 강제수용소에 대한 건이었어. 가난한 인민을 위한다는 나라가 오히려 프롤레타리아를 억압하며 거대 수용소를 운영하고 있다고 틈나는 대로 소련을 비난했지. 그런데 엄밀히 말하면 미국과 같은 강대국들이 감히 인권을 말할 자격이 있니? 미국도 보이지 않게 인권을 탄압하잖아. 인종차별 같은 거 말이야.

– 맞아요, 선생님. 저도 백인경찰이 흑인교수를 폭행하는 뉴스를 본 적 있어요.

– 미국뿐만이 아니야. 소위 선진국이라고 하는 나라에서도 수시로 인권 유린을 한단다. 인간의 존엄성에 대해 눈곱만큼의 배려도 없는 부류들이야. 프랑스의 얘기인데, 그 나라 경찰이 알제리 청년을 발가벗긴 채 어깨를 묶고 성기에 전기고문을 가한 사건이 있었지. 그리고 포르투갈에서는 두 명의 학생이 '자유를 마음대로 사용한 죄'에 걸려 투옥되기도 했단다. 그래서 오늘날 엠네스티(Amnesty)라는 국제사면위원회가 그 사건 때문에 만들어지게 된 거야.

– 네에. 저희는 전혀 배우지 못한 이야기네요.

– 정말 세계 곳곳에서는 죄수라는 이유만으로 무자비한 고문들이 자행되었단다. 심지어 죄수들을 발가벗겨 심문했고 성기를 담뱃불로 지지는가 하면 배설물로 가득한 방에 앉아 있게도 했어. 우리나라에서도 5공화국 때 권인숙 양을 성고문한 유명한 사건이 있었지. 너희는 잘 모르겠지만 박종철이란 학생도 고문으로 죽어갔고…….

– 아~ 우리가 모르는 끔찍한 사건이 있었군요, 쌤.

– '카터'라는 사람이 대통령으로 있을 때 미국은 엘살바도르, 니카라과, 과테말라와 같은 나라에게 인권을 트집 잡아 내정간섭을 했어. 하지만 상대하기가 만만치 않은 이란, 인도네시아, 이스라엘 등은 살인을 해도 인권을 문제 삼지 않았단다. 강한 자에겐 약하고 약한 자에겐 강한 게 미국이야.

– 쌤! 그런 국제적인 문제는 언제 때 얘기예요? 처음 듣는 얘기인데…….

– 이를테면 1981년 엘살바도르의 군대가 엘 모조테 주민 전원을 학살한 일이 있었단다. 하지만 미국은 그들 엘살바도르 정부에 면죄부를 주었지.

– 네에.

– 어떻게 보면 인권은 도덕적인 문제가 아닌 정치적인 문제라는 생각이 들어. 미국을 비롯하여 강대국은 인권이라는 명분을 내세워 수많은 침략을 했고 또 보상을 챙겨왔으니까. 역설적으로 말하면 인권은 강자를 위한 윤리에 불과하지 않나 하는 생각까지 든

단다. 그리고 미국은 가난한 나라에 원조를 하고 있었는데, 아이러니컬하게도 인권을 탄압하는 나라에는 더 많은 지원을 해 달래고 있었어.

– 어머, 정말요? 이해할 수 없네요, 선생님.

– 그러니까 한마디로 자유나 인권은 거저 주어지지 않는다는 얘기야. 스스로가 피와 눈물로 싸워야 얻어진다는 걸 보여주는 내용이지. 그것을 역사적 사례를 들어 치밀하게 논증하고 있는 거란다.

함께 읽으면 좋은 책으로 차병직의 『인권』을 권한다. 이 책은 우리가 마땅하고 당연하다고 생각하는 인권이 사각지대에 방치됨으로써 발생하는 인권 침해 사례들을 다양하게 제시하고 있다.

– 수로야! 선생님이 요즘 너희들에게 하드트레이닝을 시키고 있는데 힘들지 않니?

– 쌤, 무슨 말씀인지 잘…….

– 아, 내가 들려주는 책 내용들이 어렵지 않느냐 하는 말이야. 혜리는 괜찮아?

– 들을 때는 다 이해가 가요. 근데 솔직히 다음날은 잘 기억이 안나요.

– 그래도 나중에 피가 되고 살이 되는 정신적 양분이니까 열심히들 받아먹기 바란다. 알겠니?

– 네. 오늘도 배부르게 먹겠습니다, 선생님!

– 오늘도 좀 고난이도로, 세상 보는 법을 얘기하고자 한다. 바로 언어학자이자 행동하는 양심인 '촘스키'! 혹시 들어본 적 있니?

– 헤헤. 당연히 없지요, 쌤!

– 아, 세상이 다 내 마음 같지가 않구나! 좋아. 아무튼 촘스키는 '지식인'을 '인간의 문제에 대한 정보를 수집해서 진지하게 고민하고 나름대로 통찰해 보는 마음가짐이 있는 사람'이라고 정의를 한단다. 그가 말하는 지식인은 '저명한 지식인'을 말하는 게 아니야. 흔히 저명한 지식인은 권력체계 안에 머무는 사람들이기 때문이지.

– 무슨 말씀인지…….

– 저명한 지식인이란 권력에 아부하여 살기 때문에 진정한 지식인은 아니란 얘기야.

– 아아, 맞아요. 우리 형이 그러는데 대학교에도 그런 교수들이 있대요.

– 하하. 그래서 사람들은 그들을 '테크노크라트 지식인'이라 부른단다. 무슨 뜻이냐 하면 사회에 분란의 씨앗을 뿌리는 '무책임한 지식인'이라는 뜻이야. 하지만 역사적으로 보면 진정한 지식들도 많이 있었단다. 과거 소비에트 치하에서 투옥된 지식인이나 미국의 영향권에 있는 나라에서 암살당한 지식인들이 진정한 예언자적 지식인이었어.

– 목숨까지 내놔야 했었네요? 선생님.

– 그러니까 진정한 지식인이란 아무나 되는 게 아니야. 1980년대에 엘살바도르에서 '로메로'를 비롯한 여섯 명의 예수회 수도자들이 미국에서 온 코만도들에게 살해당한 일이 있었거든. 진실을 말하고 다닌다는 이유였지. 하지만 지식인과 언론은 이 사건에 침묵으로 일관했단다.

– 비겁한 지식인과 언론들이었군요, 선생님.

– 촘스키는 '진실'을 이렇게 정의한단다. 의자 위에 있는 책을 보고 '이 책은 의자 위에 있다'고 말하는 것이 진실이라는 거야. 그러니까 진실된 말은 꾸밀 필요도 없다는 그런 얘기이지. 오죽하면 그런 얘길 다 했겠니?

– 선생님! 진실을 말하는 게 어려운 일이 아닌데 왜 지식인들은

진실을 말하지 않죠?

– 그래야 권력자들로부터 뭐라도 생기는 게 있거든.

– 뒷거래하는 거네요, 선생님.

– 촘스키는 표현의 자유를 중요시한단다. 그래서 "우리가 진실로 정직하다면 반대편의 주장까지도 수긍할 수 있어야 합니다."라고 말한단다. 반대편의 주장까지도 수용한다는 것, 참으로 쉽지 않은 말인데, 권력의 중심부에 있는 사람들이 이러한 부분에 귀를 기울여야 할 거야.

– 네에. 정말 그래야 할 거 같아요.

– 촘스키는 오늘날 권력의 중심에 '부자나라'가 있다고 말한단다. G3, 때로는 G8로 일컫는 최강대국들과 거대한 다국적 기업들이 권력의 핵심이란 얘기야. 그들은 서로 공동의 이익을 위해 거대한 네트워크를 맺지. 『나쁜 사마리아인』이라는 책에서 언급한 것처럼 세계무역기구(WTO)조차 경우에 따라서는 민주주의를 억압하는 행위를 한단다.

– 네에.

– 또한 다국적 기업은 정부를 끼고 장사를 해야 하기 때문에 강력한 정부를 원해. 그러한 기업은 기꺼이 정부에 뒷돈을 대주고 정부도 기업을 앞세워 이익을 취하지. 누이 좋고 매부 좋은 공생관계가 바로 그런 거야. 그래서 다국적 기업은 국민 위에 군림하면서도 정부만 믿고 국민을 절대 책임지지는 않는 집단이란다.

– 다국적 기업이 뭐예요?

– 쉽게 말하면, 국적을 초월한 범세계적인 기업을 말해. 자기네 나라의 시장만으로는 욕심이 안 차서 외국 현지에서 직접 생산하고 판매하는 기업들을 말하는 거야. 예를 들면 코카콜라, 제너럴 모터스(GM), 쉘석유, 바이엘약품 등이 대표적이지.

– 아, 그런 제품은 팔아주면 안 되겠네요. 아, 피곤해. 이젠 콜라도 마음 놓고 먹을 수 없어!

– 하하. 촘스키는 보이지 않는 세력이 경제를 지배한다고 믿는단다. 마약 거래상들이 하는 탈세는 다국적 기업들이 하는 것에 비하면 유치한 수준이라고 하지. 다국적 기업들은 세금이 적은 나라를 찾아다니며 합법적 탈세를 하기 때문에 그 규모가 엄청나. 1980년 경, 마이애미 연방검사들이 불법으로 돈세탁하는 은행들을 조사하려고 했을 때 조지 부시 부통령이 마약 자금을 수사하지 못하게 한 적이 있어. 그걸 보면 정부까지 개입되어 있음을 알 수 있잖아?

– 와, 부통령까지 마약자금을 눈감아준다고요? 정말, 대단해요~

– 미국의 연방최고법원은 기업에게도 인간과 같은 권리를 보장했지. 따라서 막강한 기업은 이제 한 나라를 법원에 고소할 수도 있게 되었어. 그러니 대기업의 권력은 한 나라를 흔들고도 남는단 얘기지.

– 정말 미국이라는 나라는 골치 아픈 나라네요, 쌤.

– 또한 촘스키는 미국의 민주주의를 가짜라고 말한단다.

– 그건 왜요? 미국이라고 하면 민주주의가 제일 발달했잖아요, 선생님.

– 그렇지만은 않아. 미국 국민은 선거 때가 되면 투표권을 행사하고, 그들의 지도자를 선택하지. 하지만 투표가 끝난 후에는 집에 얌전히 틀어박혀서 국가를 성가시게 굴어서는 안 된다고 알고 있어. 옛날에 링컨이 말했던가? 국민에 의한 국민을 위한 국민의 정부는 이제 아니란 얘기야.

– 요즘은 미국도 내리막길을 가는 것 같아요, 선생님.

– 쌤. 저도 미국이 한물 간 느낌이 들어요. 근데요, 쌤. 촘스키가 말하고자 하는 것, 그러니까 누가 세상을 무엇으로 지배하게 되나요?

– 아! 그게 중요한 얘기다, 하하. 이제 그 얘길 하자. 촘스키는 인터넷을 해방을 위한 도구이기도 하지만 기업의 선전도구라고도 본단다. 인터넷은 거대한 시장이야. 따라서 대기업들은 마케팅 수단으로 적극 활용하는 거야. 그러려면 대기업들은 인간을 소외시켜야 해. 왜냐하면 인간들이 소외되어야만 인터넷에 매달릴 것 아니니? 인간이 소외될수록 대기업은 돈을 번다는 논리, 어때? 말 되니?

– 와, 정말 기가 막히네요. 정말 그럴까요?

– 그럼, 숨길 수 없는 사실이다. 그래서 우리가 이런 음모를 막아야 한다는 거야. 그게 우리 대중의 몫이지. 결론적으로 말하면 촘스키는 국가와 거대 기업이 언론과 지식인을 동원하여 세상을

지배할 것으로 내다보고 있어. 그리고 실제 미국에서 그러한 상황이 벌어지고 있음을 강하게 경고하고 있단다.

함께 읽으면 좋은 책, 노암 촘스키의 『패권인가 생존인가』

이 책은 베네수엘라의 대통령 차베스가 미국인에게 추천한 책이다. 오늘날 미국의 패권정책과 그 전략을 집중 조명하고 있다. 이를테면 정의의 전쟁, 고결한 이상, 인도주의 그리고 제국주의적 전략, 테러와의 전쟁, 종속적 우방국, 형식적 민주주의 등을 실증적으로 비판한 책이다.

– 쌤, 제가 지난주에 교회 좀 다녀왔걸랑요? 그런데 유나가 자꾸 놀려요.

– 얘, 유나야. 착하게 살려고 하는 수로를 왜 놀려?

– 어! 그게 아녜요, 선생님. 쟤 여학생 때문에 가는 거예요!

– 유나야, 하느님의 신비는 오묘한 거란다. 그냥 내비 둬!

– 알았어요, 선생님.

– 너희들 보니까 나도 어린 시절이 생각난다. 선생님도 친구들하고 종교에 대해 토론도 하고 교회 다니는 친구를 놀려주기도 했었어. 그런데 사실 우리가 첨단과학시대에 살면서 종교를 나약한 사람들이나 믿는 것으로 생각하기 쉬운데, 꼭 그렇지만은 않은 거 같아. 과학과 종교, 이제는 서로가 서로를 존중해주어야 할 것이라고 봐.

– 네. 저희도 그렇게 생각해요, 선생님.

– 알다시피 과학과 종교의 궁극적인 관심은 다르잖아? 특히 종교는 생로병사의 세상에서 벗어나 해탈이나 구원에 이르는 길을 제시하는 영역이니까 말이야. 그러니까 과학은 사람이 죽으면 몸을 구성했던 원자들이 무덤 위의 꽃을 피우는 등 다른 생명체의 일부로 순환한다는 것을 설명하는 정도가 아닐까?

– 아~ 우리가 죽으면 꽃도 되는가 봐요, 선생님?

– 진짜 과학이 관심을 갖는 분야는 우주와 생명의 기본인 물질

세계가 어떤 원리에 의해 작동하는지에 관한 거야. 또한 과학은 인간이나 지구를 우주의 중심에 놓는 종교와는 달리 대단히 합리적인 사실들만 받아들인단다. 종교와 과학은 제 각각의 영역이 있어. 그런데도 불구하고 만약에 종교가 과학에 개입하여 창조설을 주장하면 문제가 생기겠지. 물론 종교의 입장에서도 과학이 빅뱅이니 진화론이니 하는 이름으로 끼어드는 것이 반갑지 않을 거고 말이야.

– 그렇겠네요, 선생님.

– 창조설에 대해 부정적인 과학자들도 그러나 빅뱅이 왜 일어나는지에 대해서는 회의적이지. 거기서부터는 신의 영역이라는 거야. 그러니까 과학의 마지막 문을 열면 종교로 연결되는 셈이야.

– 그렇게도 생각할 수 있겠네요.

– 컴퓨터 소자가 다룰 수 있는 용량이 1년 반 만에 두 배씩 늘어나는 것처럼, 이와 유사하게 인류의 뇌의 크기는 150만 년이 걸려야 겨우 두 배로 늘어나지. 종교들이 나타난 것은 불과 3천 년 전의 일이고……. 우주의 근원을 깨닫기에는 턱도 없이 부족한 두뇌를 지닌 인간이 종교를 느끼게 된 거야.

– 근데, 쌤. 과학과 종교는 언제부터 갈등이 시작되었나요?

– 과학이 발전하기 이전에는 과학이 구태여 종교와 충돌할 이유가 없었지. 그런데 르네상스를 기점으로 인간의 두뇌가 빠르게 회전하면서 과학과 종교의 갈등이 일어났단다. 종교에 눌려 지내던 과학이 어느 날 급상승을 하며 종교를 앞질러가는 과정에서 종

교와 크게 충돌한 첫 번째 사건이 지동설 사건이었어.

– 네에~ 배운 기억이 나요, 선생님.

– 코페르니쿠스는 창세기의 기록대로 조물주가 인간을 위하여 지구를 먼저 만들고 해와 달과 별을 만들어서 그 주위에 배치한 것은 아니라는 생각이었지. 당시에는 종교적 권위에 도전하는 커다란 사건이었어. 하지만 교황이 갈릴레오를 파문에서 해제하고 코페르니쿠스를 찾아가 사과함으로써 일단의 갈등은 봉합이 되었단다.

– 네에~ 그렇군요, 선생님.

– 따지고 보면 과학은 물질세계를 다루고 종교는 인간 영혼의 문제를 다루기 때문에 근본적으로 그 영역이 다르단다. 따라서 둘 사이의 관계를 애초에 대립의 관계로 볼 필요가 전혀 없었던 거야. 음악하고 수학이 갈등할 필요가 없는 것처럼 말이야. 그래서 노벨 물리학상을 수상한 타운스(Townes)는 "과학은 우주의 메커니즘을 알려고 하고, 종교는 우주의 의미를 찾는 것입니다. 이 둘은 서로 떼어놓을 수 없습니다."라고 했었던 게지.

– 애초에 서로 갈등할 필요가 없었는데 괜히 싸웠군요, 쌤.

– 교황 요한 바오로 2세도 "진화론에는 단순한 가정 이상의 무엇이 있다(more than just a hypothesis)"라는 완곡한 표현으로 진화론을 어느 정도 인정했지. 하지만 진화론 부분은 여전히 과학과 종교 사이에 뜨거운 감자로 남아있단다.

– 네. 앞으로도 서로 이해하고 지내면 좋을 것 같아요, 선생님.

– 영혼에 관한 문제도 아직 논란거리란다. 현대과학에서는 인간의 감정과 정신활동까지도 신경세포의 작용으로 설명하고자 하잖아? 신경과학에서는 뇌 세포에 물리, 화학적으로 남겨진 기록을 감정 또는 정신으로 보는데, 영혼은 어디에 존재하는지 찾지 못했어.

– 영혼은 몸 전체에 있는 거 아녜요? 쌤.

– 과학과 종교의 논쟁에 대해 아인슈타인이 이런 멋진 말을 했단다. "종교 없는 과학은 무력하고, 과학 없는 종교는 눈 먼 것이다." 이처럼 과학과 종교는 함께 도우며 살아야 한다는 얘기야. 결국 과학은 신의 존재를 증명할 수도, 부정할 수도 없는 위치에 있단다. 그런가 하면 "신이 설 자리는 점점 줄어드는 듯하다."(레더만, Lederman), "조물주를 믿는 사람은 과학에 무지한 사람이다."(도킨스, Dawkins)라는 입장도 무시해서는 안 돼.

– 쌤! 물질로 구성된 인간이 영혼 문제를 알아낸다는 건 모순 아녜요?

– 그럴 수도 있겠다, 하하. 아무튼 서로가 노력을 해야 하는데, 종교인들도 과학을 두려워하지 말고 과학을 끌어안는 자세가 필요해. 그게 오히려 종교의 시야를 넓히는 길이니까 말이야. 과학과 종교는 진리의 추구를 본질로 하는 인간 활동이기 때문이지.

– 네에.

– 자, 그래서 오늘 이야기를 정리하면, 과학의 한계는 무엇이며 종교의 한계는 무엇인지, 또한 종교와 과학의 바람직한 관계는 어

떠한 것이어야 하는지를 논리적으로 설명할 줄 알아야 한다는 얘기야. 어차피 우리는 상생의 길로 나아가야 하니까 말이야.

김희준: 서울대학교 화학부 교수. 저서에 『과학으로 수학보기』·『김희준 교수와 함께하는 자연과학의 세계』 등이 있다.

논술, 논증력에 꿀 발라먹기

- 쌤, 논술에서 논증력이 도대체 뭐예요?

- 흐음, 쉽게 말하면 자신이 주장하고자 하는 바에 근거를 제시하며 글을 조직하는 능력을 말한단다. 그러니까 적절한 근거를 제시하고 했는지 그리고 그 근거는 타당한지, 또한 주장하는 바를 분명하게 말하고 있는지를 평가하는 부분이란다.

- 주장에 대해 적절한 근거를 대는 게 중요하군요. 아아, 이것도 쉽지 않네요, 쌤!

- 그러니까 평소 논리적인 글을 읽어야 감이 잡히는 거지. 하하. 세상에 쉬운 게 어디 있니?

- 쌤, 그럼 좀 쉬운 문제 하나를 예로 들어서 설명해주시면 안 되나요?

- 좋아. 선생님이 시험에 꼭 나올 만한 것으로 문제를 만들어보았단다. 요즘 게임 중독이 사회의 큰 문제가 되고 있잖니. 그래서 그에 대한 자신만의 입장을 가지고 있어야 해. 이를테면 문제의 심각성이 어느 정도인지, 그 원인은 어디에 있는지 그리고 해결방안은 무언지를 말할 수 있어야 해.

- 네에…….

- 그러면 일단 아래의 제시문과 보기를 수로가 소리 내어 한 번 읽어볼까?

한 부부가 인터넷 게임에 빠져 갓난아기를 굶어죽게 한 혐의로 경찰 조사를 받고 있다. 인터넷 채팅을 통해 만난 40대 남편과 20대 아내는 생후 3개월 된 아기를 집안에 방치하고 우유도 제때 주지 않은 채 하루 12시간 PC방에서 인터넷 게임에 몰두했다. 지난 설 연휴에는 게임을 그만하라고 꾸중하는 어머니를 살해한 20대 남자가 패륜행위 후에도 PC방에서 게임을 계속하다 검거됐다.

행정안전부의 '2008 인터넷 중독 실태조사'에 따르면 우리나라의 인터넷 중독률은 8.8%, 중독자 수는 199만9000명이었다. 중독자의 40%가 초중고교 학생들이지만 청년실업과 맞물려 성인 중독자가 급증하고 있다. 특히 청소년기에 게임에 지나치게 몰입하면 성인이 돼서도 인터넷 게임이나 도박에 쉽게 빠져든다는 것이 전문가들의 진단이다.

〈보기〉 만남은 쌩떽쥐베리의 『어린 왕자』에 나오는 여우와 왕자의 만남에 잘 나타나 있다. 왕자가 여우에게 사귀자고 제안했을 때 여우는 자신은 아직 길들여지지 않았기 때문에 친구가 될 수 없다는 말을 한다. 여우에 따르면, 서로를 길들인다는 것은 곧 '관계맺음'인데 이것이야말로 서로를 진정으로 알게 하는 것이라는 것이다.

이러한 '관계맺음'은, 단순히 인식의 문제에 그치는 것이 아니라 인간의 존재 또는 삶의 방식에 관한 문제의식을 담고 있다. 다시 말하면, 우리가 세계와 어떤 관계를 맺는가 하는 것이 '어떻게 사는 것이 올바른 삶인가' 하는 문제의 열쇠라는 것이다.

[논제] 〈보기〉를 바탕으로 게임에 대한 자신의 견해를 서술하시오. (1,000자 내외)

- 어떠냐? 수로도 게임을 좋아하니까 할 만하겠지?

- 으휴~! 게임은 재밌는데 이걸 글로 써야 한다니까 머리에 쥐가 나려고 하네요, 쌤!

- 어렵게 생각하지 말고 아래의 예시 답안을 천천히 읽어봐라. 〈보기〉

의 관점이라고 했으니까, 바람직한 삶의 방향에 맞춰 논증하며 써야 한단다. 먼저 아래의 예시답안을 한 번 천천히 읽어볼래?

텔레비전을 바보상자라 하지만 컴퓨터 또한 이에 못지않은 바보상자이다. 그리고 다른 마약에 뒤지지 않는 강한 중독성을 갖고 있다. 자신의 위치와 권력을 대표하는 사이버 계급을 높이기 위해 거액의 사이버머니를 거래하고, 게임에 몰입하여 자신의 일상생활이 뒤엉키는 것도 개의치 않으며, 이로 인한 범죄도 마다하지 않는 곳이 바로 사이버게임의 세계이다.

학창 시절은 바람직한 자아의 정체성을 형성하는 중요한 시기이다. 그런데 많은 청소년들은 게임으로 많은 시간을 낭비하고 있다. 현실에서 정상적인 인간관계를 갖지 못하고 가상세계에서 아이디로만 존재한다. 때로 그들은 게임에 몰두한 나머지 현실세계와 가상세계를 혼동하기도 한다. 게임중독자의 뇌가 마약중독자의 뇌와 같다는 의학계의 보고로 미루어 보면, 게임중독이 자신과 가족 그리고 이웃까지 해악을 끼칠 수도 있다.

사이버 상의 게임은 이른바 엽기 코드로 이루어진다. 게임의 폭력은 상대편을 죽이는 것이 승리의 조건이 될 만큼 잔인하다. 그러나 청소년들은 이에 대한 폭력성이나 음란성에 대해 죄의식을 느끼지 못한다. 이들은 더욱 잔인하고 자극적인 쾌락을 찾게 된다. 회사 측에서도 이들의 욕구에 따라 더욱 과장된 프로그램을 만들어낸다. 자칫 게임에 중독된 다수가 가상세계에서 현실로 나와 범죄를 저지른다면, 사회는 큰 혼란에 빠질 수밖에 없다.

또한 인터넷 온라인상에는 예절이 없다. 상대방에 대한 최소한의 배려조차도 사이버 상에서는 무시된다. 이는 바로 익명성이라는 가면을 쓰기 때문이다. 사이버 상에서 욕설은 물론이고 성희롱까지 거침없이 오고 간다. 게임 운영 회사가 일일이 통제하기도 어렵지만, 신고를 한다 해도 아이디만 삭제할 뿐 근본적인 대책은 없다.

자아의 정체성은 한 개인이 자기 자신을 사회의 한 구성원으로 인식함으로써 형성된다. 즉 개인에게 부여되는 사회적, 도덕적 역할과 자신의 존재 가치를 발견하는 과정에서 정체성은 형성된다. 따라서 진정한 자아 창조를 위해 현실세계에서 진정한 '관계맺음' 을 가져야 한다. 그래야 가상공간에서 위험성과 폐해를 예방할 수도 있다.

컴퓨터 게임은 '칼' 처럼 어떻게 사용하느냐에 그 가치가 달라진다. 의사가 사용하면 생명을 살리는 도구가 되지만, 강도가 사용하면 흉기가 된다. 인간이 유희적인 동물이라고 하지만 게임세계에 살 수는 없다. 그렇다고 인터넷 게임에 중독된 이들을 인생의 패배자나 범죄자로 몰아서는 안 된다. 우리는 가상세계를 떠도는 사람들이 현실세계에 안착할 수 있도록 게임업체는 물론이고 사회가 지혜를 모아 노력해야 한다.

- 무슨 내용이 쓰였는지 알겠지?

- 사이버 게임이 뭔지가 나와 있고 그리고 게임 중독성의 위험성과 문제점, 그 다음에 진정한 자아의 정체성을 확립하고 그리고 바람직하게 사용하자……. 뭐, 그런 내용으로 되어있는데요?

- 우와! 대단하구나. 수로 네 눈에 그게 보인단 말이지? 그럼 된 거야. 그런 식으로 쓰면 만점 논술이 되는 거란다. 네가 썼을 경우와 위 답안을 비교하면서 연습하면 A+를 받을 수 있는 거야, 하하.

- 정말로요, 쌤?

VI

이해-분석력 끌어안기

동과 서 · 나쁜 사마리아인들 · 내 몸의 신비 · 자살의 문화사
지구를 살리는 7가지 불가사의한 물건들성(聖)과 속(俗) · 정신분석학 입문
총, 균, 쇠 · 진보와 야만 · 파놉티콘 · 문명과 야만 · 색의 유혹

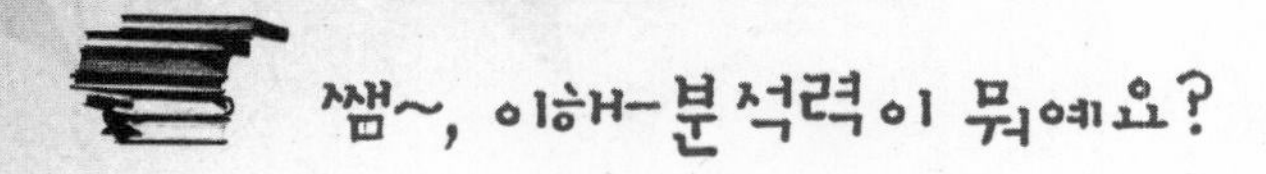

– 쌤, 오늘은 이해-분석력에 대해 말씀해주신다고 해서 다들 일찍 왔어요.

– 잘했다. 다들 얼굴이 뽀송뽀송한 걸 보니 즐거운 일이 있는 모양이구나, 하하.

– 오늘 오후에 모두 모여서 유나네 집에 가기로 했어요. 거기서 라면도 끓여먹고 공부도 하려고요.

– 와, 재미있겠다! 선생님도 가면 안 되겠니?

– 호호. 라면만 사가지고 오시면 돼요, 호호.

– 자 그때 가서 생각해보기로 하고……. 오늘은 이해-분석력에 대해 말할 차례다. 한마디로 이해-분석력은 '문제를 해결하는 기술'이란다. 글자 그대로 말하면 도끼로 나무를 쪼개듯이 사물이나 현상을 나누어본다는 뜻이지. 달리 말하면 분석이란 복잡한 대상을 의미 있는 작은 덩어리로 나눈 후에 그것의 가치를 파악하는 논리적 과정이야. 중요한 요소를 자세히 보고자 하는 것인데, 이 역시 인내심이 필요한 작업이란다.

– 우리는 이따가 인내심을 가지고 라면을 분석하겠습니다!

– 쓰잘데기 없는 소리!

– 들으셨어요, 선생님?

– 우리가 숙제해 가는 것도 어쩌면 다 분석하는 거지. 김구 선생의 〈나의 소원〉을 읽고 독후감을 쓰라 할 때도 작품을 읽고 중요한 내용과 그렇지 않은 내용으로 구분한 다음 중요한 것들을 논리적으로 연결하여 전체의 주제를 끌어내잖아. 그런 게 분석이야.

– 네에.

– 인터넷에 떠도는 수많은 정보를 접하면서도 저게 나한테 필요한가 그렇지 않은가 매 순간 판단하면서 자료를 내려 받잖아? 그 인터넷 자료가 허접한 것인지 중요한 것인지를 취사선택할 줄 아는 능력, 그것도 분석력이지. 참, 최근에는 인터넷에 떠도는 수많은 정보 중에서 유용한 정보를 찾아내는 직업도 인기란다. 특히 정보 분석력은 개인의 성공을 좌우하는 요소가 되어 주지.

– 선생님. 저도 그런 정보검색사 같은 일을 배우고 싶어요.

– 유나는 하고 싶은 것도 많구나, 하하.

– 선생님. 그러고 보면 분석이란 말이 굉장히 많은 거 같아요. 뭐, 심리분석, 통계분석 그런 말들이 있잖아요.

– 그렇구나. 사실 뭐, 작품분석, 뉴스분석, 기상분석, 제품분석 등 세상의 일 모든 게 분석을 해야만 하는 대상들이야.

– 쌤, 그 중에 어떤 분석이 제일 중요할까요?

– 뭐, 미래를 예측하는 분석 같은 게 좀 더 중요하지 않을까?

예를 들어 해저 심층수가 줄어들고 있다, 빙하가 녹고 있다, 이산화탄소 배출이 늘고 있다, 태양의 흑점이 수상하다, 이러한 현상들이 일어난다면 이 자료에서 무엇을 분석해야 하겠니? 혜리가 말해볼래?

– 음, 지구에 대재앙이 오니까 미리 대비해야겠네요.

– 혜리가 정확히 짚었구나. 그래. 지구 온난화가 가속되어 기상이변이 생기겠지. 음, 지구 어떤 곳은 바닷물에 잠길 것이고 어떤 지역에서는 폭염으로 가축들이 죽어나갈 거야. 그리고 북유럽에는 빙하기가 찾아들고 말이야.

– 그러고 보니까 기상청에서 날씨를 분석하는 사람들은 굉장히 중요한 일을 하는 사람이네요, 선생님?

– 그렇지. 그리고…… 분석 중에서도 선생님은 개인적으로 사람의 마음을 분석하는 일이 제일 중요하지 않을까 생각한단다.

– 그건 왜요?

– 흐음, 왜냐면 저 사람이 좋은 사람인지 나쁜 사람인지 분석할 수만 있다면 좋은 친구를 사귈 수도 있고, 좋은 배우자를 고를 수도 있잖아? 회사 사장은 좋은 직원을 구할 수도 있고 말이야.

– 사람의 마음을 어떻게 알아요?

– 사실, 열 길 물속은 알아도 한 길 사람 속은 모른다는 말이 있긴 해. 하지만 그 사람의 말과 행동을 지켜보면서 분석해보면 알 수 있어. 이를테면 심리분석 같은 거 말이야.

– 쌤도 저희들 심리 분석할 수 있어요?

– 그럼! 지금 너희는 빨리 라면 끓여 먹을 생각만 하고 있어.

– 앗! 쌤, 정말 귀신이다!

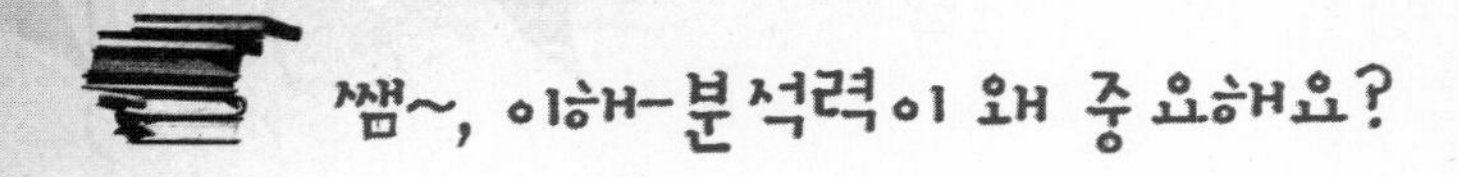

– 쌤! 이해–분석력도 저희에게 꼭 필요한 요소겠죠?

– 당연하지! 살다보면 짧은 순간에 사태를 파악하여 결단을 내려야하는 경우가 많단다. 흔히 영화에서 나오는 장면을 생각해봐. 네가 주인공이야. 직업은 경찰관이지. 그런데 지금 네 앞에는 범인이 설치한 시한폭탄이 1분을 가리키고 있단다. 째깍째깍……. 선을 잘라서 멈추게 해야 하는데 잘못 건드렸다간 목숨이 날아갈 거야. 성공이냐 실패냐는 50대50이다. 그때 너는 어떻게 할래?

– 글쎄요……?

– 옛날에 그런 얘기 많이 들었을 거야. 엄마랑 여자 친구가 강물에 빠졌다면 누구부터 구해낼래?

– 거참! 애매하네요, 쌤.

– 그게 판단력이야. 판단력이 또한 분석력이고……. 재난영화를 보면 그런 장면 많이 나오잖아. 아래층에서 화재가 났는데 불을 뚫고 아래로 내려가야 하느냐, 아니면 옥상 쪽으로 올라가야 하느냐 등등 살다보면 목숨을 걸고 판단해야 할 때가 있는 거야.

– 그렇겠네요, 쌤.

– 그래서 '구명선 윤리'라는 게 있단다.

– 그게 뭔데요, 쌤?

– 탑승 정원이 50명인 구명보트에 40명이 타고 있다고 생각해 보자. 그때 조난당한 또 다른 50명이 보트에 태워달라고 헤엄쳐온다면 어떻게 해야 하는가 하는 문제야.

– 10명을 골라서 태우면 되잖아요?

– 그게 말처럼 간단하겠니? 그 아비규환의 상황에서는 어떠한 기준도 타당하지 않은 거야. 그러니까 노약자를 먼저 구할 것인가 아니면 어린아이를, 그것도 아니면 위대한 학자를 먼저 구해야 하는가 등등 판단 내리기가 쉽지 않다는 거지.

– 그러면 어떻게 하죠? 다 태우면 보트가 침몰할 것이고…….

– 결론은 다 안 태우는 것이다.

– 네에? 그게 말이 돼요? 사람이 죽어 가는데 어떻게 모른 체할 수 있죠?

– 그럼 네가 답을 얘기해봐라.

– …….

– 그것 봐. 답은 없단다. 함께 죽느냐 아니면 보트에 타고 있는 40명이라도 사느냐 하는 문제야. 이것은 안타까운 일이지만, 40명이라도 살아야 한단다. 그게 최선의 선택이야. 이러한 논리는 부유한 나라가 가난한 나라를 도와야 하는가에 적용되기도 한단다. 무슨 말이냐 하면, 굶주리는 가난한 나라가 있다고 할 때 부자나

라가 가난한 나라를 돕지 않을 수도 있다는 얘기야. 함께 죽을 수는 없다는 말이지.

– 결론이 좀 매정하네요. 어떻게 죽어가는 걸 보고 가만히 있죠?

– 하하, 물론 이러한 논리는 부자, 다시 말하면 강자의 논리란다. 그래서 네 말대로 논란의 여지가 있는 거야. 하지만 우리는 상황을 예리하게 분석하고 결국 하나의 판단을 내려야 해. 그 분석이나 판단이 잘못되면 돌이킬 수 없는 잘못을 저지르게 되는 거야.

– 아, 그래서 분석력이 중요하다는 말씀이군요.

– 이러한 것은 회사에서도 중요하겠지. 예를 들어 중국 쪽으로 해저터널을 뚫어 새로운 루트를 만들려는 사업이 있다고 하자. 그 사업에 투자를 할 것인가 말 것인가 할 때. 역시 면밀한 분석력이 필요하겠지. 그저 엄청난 수익이 생길 것으로 판단했다가, 얘기치 못한 지진의 발생으로 사업이 중단된다면 하루아침에 알거지가 되는 거야. 그래서 회사에서는 신입사원을 뽑을 때 개인의 판단력을 중요시 한단다.

– 네에.

– '쾌도난마'라는 말 들어봤지? '잘 드는 칼로 헝클어져 뒤엉킨 삼 가닥을 단번에 잘라버린다'는 뜻 말이야. 어떤 사람에게 엉킨 실타래를 주면 대부분 낑낑거리면서 실을 풀려고 하지만 그냥 잘라내 버리는 사람도 있지. 바로 그냥 잘라내는 사람이 실을 일부 버릴지언정 문제를 신속하게 해결하는 장점도 있는 거야. 뭐가 중요하고 뭐가 덜 중요한지 사태를 제대로 판단한 거지.

– 네에. 그렇군요, 쌤.

– 공부도 분석력 아니니? 특히 우리가 문학작품을 공부할 때에도 주제가 무엇인지 글의 성격이 무엇인지, 또한 특징이 무엇인지 파악하는 게 모두 분석하는 거잖아? 고등학교 과정에서 공부하는 언어영역도 각 단락을 분석하여 논리적 관계를 파악하는 형태잖아. 제대로 분석을 해야 제대로 된 주제가 나온단다.

– 우와! 정말 중요하지 않은 게 없는 거 같아요, 쌤.

– 하하. 의사도 그럴 거야. 환자가 찾아오면 진찰을 하고 피를 뽑고 MRI 촬영을 하고 이런 행위가 다 환자의 상태를 분석하는 거 아니겠니? 그런데 만약에 그 분석이 잘못되었다면 어떤 일이 생길까? 말 그대로 생사람 잡는 거겠지. 그래서 정확한 분석력, 정확한 판단력이 필요한 거야.

– 쌤, 전 엄마가 어제 저녁에 생선 다듬는 걸 보았는데 그것도 분석이라는 생각이 들어요. 지느러미하고 내장을 발라내고 필요한 몸통만 구워주니까요. 만약에 살을 버리고 생선 대가리만 구워준다면 잘못된 분석이고요.

– 하하, 말 되네! 하하……. 아무튼 분석력은 좌뇌를 발달시키는 중요한 기능을 한단다. 그래서 분석력을 키우는 훈련을 자주 해야 한다는 거야.

– 네, 쌤. 지당한 말씀이십니다.

쌤~, 이해-분석력으로 이루어진 것들엔 뭐가 있어요?

– 쌤, 저번 시간에 이해-분석력이 뛰어난 사람이 직장에서도 억대의 연봉을 받는다는 말도 들었는데요. 그럼 이해-분석력으로 이루어진 것들에 어떤 게 있나요?

– 으흠, 거 난제로구나. 아마 대부분의 사회과학서적들이 이해-분석력으로 이루어져 있지 않을까? 물론 한권의 책이 논리력이면 논리력, 분석력이면 분석력 딱 하나로 이루어지진 않아. 분석력, 논리력, 창의력 이런 것들이 섞여있는 것이지. 그렇게 본다면 인간의 문화를 비판하고 전망하는 책들이 대부분 분석력과 해석력의 산물이라고 할 수 있겠다.

– 네에. 방대한 거군요, 선생님.

– 좀 전에 얘기했다시피, 첨단과학 장비를 예를 든다면 '기상정보 시스템' 같은 게 분석력이 적용된 기계인 거야. 태풍의 경로를 추적하고 분석하여 태풍주의보나 경보를 발령하잖아? 만약 그 기계로 잘못 분석한다면 농가의 피해는 물론 공항과 같은 중요시

설이 마비가 되어 막대한 국가적 손실을 입을 거야.

– 그러면 큰일 나겠네요, 선생님.

– 군대의 지휘관이나 경찰 지휘부도 분석력이 매우 필요한 사람들이지. 예를 들어 적들이 땅굴로 이동을 하는지 아니면 언제 공격을 감행하려고 하는지 그 동향을 신속히 분석해서 전략전술을 짜야 하니까 말이야. 또한 테러 가능성이 있는 용의자들을 사전에 예의주시하면서 범행을 차단해야 하니까 상황을 잘 분석해야 할 거야.

– 저도 어릴 때 꿈이 군인이었는데요, 쌤.

– 하하, 요즘 기업에서 소비자들의 심리를 분석하는 거 알지. 소비자들이 선호하는 게 무엇인가를 분석하는 거야. 소비자들이 좋아하는 음료수가 다이어트 음료인지, 탄산음료인지, 디자인은 어떤 것을 선호하고 색상은 어떤 것을 선호하는지를 분석하는 게 중요해. 그건 정말 사활이 걸린 일이니까 말이야. 그래서 최근에는 소비자 체험단까지 모집하여 소비자의 심리를 분석하고 제품에 반영한다잖아. 그지?

– 네, 저희 언니도 뷰티 체험단에서 알바를 한 적 있어요, 선생님.

– 그렇지. 소비자들이 오히려 전문가 못지않게 명확한 분석력을 가지고 있기 때문이야.

– 호호호, 선생님. 저는 요리에 관한 체험단을 만들고 싶네요.

– 와! 그런 건 선생님도 하고 싶구나, 하하. 음…… 그리고 고도

의 분석력이 필요한 직업이 저번에 얘기한 외환딜러라든가, 투자 업무를 담당한 사람들일 거야. 이런 사람들은 국내 경제만이 아니라 세계경제가 어떻게 진행되고 있고 앞으로 어떻게 진행될 것인가를 분석해야 해. 하지만 이것은 태풍의 진로를 예측하는 일만큼이나 위험하고 어려운 일이란다. 자칫 잘못 판단하여 투자했다가는 큰 손실을 입고 쪽박 차는 경우가 생기니까 말이야.

– 그런 일 하는 사람은 정말 배짱이 있어야 하겠네요.

– 배짱 이전에 분석력이 있어야 하잖아, 녀석아.

– 그리고 또 뭐가 있을까요?

– 음, 자판기가 동전을 인식하는 것도 분석력이 적용된 시스템이라 할 수 있겠구나.

– 500원짜리인지 100원짜리인지 자판기가 짧은 순간에 분석을 하는 거야.

– 와, 신기하다. 음료수 빼 먹을 줄만 알았지, 왜 그런지는 미처 생각도 못했네요, 쌤. 어떻게요?

– 음, 그것은 동전에 흐르는 전류의 차이를 인식하는 거야. 또한 무게의 차이로도 500원인지 100원인지 가려낸단다.

– 그런데요, 쌤. 옛날 10원짜리 동전을 구멍에다가 세게 팍 집어넣으면 500짜리로 인식하던데요?

– 허헛, 그런 장난을……! 그건 동전이 세게 떨어져 내려 500원짜리인 것처럼 착각해서 그런 거야. 앞으로 그런 장난은 하면 안 된다, 알았니?

– 아이, 쌤. 저 딱 한번 해본 거예요!

– 수로가 잘 알 거 같은데, '과일선별기'도 분석력의 원리가 사용된 기계란다. 과일선별기는 아무리 많은 과일을 컨베이어 위에 올려놓아도 과일 스캐너가 과일의 크기, 빛깔, 맛 등을 일일이 체크하여 자동으로 가려내는 일을 한단다. 컴퓨터가 그 분석을 담당하는 거지. 아마 사람이 일일이 이 작업을 한다면 엄청난 시간과 인력이 필요할 거야.

– 저희 과수원에는 아직 그런 거 없어요. 그거 돈 엄청 줘야 사는 거예요, 쌤.

– 그러니? 하하. 음…… 화물 분류기도 그렇단다. 너희도 택배를 받아봤겠지만 택배를 가만히 보면 바코드가 붙어 있잖니? 그 바코드에는 어느 지역인지가 다 입력이 되어있어서 컨베이어 위에다 무조건 올려놓으면 기계가 알아서 어느 지방으로 가야 할 물건인지 분류하는 거야. 사람은 그저 트럭에 싣고 출발하면 되는 것이고. 참으로 신기하지?.

–네, 정말 편리한 세상이네요, 선생님.

– 으음……. 너희들 병원에서 피검사 한다고 피를 뽑은 적 있을텐데, 그 혈액을 원심 분리하는 거 봤니?

– 아하, 작은 유리관에 넣고선 기계로 막 돌리는 거 말이죠? 그것 저 봤어요, 쌤.

– 하하, 그렇게 돌리면 피가 몇 개의 층으로 나뉘어져. 그걸 원심분리라고 하는데, 한마디로 혈액을 분석하는 거야. 무거운 혈구

가 아래에 가라앉고 가벼운 혈장이 위에 뜨는 원리를 이용한 거지. 그런 다음 필요한 테스트를 하는 거야.

– 네에.

– 쌤, 말씀 끝나셨으면 저 먼저 일어나도 돼요?

– 왜, 바쁜 일이 있니?

– 오늘 엄마가 저랑 한의원 가기로 했거든요.

– 그래, 그럼 다녀와야지. 아 참, 한의사가 하는 진료행위도 분석적인 행위란다. 환자를 진맥하여 병의 주요원인을 분석한 뒤 치료하니까 말이야, 하하.

– 와, 정말 분석당하기 싫어!

쌤~, 이해-분석력은 어떻게 해야 길러지나요?

– 쌤, 저 한의원 다녀왔어요.

– 어디 아파서 간 거였니?

– 아픈 건 아니고요, 그냥 엄마가 보약 먹으라고 해서 보약 지으러 간 거예요.

– 와, 부럽구나. 보약까지 먹고…….

– 제 것 같이 드실래요, 쌤?

– 됐다. 그냥 한 말이야.

– 근데 쌤, 아까 하시던 말씀……, 그러니까 이해-분석력은 뭘 어떻게 해야 길러지는 건가요?

– 아, 오늘은 그에 대한 얘기를 할 차례구나. 그렇지! 이해-분석력은 주어진 자료를 정확히 파악하고 글쓴이의 뜻을 파악하는 능력이라고 했잖아? 그러니까 주어진 글감을 꿰뚫어 이해하고 검토하는 능력을 키워야 해. 예를 들어, 정육점 주인이 소를 잡아 소머리, 등심, 안심, 갈비, 소꼬리, 사골, 내장 등으로 구분하여 먹기

쉽게 해주듯, 나에게 주어진 글이나 자료도 신속하게 파악할 줄 알아야 하는 거야.

– 그럼, 마음만 먹으면 할 수 있겠네요, 쌤.

– 글을 읽으면서 동시에 내용에 따라 단락을 나누고 핵심 요소들을 추출할 수 있어야 한단다. 그러니까 평소에 연필로 단락의 핵심이나 소주제를 찾아 밑줄을 치는 연습이 필요할 거야. 또한 대화할 때도 마찬가지란다. 상대방이 말을 할 때 무엇을 말하고자 하는가를 주의 깊게 들으면서 파악해야만 해. 아울러 말하는 사람의 논리의 근거가 타당한가 따지며 들으면 되는 거야.

– 네에.

– 이러한 훈련은 텔레비전의 대담 같은 것을 들으면서 할 수도 있고 신문의 칼럼을 읽으면서도 할 수 있는 거란다. 아마 교과서를 통해서 다 알고 있는 애기겠지만, 작품분석이 그 좋은 예가 돼. 서사문학이라면 인물·사건·배경 등으로 나누고 인물의 심리·사건의 인과관계·배경 등을 파악하는 것처럼 하면 되지.

– 그다지 어렵진 않네요, 선생님.

– 선생님이 항상 말하는 것처럼 이러한 기능은 하루아침에 이루어지는 것은 아니란다. 지금부터라고 사회과학 책도 읽어보고 신문도 보면서 개요를 정리하는 게 필요하단다.

– 쌤, 책이나 신문 말고 또 다른 방법은 없나요?

– 사람을 만나면 사람을 분석하면 되지. 그 사람이 어떤 사람인가 사람을 보는 안목을 키우는 거야. 아무도 없이 나 혼자이면 나

의 심리를 분석해보고 말이야. 뉴스를 보다가 지진에 관한 뉴스가 나오면 지진의 원인을 분석해보고, 길을 가다가 꽃을 보면 꽃의 본질도 분석해보고, 무조건 눈에 보이고 귀에 들리면 분석해버리는 거야. 그러면 그 능력이 키워질 수밖에 없지, 하하하.

– 저는 인터넷을 하면서 정보를 수집하고 분석하는 게 제일 재밌을 거 같아요, 선생님.

– 그래, 그것도 능력이지.

– 분석력을 키우려면 머리도 좋아야 하겠죠?

– 나쁜 머리보다 좋은 머리가 백번 낫지 않겠니? 특히 좌뇌가 좋아야 논리력과 분석력이 뛰어나서 까다로운 문제도 척척 풀 수 있을 거야. 물론 머리가 좋다고 자만하면 안 되지. 매사에 성실하게 노력하는 모습도 중요하니까 말이야. 아마 너희도 머리만 믿고 공부 대충했다가 성적이 곤두박질한 경험들 있지? 그러니까 성실하게 노력하면서 분석력을 갖추고 있으면 어떤 어려운 과제도 척척 해결할 수 있을 거야.

– 네에, 저도 앞으로는 어려운 문제를 피하지 않고 도전해볼래요. 선생님.

– 탐구정신도 있어야 한단다. 예를 들어 사람들이 천동설을 믿고 있을 때 코페르니쿠스는 지동설을 주장했잖아. 왜 목숨을 걸고 지동설을 주장했을까? 그건 바로 코페르니쿠스가 천동설에 대해 의심을 품고 그 과정을 탐구했기 때문이야. 바로 분석력이 작용했다고나 할까?

– 아하, 탐구생활도 열심히 해야겠네요.

– 그렇지! 앞에서도 얘기한 것처럼, 과학적인 글 한편을 보더라도 글의 근거는 있는가, 주장하는 바는 무엇인가, 전제는 타당한가 등을 단락별로 따져보는 자세가 필요해. 그게 분석의 기본자세니까 말이야. 알겠니?

– 옛썰!

쌤~, 이해-분석력과 독서라는 두 마리 토끼를 다 잡을 수 있나요?

두 마리 토끼 잡는 독서 **1. 동과 서**

– 일전에 야구선수 박찬호가 이런 말을 한 적이 있단다. 미국에 건너간 지 몇 달 안 되었을 때, 경기가 끝나고 샤워를 하는데 서로들 자기의 몸만 씻고 있더라는 거야. 상대의 등을 밀어주면 좋을 것 같아서 박찬호 선수가 옆 선수의 등에 비누칠해 주려는데 글쎄 화를 내더라는 얘기야.

– 왜요?

– 왜냐하면 동성애자로 오해한 거지. 참으로 어처구니없지 않니?

– 어유, 정말 황당 시츄에이션이네요, 참!

– 오늘은『동과 서』라는 책을 가지고 너희들에게 동·서양 간 문화의 차이를 분석해주려고 해. 너희는 내용과 함께 분석력도 배우게 되는 거지. 일석이조의 효과, 어떠냐?

– 성은이 망극할 따름이죠, 쌤!

– 하하. 으음……. 서양인은 동양인과 달리 우주를 텅 빈 공간으로 믿는단다. 행성과 행성 또는 사물과 사물이 그저 독립된 체로 고립되어 있다고 믿지. 반면에 동양인들은 우주가 텅 빈 공간이 아니라 기(氣)로 가득 차 있다고 생각해. 그래서 밀물과 썰물이 생기는 이유도 지구와 달이 서로 기를 가지고 끌어당기기 때문이라고 보는 거야. '한 송이의 국화꽃을 피우기 위해 봄부터 소쩍새는 그렇게 울었나보다'라는 시 구절 알지? 이 시에서도 개체 간의 상호 작용이 나오잖아? 이 얼마나 탁월한 발상이니?

– 아하! 서정주님의 시 읽은 기억이 나요, 선생님.

– 또한 뭉크의 '절규'하는 그림을 보여줘도 동서양 사람들의 반응은 현격한 차이를 보인단다. 동양인은 '주변 분위기가 음산하잖아요. 저 뒤에 걸어가는 남자 두 명이 이 사람에게 무슨 짓을 한 것 같은데요'라고 반응하지만 서양인은 '이 사람은 패닉상태에 빠졌어요. 정신적으로 불안한 사람인 것 같아요'라고 반응을 보인단다. 무슨 말인가 하면 동양인들은 주변 환경과 상황을 통해 인물을 파악하지만 서양인들은 자신의 감정 상태를 중심으로 인물을 파악한다는 거야.

– 아하! 무슨 말인지 알겠어요, 선생님.

– 인물화도 그래. 서양의 인물화는 사람 자체에 관심을 갖고 사람만 크게 그리지. 하지만 동양의 경우는 그 인물이 처한 환경을 중요시하기 때문에 배경이 잘 드러나게끔 구도를 잡는단다. 이것

은 젊은이들의 사진 찍는 태도에서도 드러나. 서양의 젊은이들은 사진을 찍을 때 사람을 크게 잡아서 찍고, 동양의 젊은이들은 인물과 배경을 적절히 조화시켜 찍거든.

– 정말 그런 거 같네요, 선생님.

– 물아일체(物我一體)라는 개념이 서양에는 없어서 그럴 수도 있을 거야.

– 아, 서양에는 자연친화 사상이 없군요!

– 필기구에서도 차이가 나지. 동양 사람들은 주로 붓을 쓰잖아. 부드럽고 뭉뚝한 붓 말이야. 그래서 동양인은 전체를 꿰뚫어보는 직관이 발달해있지. 그런데 펜은 어떻게 생겼니? 날카롭잖아. 그 끝이 날카로운 만큼 그들은 사물을 정밀하게 분석하는 능력이 발달됐단다.

– 야, 기가 막힌 분석이네요, 쌤!

– 사고방식도 서양 사람들은 '내가 좋아하니까 상대방도 좋아할 거야', '내가 배고프니까 다른 사람들도 배고플 거야'와 같이 1인칭 시점을 갖고 있단다. 반면에 동양인들은 '상대방이 고기를 좋아하니까 나도 고기를 먹어야지', '사람들이 마음에 들어 하니까 나도 좋아'와 같이 남을 배려하는 3인칭 시점이 강해. 다시 말하면 서양은 '자기 선택'의 문화, 동양은 '상대 배려' 문화가 발달한 거야.

– 정말 명쾌한 해석이에요, 선생님!

– 재미있는 실험 하나를 해볼까? 만약, 파란색 펜 4자루와 흰색

펜 1자루가 있다면 너희는 어떤 것을 고르겠니?……. 결과적으로 말하면 동양인은 파란색을, 서양인들은 흰색을 선택하는 경우가 많아. 왜 그럴까? 그것은 동양인은 튀는 것을 싫어하고 반대로 서양인은 남과 구별되는 걸 좋아하니까 그런 거야. 즉, 동양인은 남과 어우러져 사는 걸 좋아하는데 서양인들은 독립적 삶을 좋아하는 차이라고 할 수 있지.

– 야~ 저도 이러한 내용을 친구들한테 써 먹을래요, 쌤.

– 또 있단다. 이러한 동·서양의 차이는 주거형태에서도 드러나. 동양의 집은 나지막한 담장이 있어서 이웃과 담장 너머로 떡도 나눠먹고 지내잖니? 그리고 방안에 앉아서 앞 뒤 문을 열면 마당과 뒷산에 한눈에 들어오고 말이야. 그러나 서양 사람들은 모든 공간이 폐쇄적이지. 그 대표적인 형태가 아파트다. 그들은 사생활을 중요시하다보니까 모든 방들을 단절시켜 놓았어. 그 때문에 가끔씩 아파트에 살던 노인이 죽어도 모르고 지내는 경우가 있는 거야.

– 선생님, 아파트 때문에 인간소외 문제가 생겼다면서요?

– 맞는 얘기이지. ……술병 얘기를 해볼까? 맥주병도 동양인들은 여럿이 함께 먹게끔 큰 병으로 만들지만 서양인들은 혼자 마시기 편하게 작은 병을 만든단다. 사소한 것이지만 이메일도 보면 서양인들은 사용자의 아이디를 먼저 쓰고 계정주소를 쓰게 되어 있어. 만약 동양인이 이메일 주소를 만들었다면 어떻게 되었을까?

– 계정주소를 쓰고 그 다음에 개인 아이디를 썼겠죠.

– 그렇지. 자신을 우선적으로 드러내려고 하지 않으니까 말이

야. 결론적으로 동·서양의 문화를 분석해보면, 세상에 완벽한 사람이 없듯이 완벽한 문화도 없다는 거야. 이러한 분석은 동양문화가 서양보다 낫다는 우월의식을 찾고자 한 게 아니야. 단지 동서양의 문화를 비교하고 서로의 장점과 단점을 객관적으로 분석해 보자는 데 그 뜻이 있어. 『문명의 충돌』의 저자 새뮤얼 헌팅턴도 '다른 문화의 사람들도 다 나처럼 생각할 것'이라는 자기중심적인 생각이 가장 위험하다고 지적했었잖아. 그런 의미에서 서로가 서로를 이해하고 서로를 존중할 때 원만한 세계화도 이루어질 거야.

– 지당하신 말씀입니다, 쌤.

– 선생님, 지금까지 들은 설명 중 제일 머릿속에 팍팍 들어왔어요.

– 왜들 그래? 아마추어 같이!

함께 읽으면 좋은 책으로, 장파의 『동양과 서양 그리고 미학』을 권한다. 저자는 동서문화의 차이에 따른 미의식의 차이를 비교문화철학적 방법을 통해 보여 준다 특히, 비극 · 숭고 · 자유 · 영감 등의 다양한 주제를 통해 동양미학의 진수를 설명하고 있다.

– 선생님, 수로가 저더러 바리사이파 사람 같다고 놀리는데, 그게 무슨 말이에요? 좋은 말은 아니죠?

– 푸하하. 수로 녀석이 짓궂게 놀렸구나. 사랑이 없는 사람을 말하는 건데 장난이니까 그냥 그러려니 해라.

– 그럴 줄 알았어. 내가 그럴 줄 알았다니까!

– 하하하. 그렇지 않아도 언제 한번 『나쁜 사마리아인들』을 얘기해주려고 했는데 마침 생각나게 해줘서 고맙다.

– 사마리아인은 또 뭔데요? 선생님?

– 원래 성경에서 나오는 착한 사람을 가리키는 건데, 이 책에서는 착한 척하면서 나쁜 짓을 하는 강대국을 말한단다. ……음, 너희들 TV를 보면 아프리카 어린애들이 굶주리는 모습을 본 적 있지? 그걸 보면서 왜 저 나라는 가난의 고통을 겪을까 하는 생각을 해봤을 거야. 정말이지 세상 사람들이 이웃을 내 몸같이 사랑한다면 그런 일이 없을 테지만 세상은 냉혹해. 강대국이 거저 도와주지는 않아. 반드시 이익이 있어야 도와준단 말이야. 그것이 자본주의야. 이처럼 강대국과 가난한 나라 사이에서 착한 강대국 즉, 착한 사마리아인은 없다는 뜻이야.

– 그러니까 착한 척하는 나쁜 강대국이네요.

– 수로가 잘 아는구나, 하하. 몇 년 전 9·11 테러 기념행사에서 부시 대통령은 '평화로운 세계 건설이 미국의 오랜 관심이었고,

따라서 미국은 자유 확산에 이바지해야 한다'라고 했지. 그런 미국이 이라크를 침공했어. 겉으로는 자유를 외치지만 경제적 이득을 노리는 속셈 아니겠니? 세상엔 이와 같이 겉 다르고 속 다른 경우가 많단다. 과거 우리나라 독재시대에도 정부는 '정의사회 구현'을 떠들어댔지. 그러나 '눈 가리고 아웅'하는 짓이었어.

– 아~ 거 전두환 대통령이 그랬다면서요, 쌤.

– 영국이 일으켰던 아편전쟁도 그래. 자기네 나라가 청나라에게 마약을 팔아먹으려는데 청나라가 그것을 방해를 한단 말이야. 그러니까 마약 불법거래를 방해했다는 이유로 영국이 청나라를 쳐들어간 거야. 이처럼 강대국은 돈만 된다면 그 어떤 것이라도 팔아먹으려 한단다. 그게 그들의 논리야. 지금도 그들은 강력한 군사력과 경제력을 바탕으로 이웃 나라들에게 불평등조약을 강요하고 자유무역을 요구하고 있단다. 말이 좋아 '자유'이지 그것은 강대국을 위한 자유로운 경제침탈이라고 보면 돼.

– 네에.

– 그동안 부자나라들은 자기 나라의 기업들을 보호하며 보조금을 주어왔지. 그리고 외국 기업들은 들어오지 못하게 규제정책을 써서 야무지게 돈을 모았어. 그렇게 해서 부자가 된 나라들이야. 그런데 이제 가난한 나라도 자기네 기업을 보호하고 외국의 기업을 규제하려 하니까 그러면 안 된다고 으름장을 놓는 거야. 쉽게 말하면 자신들만 먼저 사다리 타고 높은 곳에 올라가서 다른 사람은 올라오지 못하도록 사다리를 걷어차는 행위와 같은 거지. 한 마디로

경쟁자들이 늘어나는 것을 원치 않는 부자나라들의 속셈이야.

– 와! 나라들도 이기주의가 있나 봐요, 쌤?

– 부자나라는 개발도상국들에 대해 농업관세를 낮추어 가난한 나라의 수출증대를 돕겠다고 약속하지. 그러나 사실 대부분의 개발도상국들은 부자나라로부터 농산물 수입해 먹는 상황이므로 이런 조치가 아무런 도움이 되지 못하는 거야. 오히려 가난한 나라들이 부자나라에 양보한 공업 관세 축소·외국인투자규제 폐지·지적소유권 강화 등으로 말미암아 손해만 입게 된단다.

– 부자나라들이 아주 얍삽하네요, 쌤.

– 부자나라 사람들, 그러니까 신자유주의를 주장하는 사람들은 부자나라의 투자를 받아들여야 한다고 해. 부자나라 사람들의 투자를 외면하면 발전할 수 없다는 얘기야. 그런데 말이 좋지, 이것은 굉장히 위험한 논리야. 만약에 부자나라 자본가들이 개발도상국의 회사에 투자를 하여 그 회사로부터 이익을 챙길 만큼 챙기게 되면 단물만 빨아먹고 쏙 달아나거든.

– 선생님, 그건 사람의 도리가 아니잖아요?

– 당연하지! 음…… 핀란드의 '노키아' 회사는 외국인의 투자를 철저히 배척하고 열심히 고무장화, 전선 사업 등에서 번 돈을 모아 휴대폰사업에 투자했단다. 우리나라의 '삼성'이 설탕을 팔아 번 돈으로 전자사업에 투자했던 것처럼 말이야. 결국 두 기업은 외국인의 투자 없이도 세계 초일류기업으로 성공했잖아? 이들이 만일 나쁜 사마리아인들의 투자제안을 받아들였더라면, 노키아는 아직도

고무장화나 만들고, 삼성은 여전히 설탕이나 만들고 있었을 거야.

– 와, 그러니까 당장은 힘들더라도 참고 견뎌야 하겠군요, 쌤.

– 세계무역기구인 WTO도 그렇단다. 나쁜 사마리아인인 부자나라들은 그동안 개발도상국에 대해 무역자유화를 장려해왔지. 그 이유가 있어. 무슨 말이냐 하면 누구나 똑같은 규칙에 의해 축구를 하자고 하지만 한쪽은 어른들이고 한쪽은 꼬맹이들로 구성되어있는 거야.

– 쌤, 잠깐만요. 그러니까 어른들이 강대국이고 꼬맹이들이 개발도상국? 그 얘기죠?

– 장 교수는 나쁜 사마리아인의 역할을 대행하는 기구를 "IMF · 세계은행 · WTO"고 꼽으면서 이들을 나쁜 삼총사라고 말하지. 그 이유는 이러한 세계기구들이 주로 부자나라들에 의해 조종되고, 부자나라들이 원하는 정책을 구상하며 실행한다는 거야.

– 와! 이런 책을 쓰려면 공부도 많이 해야겠네요, 그렇죠?

– 세계경제를 꿰뚫고 있어야 할 거야. 물론 분석도 잘 해야겠고 말이야.

– 네에.

– 과거에 우리도 IMF를 겪어서 잘 아는 바처럼 이 IMF가 우리나라에 들어와서 구조조정은 물론 본래 임무에서 벗어난 정부예산 · 산업규제 · 노동시장규제 · 민영화 등 내정간섭까지 행한 걸 보면 틀린 말은 아닌 것 같아. 지적소유권 문제도 그래. 그들은 '지적소유권이 보장되지 않는다면 AIDS를 비롯한 여러 가지 전염

성·비전염성 질병에 대비하기 위한 새로운 백신 개발에 수십 억 달러나 투자하지 않을 것'이라고 말하지.

– 그건 무슨 말이에요?

– AIDS 백신을 개발하게 되면 특허신청을 해서 비싼 가격에 팔겠다는 속셈이야. 물론 말은 되지만 죽어가는 사람을 상대로 돈을 벌겠다는 자세가 바람직하지 않잖아?

– 선생님, 서로 돕고 잘 살면 좋을 텐데……. 아쉽네요.

– 부자나라 사람들이 개발도상국을 도와 빨리 성장할 수 있는 정책들을 허용하면, 장기적으로는 부자나라 자신들에게도 이익이 된다는 것을 알아야 한단다. 무슨 말인가 하면 국민소득이 낮은 나라에 장사하는 것보다는 가난한 나라를 어느 정도 잘 사는 나라로 만들어 준 다음 장사하는 게 서로에게 이득이라는 말이야.

– 아, 그게 해결책이네요. 와! 그 생각 완전 대박이에요, 쌤.

– 이 책은 경제에 대한 문제점을 날카롭게 분석 비판한 책이야. 처음엔 읽기가 생소해서 그렇지, 천천히 읽으면 세계경제에 대한 흐름은 물론 분석력과 논리력을 덤으로 얻을 수 있는 책이란다.

장하준 교수의 『나쁜 사마리아인들』은 대한민국 국방부가 선정한 불온서적 23종 중 하나로 지정된 바 있다. 현재 그는 케임브리지 대학교에서 발전정치경제학 강의를 하고 있다.

– 수로야, 웬 땀을 그렇게 많이 흘리니? 달리기 했니?

– 아, 쌤. 저 팔굽혀펴기 했어요. 50개요!

– 얘, 근육에 무리가 갈라. 적당하게 해. 심한 운동은 오히려 몸을 혹사시켜 부작용을 일으키니까 말이야.

– 쌤, 제 몸은 쇠보다 단단해요. 알통 좀 보실래요?

– 알통이라……. 너희들에게 몸이 무엇인지 얘기 좀 해줘야겠다. 앞으로 와서 바짝 앉거라.

– 야한 건가요, 쌤?

– 글쎄, 들어보면 알거야. 음…… 오늘날 우리는 몸에 대한 담론이 활발한 시대에 살고 있지. 그렇지? 과거에는 몸을 하찮게 여겼지만 지금은 상황이 달라져서 몸을 존중하고 이해하는 운동도 다양하게 알고 있어. 텔레비전을 봐도 의학 관련 프로그램이라든가 필라테스 같은 요가프로그램이 많잖아. 바로 『몸의 신비』라는 책을 보면 그러한 몸에 대한 다양한 정보와 함께 몸을 바라보는 올바른 태도를 배우게 돼. 한마디로 생명체에 대한 경탄과 외경을 느낄 수 있단다.

– 와, 귀에 쏙쏙 들어오겠네요.

– 생명의 본질이 무엇인가 분석한 이 책은 내 몸이 세상에서 가장 큰 축복이자 기적이란 말을 하고 있어. 자, 생각해보자. 내가 어떻게 만들어졌지? 그러니까 직경 0.14밀리미터, 0.001그램의

반투명한 난자와 길이 0.07밀리미터 손톱 두께의 10분의 1, 그러니까 1억분의 1그램인 정충으로부터 만들어졌잖아. 달리 말하면 아버지의 생식력으로 말미암아 시속 30킬로미터로 출발한 정자가 어머니의 몸 안으로 들어가 자궁으로 향하면서 나의 운명이 출발하는 거야. 정자는 여성의 면역 수비대가 보낸 백혈구 순찰대를 피해 분비물의 홍수를 맞으며 축축한 수풀 사이를 2시간 동안 경주하지. 그렇게 10센티미터의 힘든 완주 끝에 나팔관의 3분의 1 지점에 도달하는 거야.

– 와! 리얼하네요, 선생님.

– 이러한 과정을 거쳐 태어난 나는 참으로 복잡한 구조로 되어 있단다. 초저공비행으로 발끝까지 피부를 대충 훑어보면 표피의 두께는 0.05밀리미터 정도야. 만일 비눗물이나 면도날이 지나지 않는다면 거대한 초원이 표피를 덮을 테지. 100만과 500만 사이의 털들, 그것들은 하루에 0.2밀리미터씩 자라난단다.

– 오우!

– 나의 단순한 미소도 얼굴에 박힌 17개의 근육이 움직여서 만들어지는 것이야. 강렬한 한 번의 입맞춤은 29개의 근육을 움직이게 하고. 참으로 재미있고 놀라운 일 아니니? 이렇듯 '나'라는 존재는 단순한 기계의 조립품도 아니며 어떤 조직의 총합도 아니란 얘기야. 이 신비롭고 엄청난 퍼즐, 나를 이루고 있는 것은 내가 아는 것보다 더 섬세한 작품이란다.

– 와, 신의 예술작품이군요, 쌤!

– '나'는 1분에 15번 호흡하여 하루에 약 1만 리터의 공기를 호흡한단다. 죽기 전까지 평균 잡아 50만 번 호흡을 하지. 그러니까 평생 3억 1,000리터 내지 4억 4,000리터의 공기를 마시는 거야. 이렇게 흡입한 산소는 심장에 있는 10여개의 동맥과 1억 6,000만 개의 소동맥 그리고 50억 개의 모세혈관을 통해 미세한 조직에 이른단다.

– 네에.

– 그리고 우리 몸에 있는 물의 양은 얼마나 될까? 혹시 아니?

– 4분의 1 정도요?

– 음……. 보통 몸무게의 3분의 2가 물이란다. 내 체중이 70킬로그램이라면, 물을 제외하면 23킬로그램만 남지. 그걸 다시 분석하면, 45.5킬로그램의 산소·12.6킬로그램의 탄소·7킬로그램의 수소·2.1킬로그램의 질소·1.5킬로그램의 칼슘·860그램의 인·300그램의 황·210그램의 칼륨·100그램의 나트륨·70그램의 염소 그리고 몇 그램의 마그네슘, 철·불소·아연·구리·요오드·코발트·망간 등으로 구성되어 있는 거야.

– 와, 소름끼쳐요, 선생님!

– 하하, 이것을 돈으로 계산하면 15만 원 정도 되지. 내가 옷 한 벌 값밖에 안 되는 거야!

– 그래서 사람 죽으면 개 값이라고 하는군요. 완전 허무하다!

– 내 심장은 한번 박동에 약 70cc, 한 컵 정도 되는 피를 펌프질하지. 1분에 5리터, 하루에 8,600리터, 일생동안 2억 리터야. 이

양은 올림픽 수영장 60개를 채울 수 있는 양이지. 그리고 40조 개의 세포로 이루어진 내 몸은 매분마다 2억의 세포가 복구할 수 없을 정도로 사라져. 죽는다는 얘기야. 그리고 다시 2억이 새로 생겨나지. 세포가 가장 위험에 노출되는 경우는 비비거나 씻게 되는 때야. 피부나 위나 창자, 질의 피부는 3~4일밖에 살지 못해. 그 중 가장 홀대받는 것이 위의 세포란다. 위에서 나온 위산이 음식물을 소화시키기도 하지만 위벽도 손상시킨단다.

– 쌤, 그래서 물을 자주 먹는 게 좋죠?

– 하하, 적당히 마셔야지. 이처럼 내 몸을 구성하는 세포들은 끊임없이 죽어가고 동시에 새로 만들어지는 거란다. 그러면 나는 누구일까? 나의 세포 성분들 거의 전체가 하룻밤 사이에 새로운 것으로 바뀌고, 내 몸의 물이 1년 6개월마다 바뀌고 있다면 나의 정체성은 어디에 근거를 두어야 할까? 또한 나의 추억들, 그것들은 또 어디에 기록되어 있는 것일까? 엄밀히 따지면 우리는 매일 죽으며 살아온 것이나 마찬가지야. 우리가 샤워할 때 또는 배뇨할 때도 나의 일부를 씻겨 보내고 있는 것이야, 하하.

– 와! 심각하네요, 쌤.

– 남자들이 넉넉잡아 90년을 산다고 가정할 때 그동안 자신을 소모하는 온갖 종류의 활동을 살펴보면 참으로 놀랍다. 잠자기 24년 · 먹기 7년 · 배변하기 55일 · 소변보기 110일 · 몸 씻기 187일 · 이 닦기 95일 · 옷 입기 120일(여성은 2년) · 텔레비전 보기 2250일 · 전화하기 180일 · 일하기 9년 · 쇼핑하기 300일(여성은 500일) · 이성에게

접근하기 510일(여성은 700일) · 읽기 270일 · 몸이 불편한 날 450일 · 감기 걸린 날 550일 · 울기 52일 · 웃기 630일 등. 참으로 인생무상하지. 만약에 내가 어리석게 방학 1주일을 망쳤다면 생애를 통해 볼 때 얼마나 억울한 일이겠니? 더욱이 남을 미워하고 산다면 생을 또 얼마나 축내는 것이겠니?

– 아아, 정말 하루하루를 소중하게 살아야겠네요.

– 요즘 청소년들은 담배를 피우고 음주 또는 약물로 몸을 망치는 경우가 많지. 이 책을 읽다보면 그것이 얼마나 잘못된 행위인지 실감할 거야. 몇 년 전에 김수환 추기경님이 장기를 기증하고 돌아가셨는데, 그처럼 우리도 자신의 몸을 소중하게 가꾸다가 고통 받는 이웃에 기증한다면 얼마나 좋겠니? 이 책은 생명의 기반이 어떤 것인가를 쉽고 재미있게 설명해주는 책이란다. 정확한 분석과 통계를 제시하면서도 편안하게 설명하고 있어.

함께 읽으면 좋은 책으로, 마이클 로이젠 · 메맷 오즈의『내 몸 사용설명서』를 권한다. 여기에는 건강한 삶을 위해 지켜야 할 10여 가지 원칙이 담겨 있다. 뿐만 아니라 인체 내부의 미시적 세계가 속속들이 나와 있다.『뉴욕 타임스』 최장기 베스트셀러 1위인 이 책은 아마존 37주 연속 종합베스트셀러이기도 하다.

– 선생님, 주무세요?

– 으응? 아냐. 그냥 눈 감고 있을 뿐이다.

– 네에. 어디 편찮으세요?…….

– 아냐 아냐, 신문에서 좋지 않은 기사를 봤더니 기분이 좀 그렇구나. 어떤 엄마가 아이와 함께 자살했어. 요즘 이런 일들이 생기는지 모르겠어. 속상해!

– 선생님! 요즘 우울증 때문에 그런 사람 많대요.

– 그렇다 하더라도 자살을 탈출구로 생각하는 사람들이 있다는 건 슬픈 일이야. 청소년의 자살도 그렇고, 생활고를 비관한 자살 그리고 주부들의 자살 등 최근에는 연예인들의 자살까지 그렇잖아?

– 슬퍼요, 쌤.

– 어찌 보면 자살은 치명적인 전염성을 가지고 있는 거 같아. 정말 심각한 문제가 아닐 수 없어. 따라서 자살이란 어떤 심리적 상황에서 이루어지는 것이며 그에 대한 예방은 또 어떤 것인지 반드시 짚어봐야 할 시점이야.

– 네, 선생님. 그런 얘기 좀 들려주세요.

– 고대사회에서는 인간이 자살할 권리를 아예 주지 않았단다. 그들은 조국이나 친구를 구해야 할 때, 독재자의 횡포에 시달리고 있을 때, 질병과 고통으로 괴로워할 때를 제외하고는 자살할 권리를 주지 않았어. 로마군에 붙잡힌 클레오파트라도 하녀들을 시켜

몸을 깨끗이 닦게 하고, 예복을 입은 다음 하녀와 함께 독약을 먹고 자살을 했지. 그러나 일반인들과 노예는 자살할 수 없었어.

– 네에. 클레오파트라가 일부러 독사에게 물려 자살했다는 얘기는 들었어요, 선생님.

– 중세 때에는 교회가 나서서 자살을 추방했단다. 자살은 신에 대한 도전이자 죄를 짓는 것으로 보았기 때문이야. 그러나 십자군 전쟁처럼 이교도와 싸우다가 자결하는 것은 죄를 사면 받을 수 있는 것으로 했단다.

– 근데, 왜 사람들은 자살을 하죠?

– 음, 자살의 동기가 대부분 우울증이라는 것이 밝혀진 것은 근대사회에 들어와서야. 로버트 버턴의 『우울증의 해부학』이 출간되면서 자살은 사탄이 시킨 게 아니라는 인식이 퍼지게 되었지. 그는 우울증 환자를 "'들은 걱정으로 속이 새까맣게 탄 채 기진맥진해 있고 불만에 가득 차 있으며, 삶에 염증을 느낀다. 그들은 조바심을 내고, 두려워하고, 불안에 떨고, 아무런 결단도 내리지 못한 상황에서 형언할 수 없는 불행과 절망을 맛본다. 그들은 대개, 스스로 목숨을 끊는다."고 이해했단다.

– 와! 우울증이라는 게 그렇게 무서운가요? 선생님.

– 무섭지. 루소는 인간이 불행한 처지나 질병으로 사회에 아무런 도움을 줄 수 없는 경우에는 자살을 허용해야 한다고 주장했지. 그러나 칸트는 자살을 인간이 자기 자신에게 짊어지고 있는 책임을 회피하는 것으로 보았단다. 18세기가 되면서 자살한 시체

에 대한 처벌이 완화되고, 이제는 병원에서 치료를 받아야 하는 대상으로 인식이 바뀌게 되지. 그래서 그들은 포도주나 햇빛·맛있는 음식·신선한 공기, 더러는 활발한 부부생활을 권유받기도 했단다. 예전 같으면 자살을 시도한 사람은 밧줄로 묶어 창고에 가두어두었는데 말이야.

– 어떡해……. 치료해줄 생각은 안 했네요?

– 당시에는 무지해서 그럴 수밖에 없었어! 음…… 그리고 근대에 와서는 아동과 청소년의 자살이 많았단다. 영국에서 일어난 자살의 33%도 열 살부터 열네 살 아이들이었어. 그 이유는 가난한 부모들이 그들을 부잣집의 하인으로 팔아넘겼기 때문이지. 음…… 그 당시 자살자들은 물에 빠져 죽는 방법을 선호했단다. 그리고 목을 매달거나 권총으로 자살하는 방법, 특히 프랑스의 센 강변은 자살자들이 가장 선호하는 장소였다고 해. 또한 그들은 가장 아름답고 화려하게 치장한 다음 죽음을 선택했단다.

– 그러한 심리도 좀 이해가 안 가네요, 선생님. 죽을 사람이 예쁘게 할 건 또 뭐예요?

– 이해가 가는 사람이라면 자살하겠니? 허헛. 낭만주의시대에 자살을 부추긴 소설이 있었는데 혹시 들어봤니? 『젊은 베르테르의 슬픔』이라고. 당시 젊은이들은 그 책의 218쪽을 펴놓고 모방자살들을 했어. 주인공이 "죽음! 그게 무엇인가? 보라, 우리는 죽음을 이야기할 때 꿈을 꾼다."라는 말을 하고 권총자살을 했거든. 그래서 한때 베르테르 효과라고 해서 모방 자살이 확산된 적이 있

었단다. 철학자 쇼펜하우어도 자살을 환영할 만한 해결책으로 주장해서 논란이 생기기도 했단다.

– 그런 건 좀 위험한 이론 같아요, 그렇죠?

– 당연하지! 그리고 너희들 혹시 빈센트 반 고흐라는 화가 들어봤지? 그 사람은 정신착란을 일으켜 자신의 귀를 잘랐어. 그리고 술집여자에게 "이 귀를 잘 보관해주시오."라고 했다고 해. 이듬해 그 사람도 그림을 그리다가 권총으로 자신의 심장을 쏘았지.

– 정말 자살은 병인가 봐요, 쌤.

– 자살에 대한 지금과 같은 인식은 19세기 말에 생겨났단다. 자살을 정신질환으로 보고 사회적인 문제로 인식을 한 거야. 그때부터 보다 학문적인 연구가 시작되었지. 20세기에 와서도 자살은 끊이지 않았지만 청소년의 자살동기가 예전과는 달라. 주로 학업성과에 대한 압력·엄격함과 몰이해·교사의 불공정한 태도와 체벌 등이 원인으로 나타났단다.

– 아아, 정말 청소년들이 불쌍해요.

– 흐음……. 그리고 사티 의식에 의한 인도 힌두교도들의 죽음도 많았어.

– 네에? 사티가 뭐예요?

– 남편이 죽으면 남편을 화장할 때 아내를 활활 타오르는 장작

더미에 불을 붙여 자살하게 하는 행위야. 그것도 큰 아들이 나서서 하는 거야. 참으로 끔찍한 일이지만 힌두교도들에게는 그것이 훌륭한 아내의 조건이라니까 정말 어이가 없어.

– 와, 섬뜩하네요. 어떻게 산 사람을 죽일 수 있데요?

– 그래, 정말 문화의 차이라고 하기에는 너무나 무서운 일이지. 불교의 석가모니도 자신을 파멸시키면 열반에 이를 수 없다고 했는데 말이야.

– 무슨 뜻인데요, 선생님?

– 자살은 육체를 죽이는 것일 뿐, 깨달음에 이르지 못한다는 뜻이야.

– 쌤, 영화를 보면 일본 사무라이들도 자결하던데 그런 건 뭐예요?

– 그것도 일본의 전통적인 관습인데, 싸움에 진 사무라이는 자살을 하는 게 의무였단다. 그들은 상대의 승리를 비웃으며 유유히 꽃잎처럼 죽어갔지. 더러는 자신의 내장을 적 앞에서 흔들어대기까지 했단다. 또한 신주[心中]라고 하여 사랑하는 매춘부와 사랑에 빠졌을 때, 둘만의 사랑을 지켜가기 위해 동반자살을 하기도 했어. 일본에서는 이러한 자살을 관습으로 인정했던 거야. 음…… 이처럼 자살은 문화나 관습에 의한 부추김이 많았단다.

– 아~ 우리는 좋은 나라에 잘 태어났네요, 그쵸?

– 그러니? 이 책은 너희가 들어본 것처럼 자살에 대한 사회·정치·종교·윤리적인 입장과 강요들을 일목요연하게 분석해주고 있

단다. 그러니까 자살이 사회적으로 이용당했던 시대의 문화적인 틀을 분석함으로써, 인간 스스로가 죽음에 대해 올바로 인식해야 한다는 걸 알려주고자 한 거지.

함께 읽을 만한 책으로, 에밀 뒤르켐의 『자살론』을 권한다. 이 책은 자살과 정신질환 · 자살과 정상적 심리상태 그리고 이기적인 자살과 이타적인 자살을 다룬다.

– 쌤, 그런 얘기 들어봤어요?

– 녀석아, 뭔데? 말을 해야 알지!

– 우리가 초밥을 먹으면 아프리카 사람들이 마실 물이 부족해진다는 얘기요.

– 왜 그러는데?

– 헤헤, 쌤도 모르시죠. 그건요, 우리가 초밥을 먹으면 아프리카 해안의 물고기를 많이 잡아야 하니까 물고기가 부족해질 것이고 물고기가 부족하면 아프리카 사람이 먹을 게 없으므로 가축을 더 많이 방목해야 할 것이고 가축은 숲을 파헤쳐 결국 아프리카 땅이 황폐화될 거란 말이죠. 어때요?

– 네가 지어낸 말이지, 그렇지?

– 아녜요, 쌤. 어디선가 읽었어요.

– 하하. 선생님이 진짜 이야기를 해주마. 『지구를 살리는 7가지 불가사의한 물건들』이란 책인데 지구를 살리기 위한 7가지 방안을 알려주고 있단다. 이 내용대로 하면 우리생활이 좀 불편할 수도 있지. 하지만 우리가 이러한 작은 일을 실천하지 않으면 환경의 재앙을 막을 길이 없다는 거야.

– 그런 얘기는 자주 듣잖아요, 쌤.

– 좋은 이야기는 다 비슷한 거야, 녀석아. 으음, 지구를 살리는 첫 번째 방법이 뭔지 아니? 바로 자전거 타기란다. 자전거는 지금

까지 발명된 교통수단 가운데 에너지효율이 제일 좋은 것이지. 같은 거리를 간다고 했을 때 자전거를 탄 사람은 다른 교통수단을 이용하는 것보다 에너지를 적게 소비한단다. 걷는 것보다도 3분의 1밖에 들지 않아. 이것은 건강에 좋을뿐더러 일산화탄소나 먼지도 발생시키지 않아서 가장 좋은 방법이란다.

– 네에 저도 집에 자전거 있어요, 쌤.

– 지구를 살리는 두 번째 방법은 으음, 좀 말하기 거시기한데, 피임기구인 콘돔이란다. 전 세계적으로 수많은 여성들이 원하지 않는 임신을 하는 경우가 있잖아? 이 콘돔은 성병을 예방해주며 인구 폭발도 동시에 막아주는 훌륭한 역할을 하지. 또한 콘돔을 만들 때 사용되는 자연산 고무 라텍스는 합성고무와 달리 생태파괴가 적어. 콘돔 한 개를 만들기 위해 들어가는 고무의 양도 아주 적지. 자동차바퀴 하나에 들어가는 고무이면 1,100개의 콘돔을 만들 수 있다는 거야.

– 네에. 성교육시간에 그거 본 적 있어요, 쌤.

– 지구를 살리는 세 번째 방법은 천장 선풍기란다. 미국에서 에어컨이 차지하는 전기 소비량은 전체 전기 소비량의 6분의 1이지. 이러한 전기 소비가 산성비와 지구온난화를 일으키고, 물고기를 멸종시키며, 핵폐기물과 그 밖의 여러 가지 건강을 해치는 원인이

라는 것을 알아야 해. 에어컨 한 대를 켜려면 많은 전기가 필요하지만 선풍기는 에어컨의 10분의 1만 갖고도 시원함을 느끼게 해준단다.

– 쌤! 저희 집에서도 에어컨 잘 안 틀어요. 손님 올 때만 틀고요.

– 고마운 일이구나, 하하. 그럼 지구를 살리는 네 번째 방법을 얘기해주마. 네 번째는 바로 빨랫줄이란다.

– 빨래줄이요? 웬 빨래줄?

– 요즘은 많은 아파트단지에서 아파트값을 떨어뜨린다는 이유로 빨래줄 사용을 금지하는 추세야. 그래서 대부분 건조 기능까지 있는 드럼세탁기를 사용하지. 하지만 우리가 빨래줄을 사용하여 손빨래를 하면 그것 이상 좋은 게 없어. 햇볕에 말린 옷은 건강에도 좋고, 정전기를 일으키지 않아서 좋지. 살균력도 우수하고 말이야.

– 네에. 그럼 다섯 번째는 뭐예요?

– 지구를 살리는 다섯 번째는 태국의 쌀국수란다.

– 와! 그건 왜 그래요?

– 국수의 주재료는 쌀과 채소잖아. 태국국수는 영양가가 풍부하고, 지방질도 적으며, 육식에 비해 환경적인 부작용이 적지. 그러나 미국과 같은 나라는 한 사람이 일 년에 120킬로그램 정도의 고기를 소비한단다. 따라서 가축을 다량으로 키우게 되고 가축은 수질을 오염시키며, 또 습지와 초원을 사라지게 하지. 가축처럼 곡물을 많이 소비하는 장본인은 세상에 없어. 현재 지구상에 살고

있는 가축 수는 사람 수보다 3배나 많단다.

– 와, 그 정도예요? 그 정도일 줄은 몰랐네요, 쌤.

– 하하. 그 닭이나 소, 그리고 돼지들이 하루에 배설하는 분뇨는 400만 톤, 그러니까 미국인 전체가 쏟아내는 양보다 130배가 많은 양이라니, 얼마나 끔찍해? 그리고 지구를 살리는 여섯 번째 방법은 공공도서관이야.

– 도서관이 어떻게 지구를 살리죠?

– 음, 무슨 말이냐 하면 시민들이 도서관을 활용하여 책을 읽게 되면 도서관 하나당 일 년에 50만 톤의 종이가 절약된단다. 그만큼 산림이 보존된다는 얘기이지. 그리고 종이를 만드는 과정에서 발생하는 250만 톤의 온실가스 배출도 막을 수 있어. 한마디로 도서관이 수많은 생물종이 멸종하는 것을 막는다고 할 수 있지. 게다가 무료잖아?

– 네, 저희 엄마는 필요한 책은 사서 보라고 하던데요?

– 물론 꼭 사서 소장할 책은 사야지. 융통성 있게 생각해, 하하. 그리고 지구를 살리는 마지막 방법이 무당벌레야. 독일 사람들이 무당벌레를 뭐라고 부르는지 아니?

– 무땅버흐레!

– 녀석아! 장난하지 말고, 하하. 음, 독일에서는 '성모마리아의 무당벌레'라고 부른단다. 왜냐하면 중세 유럽 때 포도농사를 짓던 농사꾼들이 진딧물 때문에 농사를 망치게 되었는데 그때 성모님께 기도를 했다는 거야. 그러자 기적처럼 무당벌레들이 나타나서

진딧물을 모두 잡아먹었다는 이야기가 있어.

– 아하, 농약을 사용하지 말고 무당벌레를 이용해서 농사를 지어라 그런 얘기죠?

– 그래. 끝까지 잘 들어봐라. 방금 얘기한 7가지는 거창한 게 아니란다. 그저 사소하고 보잘것없는 것들이야. 하지만 사람들이 이것을 실천하느냐 안 하느냐에 따라 지구의 운명이 달려있다고 할 때는 방관하기 어려운 일들이지.

– 쌤, 글의 내용이 쉽기도 하지만 왜 우리가 실천을 해야 하는지 머리에 쏙쏙 들어왔어요.

– 하하. 그 이유는 글을 쓴 사람이 각 항목들을 잘 분석해놓아서 그런 거야. 그래서 우리가 쉽게 이해한 거지.

존 라이언의 『녹색시민 구보씨의 하루』도 환경관련 필독서이다. 원래 이 책은 그 충격적인 내용으로 해서 미국의 독자들에게 큰 반향을 불러일으킨 바 있는데 한국독자들에게도 그 내용을 전하고자 한국의 소비실정에 맞게 쓴 것이다.

6. 성(聖)과 속(俗)

– 선생님, 오늘은 무슨 생각을 그렇게 깊이 하세요?

– 으응? 예쁜 유나하고 수로의 모습이 보기 좋구나. 역시 청춘은 아름다워!

– 고맙습니다, 선생님! 선생님, 이거 가지세요.

– 뭔데?

– 제 스티커 사진인데요, 잘 나왔죠?

– 하하, 기니피그처럼 나왔구만.

– 호호. 기니피그보다 제가 더 귀엽죠, 선생님!

– 실은 너희에게 어려운 책을 하나 얘기하려고 하는데 고민이야.

– 쌤, 저희가 이해하지 못할까봐 그러죠? 제가 다 눈치 챘어요, 크크.

– 그래서 고민이야. 눈치는 빠른 녀석들이 이해를 못하면 얼마나 답답할까, 그런 고민 말이야.

– 그럼 쌤이 최대한 쉽게 설명해주시면 되잖아요.

– 좋다! 한번 믿어보자. 너희들 신성한 세계와 통속의 세계가 어떤 건지 생각해본 적이 있니? 물론 없구나. 엘리아데라는 사람의 말에 따르면 성스러움이 특정대상에만 있는 것은 아니라고 해. 성스러움은 어떤 사물·인간·공간·시간 등에 두루 퍼져 있을 수 있다는 말이야. 그것은 두려움과 숭배의 감정을 불러일으키게 하고, 위험시되기도 한단다. 민속종교에서도 보면 금줄 같은 것을

치고 성스러움을 표시한 것을 본 적이 있을 거야.

– 네에. 아직까지는 이해가 가요, 쌤.

– 좋아. 끝까지 눈동자 풀리지 않기다. 음, 옛날 민속종교를 보면 성스러움을 강화하기 위한 금기를 행했단다. 그러니까 금욕생활을 했단 얘기야. 왜냐하면 현실에서 행복을 포기하는 것이 성스러운 힘을 얻는 길이라고 믿었기 때문이지. 신과의 만남은 세속적인 것을 포기해야만 가능하다고 생각했어.

– 네. 그래야 하겠죠.

– 원시적인 사람들은 모든 것에 의미를 부여했어. 오른손은 성스러운 것으로 생각했고, 왼손은 죽음을 가져온다고 생각했지. 이브도 아담의 왼쪽 갈비뼈로 만들어져서 자손들이 고난을 받는다는 거야.

– 이슬람 사람들도 오른손은 주로 밥 먹을 때 쓰고, 왼손은 응가 할 때 쓴다면서요, 쌤.

– 하하, 그렇지. 민속종교에 남아있는 미스터리한 것이 엑스터시의 체험이야. 엑스터시는 신과의 접촉을 말하는데 이러한 체험을 하는 사람은 집단 내에서 특별한 대접을 받는단다. 그는 성스러움을 접했기 때문에 신과 같은 존재라고 믿는 거야. 돌이나 나무도 그래. 예를 들면 바위가 있다고 할 때 사람들이 성스러운 것으로 인정하고 믿으면 그때부터 그 바위는 초자연적 실재로 변하는 거지.

– 쌤, 그거 미신 아녜요?

– 좀 중요한 애기니까 잘 들어봐라. 엘리아데는 인간은 신(神)을 직접 알 수 없다고 했어. 다만 세상에 드러난 성스러움을 통해서 알 수 있다는 거야. 다시 말해서 신이 신성하게 만든 세계를 통해 느낄 수밖에 없다는 거지.

– 네, 쌤. 이해가 갑니다.

– 그들은 자신들이 사는 곳을 코스모스(우주)라고 불렀고, 유령과 악마들이 살고 있는 곳을 카오스(혼돈의 공간)라고 불렀단다. 그러니까 옛날에 백인들이 신대륙을 쳐들어간 것이 침략이 아닌 혼돈의 땅 카오스를 인간의 땅인 코스모스로 만들기 위한 작업이었다는 거야.

– 네에?

– 너희들 혹시 '물'이 무엇을 상징하는지 말할 수 있니?

– 물요? 물은 생명 아닐까요? 선생님.

– 유나가 정확히 맞혔구나. 창세기 1장 2절에도 '어둠이 깊은 물 위에 뒤덮여 그 물 위에 하느님의 기운이 휘돌고 있었다'고 나오지. 물속에 가라앉은 건 말 그대로 '죽음'이지만 물 위에 떠있는 건 창조적 생명성을 상징한단다. 그래서 초대 교회에서도 이러한 상징성을 이용하여 세례의식을 베풀었잖아.

– 아~ 기억나요, 쌤. 물로 이마를 씻어주는 거 말이죠?

– 그래. 오늘날 종교가 없는 사람들도 나름대로 믿음은 가지고 있단다. 뭔가 소신은 있다는 애기야. 아쉬운 애기지만 과거 사람들은 대부분 종교적이었어. 그런데 오늘날은 인간들 스스로 타락

하여 성스러움을 찾으려 하지 않는단다. 어쩌면 현대인들에게 있어 진정한 종교적 감각은 거의 사라졌다고 보는 편이 나아.

– 쌤, 그래서 이 책은 분석력 키우는 것에 어떻게 도움이 되나요?

– 그렇지, 그걸 정리해야지. 이 책은 시간과 공간, 우주와 자연, 인간의 삶을 분석하고 꿰뚫어보면서 종교적 인간이나 비종교적 인간이나 모두 종교적이라는 걸 말하고자 한 거야. 한마디로 엘리아데는 모든 인간을 종교적으로 보고 그 실존을 회복하고자 했단다. 하하, 이해가 가니? 어려운 말 듣느라고 고생했다. 그러한 너희를 위해 선생님이 한턱 쏘고 싶은데, 괜찮겠지!

우주(cosmos)의 어원인 그리스어 코스모스(kosmos)는 '질서' 를 뜻하는 말로, '혼돈(混沌)' 을 뜻하는 카오스(kaos)에 반대되는 말이다.

7. 정신분석학 입문

– 유나, 너 가끔씩 눈을 깜빡거리는데, 언제부터 그랬니?

– 초등학교 때부터요, 선생님.

– 음, 쌤이 보기에는 틱 현상이 아닌가 싶어. 습관이 되기 전에 병원에 한번 가보기를 권한다. 알았니?

– 네에. 저도 고치려고 하는데 잘 안돼요, 선생님.

– 유나야, 그래도 그런 건 나은 편이다. 주변을 보면 이상한 행동을 하는 사람들이 의외로 많단다. 일종의 병인데, 유난히 엉뚱한 것에 집착하는 사람, 이해하기 어려운 행동을 하는 사람, 골방에 처박혀 있기를 좋아하는 사람 등 강박 증세를 가진 사람들이 많아.

– 스토커들도 정신병이라면서요, 선생님.

– 맞아, 정신병이지. 그래서 선생님이 『정신분석학 입문』을 전수해주려고 준비했단다.

– 와! 재미있겠네요, 선생님.

– 과연 그럴까? 하하. 먼저 프로이트의 정신분석을 이해하려면 '리비도Libido'라는 개념을 알아야 해. 이 말은 보통 성욕으로 해석할 수 있으나 그 이상의 개념이란다. 성욕이란 것도 사춘기에 갑자기 나타나는 게 아니라 태어나면서부터 서서히 발달하는 것이야.

– 네, 쌤. 내용이 비교적 쉬운데요?

– 그럴 줄 알았다. 수로의 눈빛이 유난히 반짝이는구나, 하하. 프로이트는 리비도에 따라 성본능을 몇 단계로 나누는데, 먼저 구순기(口脣期)란 게 있다. 이 시기는 말 그대로 입으로 쾌감을 느끼는 시기를 말한단다. 그러니까 주로 유아기에 해당하는 것으로 아기들은 배가 고프지 않아도 손가락이나 가짜 젖꼭지를 빨며 행복해하잖아? 그게 구순기의 본능적 현상이란 거야.

– 좀 그렇네요, 선생님. 애들이 쾌감을 느낀다니까 이상해요.

– 이러한 구순기의 본능은 어른이 되어서는 이성에게로 향한단다. 그리고 요즘 청소년들이 좋아하는 빨아먹는 사탕이나 빙과류가 그러한 욕망을 상업화한 것으로 보면 쉽게 이해될 거야.

– 그 다음엔 어떤 단계가 있나요?

– 항문기가 있지.

– 네에? 크크크!

– 왜 웃어? 항문적으로 생각하지 말고 학문적으로 생각해라. 아무튼 항문기는 배설행위를 통해 성적인 쾌감을 얻는 시기를 말해. 음, 똥을 싼 어린 아기들은 배설물을 자기 신체의 일부로 생각한단다. 그래서 그 배설물을 자기가 좋아하는 사람이 처리해주기를 바란다고 해. 엄마가 기저귀를 갈아주면 방긋이 웃는 것도 그 때문이지. 엄마에게 따뜻한 선물을 주고 좋아하는 거야.

– 으~ 좀 있으면 점심 먹어야 하는데, 으으!

– 그러다가 아기가 4~6세 정도 되면 남근기에 접어든단다. 이 시기에는 아버지처럼 자유롭게 어머니를 사랑하고 싶은 욕망이

작용하여 아버지를 밀어내고자 한단다. 이것이 오이디푸스 콤플렉스라는 것인데, 한번 쯤 들어봤을 거다. 반대로 여자 아기는 아버지를 좋아하며 어머니를 밀어내려는 현상이 있는데 이것을 '엘렉트라 콤플렉스(Elektra complex)'라고 하지.

– 와, 전 어렸을 때 안 그랬는데요.

– 의학박사로서의 프로이트 이론이니까 그냥 들어봐. 그리고 '거세 콤플렉스'라는 게 있단다. 이건 무슨 말이냐 하면, 3~5세쯤 되는 사내아이는 또래의 여자아이를 보면 겁에 질린다는 거야. 왜냐하면 여자아이들에겐 남자아이처럼 그게 없으니까 말이야. 그게 없는 이유를 여자아이가 잘못을 해서 잘려진 것으로 생각하는 거야. 따라서 자기도 잘못하면 여자아이처럼 고추가 잘릴지도 모른다는 공포심을 갖는 거지. 여자아이는 또 여자아이 나름대로 자신에게도 한때 고추가 있었으나 잘려나갔다는 생각을 하면서 남자아이를 시기한단다.

– 아이, 선생님. 그런 말이 어디 있어요. 말도 안 돼요!

– 허허. 프로이트의 얘기란다. 프로이트는 인간의 성격구조를 3단계로 설명해. '원본능(id)·자아(ego)·초자아(super ego)' 이렇게 말이야.

– '이드'는 뭔데요? 쌤.

– '이드'는 본능적으로 쾌락을 추구하고 불쾌함을 피하는 성격이지. 태어날 때부터 존재하는 가장 기본적인 충동으로 먹고, 자고, 싸고, 반응하는 것들이야. 이러한 욕구는 맹목적이고 끈질기며 강력해. 예를 들어 난로에 손을 데이면 즉각 손을 떼듯이 반사적으로 나오는 행동이야. 한마디로 쾌락의 원리에 따라 움직이는 성격이란다. 이런 성격이 강한 사람을 만나면 피곤하겠지? 하하.

– 유나야, 왜 나를 쳐다봐?

– 선생님, 수로가 비슷하지 않아요? 호호.

– 하하하. 하지만 이러한 '이드'를 통제하는 것에 '자아'라는 게 있지. 자아는 일상생활을 하면서 해야 할 일, 해서는 안 되는 일 등을 경험하면서 형성되는 거야. 즉, 배설은 변기에 해야 한다든가, 떼를 쓰면 안 된다거나 등을 배우며 욕구를 억제하는 거야.

– 네, 좋은 거네요.

– 마지막으로 우리에게는 선과 악을 구별하는 양심이란 게 있단다, 이것이 바로 '초자아'에 해당하는 부분이야. 이것이 우리에게 완전한 이상(理想), 그러니까 거룩하고 숭고한 삶을 살게 만드는 원동력이 되는 거지.

– 네, 쌤. 저도 초자아를 지니고 살겠습니다, 헤헤.

– 어찌 보면 프로이트는 인간의 욕망, 특히 리비도를 지나치게 강조한 게 아닌가 하는 문제점이 있어. 하지만 그의 무의식 분야는 세계 최초의 성격이론과 심리치료라는 점에서 의학계에 공헌한 바가 크단다. 알겠니?

프로이트 (Sigmund Freud)

오스트리아의 신경과 의사 · 정신분석학의 창시자. 히스테리 환자를 관찰하고 최면술을 행하였으며, 인간의 마음에는 무의식이 존재한다고 했다. 20세기의 사상가로 그만큼 큰 영향을 끼친 인물은 없으며, 심리학 · 정신의학에서뿐만 아니라 사회학 · 사회심리학 · 문화인류학 · 교육학 · 범죄학 · 문예비평에도 큰 영향을 끼쳤다.

8. 총, 균, 쇠

– 와, 쌤. 이 책은 뭔데 이렇게 두꺼워요?

– 하하, 왜 두꺼운 책으로 맞을까봐 겁나니?

– 아뇨? 이런 책은 읽다가 피곤하면 베고 자도 좋을 거 같아서요, 쌤.

– 하하. 좋은 기능을 알려줘서 고맙다, 수로야.

– 이번 시간에는 이 책 얘기해주실 거예요?

– 그렇단다. 선생님이 제일 아끼는 책 중의 하나란다. 하하, 감동할 거 없어. 음, 제목에서 보듯이 『총, 균, 쇠』는 무기, 세균, 금속을 비롯하여 작물과 가축 등이 인류의 운명을 어떻게 바꾸었는가에 대해 방대한 자료를 제시하고 분석한 책이야. 우세한 유럽인들이 원주민들을 침략하는 데 있어 이러한 요소들을 사용했다니 놀라울 뿐이란다.

– 쌤, 백인들은 육식동물 같아요!

– 하하, 다음 얘기를 들어봤는지 모르겠구나. 1532년 스페인의 정복자 피사로가 168명의 병사를 이끌고 페루의 잉카제국에 들어간 일이 있었어. 그런데 8만 명의 전사를 거느린 잉카의 황제가 그에게 꼼짝없이 항복했는지 지금도 미스터리야. 또한 잉카를 제압한 피사로는 황제의 몸값으로 가로 6.7m · 세로 5.2m · 높이 2.4m가 넘는 방을 가득 채울 황금을 어떻게 뜯어냈을까?

– 쌤, 믿을 수 없는 사건이네요. 정말 잉카인들이 저항 한번 못

하고 패했어요?

– 그랬단다. 그 이유가 뭘까?

– 글쎄요…….

– 이유는 다른 게 아니야. 스페인 군대는 예리한 쇠칼을 비롯해서 갑옷·총·말 등이 있었지만 잉카인들은 겨우 돌·청동기·곤봉·갈고리 막대·손도끼 그리고 헝겊 갑옷이 전부였지. 패배의 원인이 바로 여기에 있었던 거야.

– 아하, 무기가 약했군요.

– 게다가 백인들이 퍼뜨린 천연두가 유행하는 바람에 면역력이 약한 원주민의 대다수가 죽었지. 스페인은 훌륭한 무기와 자본, 멀리까지 항해할 수 있는 선박이 있었고 문자가 있어서 더 멀리, 더 정확하게, 더 자세히 정보를 전달할 수 있었던 거야. 이러한 복합적 요인이 막강한 잉카 군대를 단기간 내에 전멸시킬 수 있었던 거란다.

– 결국 백인문화가 이긴 거네요, 쌤.

– 쌤이 말하고자 하는 핵심은 세계 정복의 역사가 총과 세균 그리고 기계에 힘입어 이루어졌다는 얘기야.

– 와! 관심이 생기네요, 선생님. 더 얘기해주세요.

– 식량생산의 기원 면에서도 민족 간 우열이 크게 차이가 나지. 정착 생활하는 민족과 유랑생활을 하는 수렵민족을 보면 정착 생활하는 민족이 더 우세해. 왜냐하면 수렵민족은 수시로 이동하며 살아야 하기 때문에 이동하는 동안에는 어린아이를 낳거나 기를

수 없잖니. 그래서 그들은 유아살해·낙태 등을 하며 뒤처지지 않고 이동해야 했기 때문에 항상 풍족함을 누릴 수 없었지.

– 아~ 불쌍해요, 선생님.

– 세균에 관한 얘기를 좀 더 얘기해보자. 앞서 얘기한 것처럼 잉카를 비롯한 오스트레일리아·남아프리카 공화국·태평양 지역의 원주민들은 병원균이 뭔지 모르고 살아온 민족이야. 즉 면역력이 매우 약한 사람들이었지. 그런데 유럽인들이 이들을 정복할 때 그들이 묻혀온 병원균으로 원주민들을 감염시켜서 결국 죽게 만들었어. 그야말로 원주민들은 속수무책 죽어나갈 수밖에 없었지. 심한 경우, 인구의 99%까지 죽었으니까. 아메리카에서도 인디언들을 계획적으로 죽이고자 천연두 환자가 덮던 담요를 인디언들에게 전달한 일도 있었단다. 그 결과가 어떻게 되었겠니? 참으로 끔찍한 만행을 저질렀던 거야.

– 와! 참 야비하네요, 쌤.

– 이번엔 식량에 대한 얘기로 화제를 옮겨보자. 수로야. 너는 우리가 가축을 언제부터 길렀다고 생각하니?…… 그리고 코뿔소나 기린은 왜 가축으로 길들이지 않았다고 생각하니?

– 글쎄요……?

– 식량을 비축하는 것은 그 종족의 사활이 걸린 문제야. 그래서 사람들은 여러 동물들을 잡아다 길들이려고 했던 거지. 말과 같은 경우는 전쟁을 할 때 적들을 겁먹게 하는 유용한 동물이잖니? 그러나 동물이라고 해서 다 길들일 수는 없었단다. 코알라 같은 동

물은 식성이 까다로워서 이득이 없었고, 어떤 동물은 너무나 많은 곡식을 먹어서 곡식을 충당하기 어려웠고, 또 코끼리나 고릴라는 식용으로 하기에는 너무나 느리게 성장을 했고, 치타 같은 짐승은 가두어놓으면 교미를 하지 않아서 번식성이 없었고, 얼룩말이나 곰은 성질이 난폭해 인간을 공격했고, 가젤 같은 짐승은 가두어놓으면 성격이 예민해 벽을 들이받아 죽고. 이처럼 야생동물은 많으나 인간이 길들여 가축으로 삼을 수 있는 동물은 제한적일 수밖에 없었지.

– 와, 그런 걸 다 길러보면서 연구했대요? 와, 정말 대단하다~.

– 다시 세균으로 돌아가 마저 얘기를 해보자. 세균도 인간도 역사와 함께 진화해 온 무서운 존재란다. 사람들은 그래서 이러한 세균을 무기로 사용하기도 했어. 어쩌면 잘 전파되는 세균일수록 매우 영리한 세균들인 셈인데, 말라리아·페스트·발진티푸스 등은 모기·벼룩·이들에 무임승차해서 이동한단다. 세균 중에서 가장 치사한 것은 아기가 태어날 때 감염되도록 하는 매독·풍진·에이즈들로 알려져 있어. 저주받은 세균들이 아직까지 살아있다니. 이건 비극이야!

– 그러한 세균은 치료제가 없나요?

– 너무 강력한 세균이라 여간해서는 치료가 안 되는 게 문제란다. 이러한 세균이 얼마나 무서운가 하는 사건이 1902년에 발생한 일이 있어. 고래잡이배 '액티브호'가 에스키모인들 56명이 사는 곳을 지나갔을 뿐인데 에스키모인들 56명 중 51명이 이질로 몰살

당했단다.

– 으악!!! 그 정도예요?

– 옛날에 흑사병도 안 그랬니? 유럽이 중국과의 육상무역을 하면서 수입해 간 모피에 벼룩들이 우글거릴 줄 누가 알았겠어? 결국 벼룩이 유럽으로 퍼지면서 유럽을 생지옥으로 만들었잖아.

– 그게 페스트라는 병이죠? 쌤.

– 이와 같은 사실을 염두에 두고 보면 유럽인들이 원주민들을 어떻게 그리 쉽게 점령할 수 있었는지 의문이 풀린단다. 1998년 퓰리처상을 수상한 이 책은 편협한 인종주의 시각에서 벗어나 인류문명의 수수께끼를 새로운 시각으로 풀어낸 최고의 책이지. 선생님은 솔직히 천재적인 진화생물학자 '재레드 다이아몬드'에게 무한한 경의를 표한단다.

재레드 다이아몬드의 또 다른 책, 『문명의 붕괴』를 권한다. 이 책은 '과거의 위대한 문명사회가 붕괴해서 몰락한 이유가 무엇이고, 우리는 그들의 운명에서 무엇을 배울 것인가?' 하는 문제를 다루고 있다. 지구 문명의 미래를 알게 해주는 문명예언서이다.

두 마리 토끼 잡는 독서 9. 진보와 야만

– 와, 쌤. 이 책은 또 뭔데 이렇게 두꺼워요? 책이 이렇게 두꺼워도 되는 거예요?

– 푸하하. 네가 이젠 경기(驚氣)를 하는구나. 얼굴색이 하얗게 변하네, 그냥.

– 아녜요, 쌤. 점심 먹은 게 안 좋아서 그럴 뿐이에요!

– 하하, 농담이다.

– 저도 양이 많은 걸 좋아해요, 자장면도 곱빼기가 최고죠!

– 하하. 712쪽 분량의 이 책은 현대사회의 생산·환경·지구화·경제·사회·탈식민지·민족·권력·전쟁 그리고 파시즘·독재·민주주의·사회주의·억압·차별·제노사이드 등에 대해 기술하고 있단다. 한마디로 인류의 역사를 진보와 야만의 관점에서 거침없이 분석하고 있는 책이야.

– 와! 대단하네요, 쌤.

– 너희도 학교에서 배웠겠지만 이 책의 저자는 다윈의 '적자생존'의 개념으로 사회와 국가를 설명하지. 예를 들어 국가가 국민을 엘리트로 만들기 위해서는 열등한 인종은 침략하고, 또한 동등한 인종은 식량을 확보하기 위해 투쟁해야 한다고 말하지. 투쟁만이 살 길로 본 거야.

– 이래저래 모두 전쟁을 하는 거 아녜요?

– 하하, 그런가? 헤켈이란 사람도 『생명의 수수께끼』에서 '인

류는 매년 태어나는 수천 명의 장애자와 귀머거리, 벙어리, 백치, 불치의 유전적 결함을 가진 자들로부터 어떤 이익을 볼 건가?'라고 하면서 병약한 사람들을 도태시켜 민족의 효율성을 높여야 한다고 했단다. 이 얼마나 끔찍한 발상이니?

– 장애인들을 죽이자고요?

– 그래. 과거의 역사를 보면 인종차별도 심했어. 1903년 『브리태니커 백과사전』을 보면 '검둥이'를 이렇게 설명하고 있어. '두개골 용량을 가리키는 뇌의 무게는 990그램(고릴라 최고치는 567그램, 유럽인 평균은 1276그램이다)이고, 마치 숫염소처럼 피부가 두껍고, 고약한 냄새를 풍긴다' 이 또한 얼마나 백인 우월주의적인 설명이야?

– 그럼 우리 황인종도 그런 수준으로 봤을 거 아녜요?

– 중간 정도로 봤겠지. 앞에서도 얘기했듯이 진보한 백인들은 항상 침략과 약탈의 주인공으로 등장해. 그게 승자의 역사야. 과거 유럽인들은 중국으로 쳐들어가 살육과 약탈·강간을 저질렀지. 미국인들은 필리핀을 약탈하고자 매년 5000만 달러를 지출했고!……

– 지금은 유럽이나 미국이 안 그러잖아요, 쌤?

– 지금은 경제 침략으로 전개되니까 겉으로 조용해보일 뿐이야. ……그리고 인류의 역사를 보면 사망률이 눈에 띄게 특이한 게 있단다. 주로 가난한 나라에서 사망률이 높다는 건데, 그 중에 최악의 사망률은 기근이 심했던 1958년과 1961년 사이에 중국에

서 발생한 사건이야. 당시 중국은 공식적으로 1,600만 명이 죽었다고 인정했지만, 실제 사망자 수는 3,000만 명에 육박했을 것으로 본단다.

– 와, 엄청나네요.

– 가난한 나라는 지지리 복도 없지. 그동안 세계 어린이의 1/3, 그러니까 1,200만 명의 어린이가 13펜스의 비용밖에 들지 않는 수액치료를 받지 못해 사망했어.

– 아아~ 쌤! 해외결식아동 돕기, 그런 거 우리도 한번 해요.

– 하하, 수로가 천사의 마음을 가졌구나. 우선 책 내용을 마저 살펴보자. 인류는 20세기에 들어와서 국가적인 '억압'을 행한단다. 막강한 힘을 소유하게 된 국가가 시민과 노동자들에게 무차별 폭력을 행사한 거야. 1919년 미국 펜실베이니아에서 철강파업이 일어났을 때에는 노동자들을 진압하는데 주 방위군과 연방군대가 투입되었지. 그리고 콜로라도에서 광산노동자들이 파업을 일으켰을 때는 계엄령까지 선포되었단다.

– 한방에 보내려고 했군요, 뭐.

– 시민들을 정치적 이유로 고문할 때에도 물고문·담뱃불·전기로 지지기 등 잔혹한 방법이 동원되었지. 더러는 전기막대를 항문 안에 찔러 박고 또 다른 전극을 이빨에 갖다 대어 고문을 하기도 했단다. 그렇게 해서도 죽지 않으면 대서양 상공의 비행기에서 떨어뜨렸지.

– 아악, 선생님은 그런 걸 어떻게 알아요?

– 내가 직접 보았겠니? 이 책에 그렇게 조사되어 있으니까 말하는 거지!

– 와, 이 책을 쓴 사람 정말 대단하네요.

– 하하. 아시아 쪽에서도 이러한 정권이 있었지. 그 중 가장 야만적인 정권이 장제스 치하의 중국 국민당 정권이었지. 국민당은 장시성(江西省)에서 100만 명을 죽였고, 후베이성(湖北省)에서도 거의 같은 수를 죽인 것으로 기록되어 있어. 1938년에는 황하 제방을 일부러 무너뜨려 100만 명을 죽였고, 이어 1945년에는 국민당 군대가 '공산당'을 토벌한다는 명분으로 또 100만 명 이상을 살해했단다.

– 처음 듣는 얘기예요, 선생님. 군인들이 무서워요!

– '앙코르와트'가 있는 캄보디아에서도 비슷했어. 최소 200만 명을 죽였으니까. 그러니까 크메르루주 정부가 캄보디아 인구의 1/3을 죽인 셈이란다. 이것이 20세기에 정부들이 행한 억압 중에서 가장 야만적인 것 중 하나야.

– 다시 그런 일들이 일어나면 어떻게 해요, 쌤?

– 그런 재앙이 없도록 기도해야겠지. 또 다른 야만적 사건이 있는데, 세계 곳곳에서 인종 차별이 일어났어. 1898년에 사우스캐롤라이나 레이크시티에서는 우체국장에 흑인이 임명되자 백인군중이 그 우체국장을 집에서 산 채로 불태워 죽인 일이 발생했단다. 달아나는 가족들은 총으로 쏘아죽이고 말이야.

– 정말 어이없네요, 쌤.

– 1955년 5월 미시시피에서는 14세 흑인 소년이 백인여성에게 휘파람을 불었다는 혐의로 기소되고, 한밤중에 백인들에게 끌려가 권총으로 머리를 맞고 발가벗겨져 가시철사로 묶인 채 인근 강에 버려졌단다.

– 흑인들이 무슨 잘못을 했기에 그러죠?

– 슬픈 운명이야! 뿐만 아니라 20세기에는 대량 살상이 자행된 시기였단다. 이른바 민족이나 종교적 집단 전체를 멸종시킬 의도로 행해진 '제노사이드'가 있었어.

– 제노사이드가 뭐예요?

– 아, 제노사이드? 제노사이드란 집단살육을 얘기하는 거야. 너희도 잘 아는 것처럼, 아우슈비츠 유대인들을 엄청나게 죽였잖니? 140만 명이 넘는 유대인들을 독일군이 총살 또는 가스실에서 학살했지. 유대인들을 일렬로 세우고 발가벗긴 다음 귀중품을 약탈하고 그리고 남녀에 상관없이 총을 쏘았어. 아기에게 젖을 물리고 있는 여자들도 죽였고.

– 인간이 아닌 거 같아요, 그 사람들은…….

– 그래. 이 책을 읽으면 인간의 역사가 광란의 역사였음을 알 수 있단다. 권력자들에게는 '진보'였겠지만, 다수의 희생자들에게

는 가혹한 '야만'이었단다. 그래서 이 책을 우리 인류 역사의 비밀 문서라고 생각하면 좋을 거야. 방대한 역사적 자료를 치밀하게 분석하고 비판한 저자야말로 바로 진정한 '진보'적 지식인이 아닐까 생각한단다.

제노사이드 (Genocide)

제노사이드란 특정의 민족이나 집단의 절멸을 목적으로 그 구성원을 살해하거나 생활조건을 박탈하는 것을 의미하며, 집단살해로 번역된다.

– 선생님이 요즘 너희를 보면 마음이 뿌듯해진단다. 왜 그러겠니?

– 저희가 이뻐서요?

– 물론 이쁘지. 그러나 더 이쁜 게 있어. 뭐냐면, 너희의 지식과 정신이 새로운 버전으로 업그레이드된 모습 말이야.

– 정말요?

– 그럼. 너희에게서 그러한 아우라가 느껴지지.

– 아이 참, 왜 그러세요, 선생님. 다 선생님 덕분이잖아요.

– 하하. 그래서 이 시간에도 좀 딱딱한 걸 준비했는데, 괜찮겠지? 먹기에는 딱딱하지만 먹다보면 육포처럼 맛이 있는 건데, 그럼 시작해볼까?

– 넷! 저희들 이빨은 튼튼하니까요. 히히.

– 파놉티콘(Panopticon)에 대해 얘기하려는 거야. 파놉티콘이란 벤담이라는 철학자에 의해 구상된 감시시스템이지. '모두'를 뜻하는 'pan'과 '보다'를 뜻하는 'opticon'의 합성어로 '다 본다'의 뜻이야. 벤담이라는 사람이 죄수를 교화시킬 목적으로 원형감옥인 이 파놉티콘을 구상했지. 커다란 원형 공간의 맨 바깥쪽 원주를 따라 죄수를 가두는 방이 있고, 중앙에는 죄수를 감시하기 위한 간수의 방이 있어. 죄수의 방은 항상 밝게 하고 중앙의 감시공간은 어둡게, 그리고 바깥은 죄수의 공간보다 높은 곳에서, 죄수는 감시자를 볼 수 없지만 감시자는 언제이건 마음만 먹으면 죄수를

볼 수 있는 시스템이야.

– 네에, 영화 같은 데서 본 거 같아요, 쌤.

– 파놉티콘에 갇힌 죄수는 보이지 않는 곳에서 항상 자신을 감시하고 있을 간수의 시선 때문에 규율에서 벗어난 행동을 하지 못해. 그러다가 스스로가 자신을 통제하기까지 된단다. 강박증세가 생긴 거지.

– 네에.

– 그런데, '푸코'라는 사람은 이제 파놉티콘이 사회 전반에 확산되었다고 한단다. 무슨 말이냐 하면 사회의 대부분 조직이 구성원을 감시하는 시스템이란 말이야. 벤담은 이러한 파놉티콘 체제가 산업을 활성화시키고, 경제를 살릴 것이라는 생각을 했지. 따라서 벤담은 학교와 육아시설, 여성 보호시설 등 모든 시설에도 적용해야 한다고 주장한 거야. 반면에 푸코와 같은 사람은 이러한 사회가 살기 힘든 파놉티콘, 즉 거대한 감옥이나 다름없다고 비판했단다.

– 아, 그러고 보면 학교도 파놉티콘 아니에요? 감옥 같잖아요.

– 허헛. 파놉티콘은 근대 권력을 아주 잘 설명해주는 장치란다. 근대 이전의 권력은 만백성이 한사람을 우러러 보던 '시선'이었다면, 근대 권력은 한사람의 권력자가 만인을 감시하는 '시선'으로 특징지어진단다.

– 네에.

– 수로야, 너 혹시 찰리 채플린의 영화 『모던 타임즈』를 본 적이 있니?

– 네. 집에 DVD 있어요.

– 그 영화를 보면 이해가 잘 갈 거야. 인간이 기계 부속처럼 일하는 것을 풍자한 거니까 말이야. 그 내용을 보면 사장은 사장실에서 노동자들의 일거수일투족을 감시하잖아? 잠깐이라도 딴 짓하면 즉시 호출하고 말이야. 이처럼 노동자들을 마음대로 통제하는 체제 그리고 노동자들 스스로도 몸조심하는 것이 바로 파놉티콘 방식이야.

– 네에.

– 그런데 이러한 정보수집과 감시가 컴퓨터가 발명되고 데이터베이스가 확장됨에 따라 '데이터 감시'라는 단계로 진화한단다.

– 좀 더 자세히 말씀 좀…….

– 그러니까 오늘날 정부나 기업을 비롯하여 FBI, CIA들은 필요하면 자신들이 확보한 데이터베이스를 통해 국민을 감시하게 되었다는 얘기이지. 현재에도 신용카드, 주민카드 및 각종 신상정보에 관한 데이터베이스, CCTV나 몰래카메라, 인공위성에 의한 위치 추적 장치를 이용해서 국민들을 지켜보고 있단다.

– 와! 첩보영화 같네요, 쌤.

– 선생니~임. 그런데 CCTV 같은 것은 도둑을 막아주잖아요.

– 그렇지! 유나 말도 맞아. 그러한 감시시스템이 좋은 목적으로 사용되면 좋지만 자칫 인권을 침해할 가능성이 높다는 얘기야. 아무튼, 이러한 감시체계가 오늘날 전자 파놉티콘 또는 정보 파놉티콘이 된 거야.

– 선생님. 오늘도 중요한 거 배웠네요.

– 그러니? 하하. 이처럼 지금 우리는 새로운 통제사회에서 살고 있는 거야. 그러나 이제는 우리가 이러한 기술을 역으로 이용하여 권력을 감시할 수 있어야 해. 대표적인 것이 언론이나 시민단체 등에 의한 권력 감시인데, 이것을 흔히 시놉티콘(Synopticon)이라고 한단다.

– 네에. 시놉티콘이요?

– 그러나 아직까지 우리는 전자주민카드나 핸드폰 위치 추적시스템, 전자메일, 인터넷 접속 그리고 작업장 감시 및 스팸메일에 의한 신상 정보파악 등 프라이버시에 대한 감시와 통제로부터 자유로울 수가 없단다. 이게 현대사회의 문제점이야.

–아아. 그래서 스팸메일을 열어보는 것도 위험하네요?

–하하, 그래. 방심해서는 안 되지. 이처럼 이 책의 저자는 현대사회의 구조를 낱낱이 분석하면서도 다양한 사회학자의 견해들을 인용하여 비판을 가하고 있단다.

테일러주의 (tailorism) '과학적 관리' 라는 이름 아래 노동자들의 동작과 시간 사용을 통제하고 관리하는 시스템이다. 그로 인해 노동자들은 '자율성' 이 제거된다. 테일러주의는 미세한 동작 하나하나까지 관리자의 의지대로 조종하는 자본가의 의지요, 권력이다. 푸코는 이를 '생체권력' 이라고 개념화한 바 있다.

– 혜리야, 넌 무슨 색깔을 좋아하니?

– 흰색이요.

– 흐음, 그래서 흰색 티셔츠를 입었구나.

– 원래 제가 백의민족이잖아요, 쌤.

– 고맙다. 혜리가 한국의 전통을 잇고 있구나, 하하.

– 히히, 그럼 오늘은 조선시대의 얘기를 해주시면 어떨까요?

– 나쁘진 않지. 그럼 이번에는 선생님이 외국인의 눈으로 본 조선시대를 얘기해주마, 어떠니?

– 와, 그것도 신기한 내용이 많을 거 같아요, 쌤.

– 선생님이 읽은 책 중에 『문명과 야만』이라는 책이 있는데, 19세기 후반에 조선에서 활동한 선교사의 가장 오랜 기록이란다. 그는 1866년 순교할 때까지 22년 동안 조선을 보고 듣고 느낀 것을 기록했지. 따라서 이 자료는 다른 나라와 조선의 문화를 비교 분석하기에 아주 좋은 자료가 되는 거지.

– 네에. 주로 어떤 내용이에요?

– 솔직한 기록이 대부분이야. 그의 기록을 보면 탐관오리들에 대한 기록도 나온단다. 그는 "조선의 양반들은 평민에게 지독한 폭정을 가한다. 돈이 없으면 평민에게서 착취, 약탈, 불법 구금을 해도 아무도 제지하지 못한다. 관리나 수령들과 양반들은 논이나 집을 사고도 돈을 지불하지 않는다. 이것이 관습이다."라고 기술

하면서, 당시 수령들은 자신들의 범죄를 서로 감싸주고 또 부끄러워하지 않았다고 하지. 수령들은 나라에 대한 사랑도 없다고 한다. 실로 가렴주구라는 말이 딱 들어맞아.

– 가정맹어호라는 말도 있잖아요?

– 어쭈, 제법인 걸? 그건 뭔 뜻인지 아니?

– 가혹한 정치는 호랑이보다 무섭다, 맞죠?

– 허허, 수로가 이제 하산할 때가 되었구나. 하나를 들으면 열을 안단 말이지?

– 히히히.

– 선교사 다블뤼 주교는 임금도 양반 때문에 고통을 당했다고 쓰고 있어. 철종 임금은 아무것도 가진 것 없는 선량한 사람이라고 하면서, 왕은 수입도 없는데 대신들은 넘칠 만큼 풍족하게 산다고 비판했어. 그래서 임금은 불행한 사람 중의 하나라고 보았단다. 그럼에도 양반들은 뻔뻔스럽게 약탈을 하고 착한 사람을 꼼짝달싹하지 못하게 한다고 했어. 한마디로 조선이라는 나라는 뻔뻔스러움이 지배하는 곳이라고 했지. 나아가 그는 만약에 조선에서 반란만 일어나면 모든 게 무너질 것이라고 충고한단다.

– 외국인에게 그러한 모습으로 보였다는 게 창피하네요, 쌤.

– 선생님 마음이 그 마음이야. 쌤도 부끄럽단다.…… 그리고 그는 조선의 쇄국정치와 사대주의를 현명한 판단이라고 했어. 왜냐하면 이웃의 두 강대국 사이에 끼인 조선이 살아남기 위해서는 불가피한 선택이었다니까 말이야.

– 네에. 쇄국정치가 나쁜 것만은 아니었군요.

– 쌤, 조선 사람들의 성격에 대해서도 나와 있어요?

– 그럼. 그는 조선인의 성격에 대해서 '조선인들은 야만 상태에 있기 때문에 까다로운 성격을 지니고 있다. 이 나라에서 교육이라고는 전혀 없다. 또한 조선인들은 화가 나면 공격적으로 변한다. 여자들도 뻔뻔스러우며 말이 매우 모질다. 조선인들은 수다쟁이다. 그들은 지독한 거짓말쟁이인데 악의는 없다. 아무리 조심해도 조선인들의 거짓말에 속아 넘어간다'라며 돈의 노예가 된 중국인들보다는 순수하다고 기록하고 있단다.

– 크크크, 재미있네요. 옛날사람들은 다들 짐승남 같았나 보죠?

– 그는 또 조선인들은 매우 높은 어조를 사용하며 소란스럽게 얘기한다고 생각했지. 그래서 회합할 때는 머리가 깨질 정도로 시끄럽다는 것이야. 어린아이들이 공부하는 서당도 굉장히 소란스럽고, 관가에서 명령을 내릴 때도 근처 길목까지 울려 퍼진다고 기록하고 있어.

– 사극에서 나오는 장면 같아요, 쌤.

– 아울러 조선인들을 폭식을 즐기는 민족으로 보았단다. "조선인들은 먹을 때는 별로 말을 안 한다. 질보다 양이며, 어머니들도 어릴 때부터 아이의 위장에 탄력을 주려고 아이의 배를 숟가락으로 두들겨보아 꽉 찼을 때 비로소 밥 먹이는 것을 중지한다. 보통 사람들의 식사량은 2, 3인분을 먹으며, 복숭아가 제공되면 가장 절제하는 사람도 10개 정도는 보통이고 종종 30개, 40개, 50개를

먹기도 한다.” 하하, 굶주릴 때를 대비해서 있을 때 많이 먹어두었던 거 같아.

– 선생님, 저는 우습다기보다 불쌍하다는 생각이 들어요.

– 하하. 지금 생각하면 그렇지만 당시의 시각으로 보면 불쌍한 것도 아니지. 그는 조선 사람들의 가족관계에 대해 기록하고 있는데, 짐승처럼 관계를 맺는 것으로 적고 있단다. 남성중심 사회라서 자녀들도 소유의 개념으로 보았어. 아이들이 잘못을 하면 지나치게 때리고, 젖을 물리는 것도 6살, 8살까지 젖을 먹인다고 했단다. 특히 딸보다 아들에 대해 끔찍하게 집착한다고 했어. 자녀들은 사춘기가 될 때까지 거의 벌거벗고 한방에서 부모와 잠을 자고, 그러기 때문에 좋지 않은 일도 생긴다고 했지. 부부들에게는 사랑이 존재하지 않고 남자는 본처와 살지 않으며 첩을 얻어 생활한다고 적고 있어.

– 와! 우리 조상들이? 지금 생각하면 좀 그렇네요?

– 하지만 조선 사람들이 유럽인 사람보다 공동체정신은 우월하다고 평가했단다. “이 나라에서는 자선행위를 존중하고 실천한다. 모르는 사람이 적어도 식사 때에 먹을 것을 달라고 하면 거절하지 않는다. 잔치가 벌어지면 이웃사람들을 초대해서 나누어 먹고, 여비가 없이 길을 떠나는 사람에게는 엽전 몇 닢의 도움을 준다. 이것이 바로 조선인의 덕성이다.”

– 그럼 그렇죠. 우리나라 사람하면 인심이잖아요!

– 마지막으로 그는 조선인들이 누리는 흥미 있는 문화로 ‘판소

리'를 들지. "광대들 중에는 줄 위에서 뛰고 춤을 추면서 온갖 종류의 도약을 한다. 또 다른 이들은 노래와 섞어서 이야기를 하며 울기도 하고 웃기도 한다. 이것은 어릿광대, 음유시인 또는 중세의 트라바토레를 연상케 한다." 다블뤼 주교는 이처럼 19세기 조선인들의 생활문화를 개관적으로 보면서 부정적인 측면과 긍정적인 측면을 솔직하게 분석하고 해석을 내린단다. 종교에 대해서도 그는 조상숭배나 공자에 대한 공경을 부정적으로 받아들이지 않지. 특히 조상숭배는 우상숭배라고 볼 수 없으며 오히려 조상을 섬기는 행위가 천주교를 받아들일 수 있는 토양으로 작용할 것이라고 적고 있단다. 이처럼 타자의 시선으로 바라본 조선사회는 우리에게 조선인의 정신문화를 연구하는 데 귀중한 자료가 되는 것은 물론 읽는 감동도 더하여 준단다.

– 와! 새로운 사실들을 알게 되었어요, 선생님!

트라바토레 (Travatore)

12세기경부터 스페인과 남 프랑스 지방에 신분이 높은 귀족으로서 음악을 사랑하는 이들이 그들은 자작시에 노래를 즉흥적으로 불렀다. 여러 곳의 왕궁과 귀족의 저택을 방문하여 간단한 악기의 반주로 그것을 노래했는데 그것을 '트라바토레' 라고 한다.

– 선생님, 엄마가 저더러 미술학원 좀 다녀보래요.

– 그건 왜?

– 제가 산만해서 미술학원 다니면 나아질 거라는데요?

– 미술이 치료의 기능도 있긴 하지만 좀 뜬금없구나, 하하. 마침 선생님이 전에 읽은 책 중에 『색의 유혹』이란 게 있는데 그걸로 유나랑 얘기해보면 너의 생각을 알 수 있을 거 같은데…….

– 색으로 사람의 생각도 알 수 있어요?

– 물론 알 수 있지.

– 우와! 얼른 듣고 싶어요. 해주세요, 선생님.

– 그래. 이 책은 색채심리학자가 160가지 감정을 나타내는 색에 대해 분석한 것인데 그 내용이 너무 방대해. 빨강, 파랑, 노랑, 녹색, 주황, 보라를 비롯해 분홍, 회색, 갈색, 그리고 검정과 흰색, 금색과 은색까지 대상으로 삼아 역사와 문화의 흐름에 따라 그 상징이 어떻게 변해왔는지 분석하고 있단다.

– 와, 정말 말만 들어도 대단하네요, 선생님.

– 먼저 파랑부터 살펴보면 파랑은 정신적인 미덕의 색이야. 파랑과 흰색은 영리함, 학문, 집중을 나타내지. 파랑이 지금은 남성의 색이지만 예로부터 내려오는 상징체계 따르면 여성의 색이란다. 따라서 성모 마리아의 색이 파랑색인 거야.

– 네에, 성모님이 걸친 옷이 파랑색이었나 보죠?

– 파랑은 긴장을 풀어주는 색이란다. '파란 시간(blue hour)'이란 말이 있는데 이것은 작업시간이 끝나고 어둠이 밀려오는 시간을 말해. 그리고 파랑–흰색의 대비는 부드러운 이미지를 불러일으키지. 이점을 응용한 것이 '니베아' 크림인데, 알지? '니베아' 크림. '니베아'는 케이스의 색깔에서 이미 사람의 마음을 부드럽게 안정시켜주는 거야.

– 아, 화장품케이스도 그냥 만드는 게 아니었네요?

– 그렇지. 모든 색은 다 의도를 가지고 있단다. 파랑은 또한 상상력을 불러일으키는 색이기도 해. 현혹하는 색. 그래서 어른들이 먹는 '비아그라'도 파란색을 사용하는 거란다. 파랑은 그리움의 색이기도 하고, 비현실적인 색이기도 하지. 그래서 독일에서는 꾸며낸 이야기를 '파란동화'라고 부르지.

– 그러니까 '파랑색'에 한 가지 뜻만 있는 게 아니라 꽤 많네요?

– 민족의 역사와 문화에 따라 다양한 상징이 생겨서 그런 거야, 하하.

– 네에.

– 유나야. 너 '블루칼라'란 말 들어봤지?

– 노동자들을 그렇게 말하잖아요, 선생님.

– 그렇지. 산업화시대의 노동자들은 작업복을 인디고로 염색해서 입었어. 그래서 미국과 영국에서는 노동자들을 '블루칼라'라고 부르게 됐던 거야.

– 사무실에서 근무하는 사람들은 '화이트칼라'라고 부른다면서

요, 선생님.

– 야, 유나가 시사적인 것도 많이 아는구나. 정말 최고다!

– 너무 칭찬해주지 마세요. 수로가 들어요.

– 하하. 다음엔 빨강을 얘기해보자. '태초에 빨강이 있었다'는 말처럼 빨강은 사람이 이름 붙인 최초의 색이지. 스페인어로 '콜로라도'가 빨강을 뜻하는 거야.

– 아하, 콜로라도 강이 붉게 흘러서 그런 모양이죠? 쌤.

– 수로가 콜로라도 강을 알아? 와, 세계 지리에 관심이 많구나. 좋다. 빨강은 아이들도 가장 좋아하는 색이란다. 그 이유는 제일 먼저 배우는 색 이름인데다가 사탕이나 케첩처럼 아이들이 제일 좋아하는 맛과 결합되었기 때문이야.

– 저도 빨강을 좋아하는데……, 특히 소고기 등심 같은 거…….

– 빨강을 싫어하는 사람은 거의 없단다, 수로야. 그런데 요즘 빨강에 대한 선호도가 급격히 떨어지고 있어. 그 이유는 광고에서 너무 심하게 사용하기 때문이야. 빨강은 긍정적인 생명감을 나타내는 가장 중요한 색이면서 불과 화염, 따스함을 나타내는 색이기도 하지. 그래서 성냥개비라고 하면 언제나 빨간색이 떠오르는 것이야.

– 불과 피도 빨강이잖아요.

– 그렇지. 빨강은 공산주의의 정치적인 색이기도 하지. 러시아어로 빨강은 '아름다운', '영광스러운', 훌륭한'을 뜻한단다. 옛날 사람들은 빨강이 악령이나 사악한 손길을 막아준다고 믿었어. 그

래서 출산하는 장면을 그린 그림을 보면 빨간 침대보, 빨간 커튼을 쉽게 찾아볼 수 있단다. 동화 속의 '빨간 모자'도 사악한 늑대에서 소녀를 보호해주는 힘을 상징하는 거지.

– 네에. 새로운 것을 알게 되었네요, 쌤!

– 다음으로 노랑은 시기와 질투, 거짓의 색이라는 것 알고 있었니? 노랑은 대체로 부정적인 감정을 연상하게 하지. 방사능 물질 표시도 노랑으로 하잖아. 하지만 정작 나쁜 노랑은 녹색기운이 도는 창백한 노랑, 유황냄새가 코를 찌르는 노랑이야. 그리고 노랑은 모든 분노의 색이기도 하단다. 시기와 질투도 노랑이고. 구두쇠, 노랭이도 다 노랑이잖아? 그런데, 예외로 중국에서만큼은 노랑이 황제의 색깔이란다.

– 문화가 다르니까 의미하는 뜻도 다르군요, 선생님.

– 그런가 봐. 음. 그리고 다른 색을 얘기하면, 검정은 슬픔의 색이란다. 기독교에서 검정은 죽음에 대한 슬픔을 상징하고……. 그래서 죽은 자를 애도하는 사람은 검은 상복을 입는 거야. 따라서 검정은 불행의 색이란다. '검은 날'에는 불행한 일이 생긴다고 믿었어. 그 옛날, 검은 금요일이었던 1929년 10월 25일에는 정말 모든 주식이 대폭락을 했었단다.

– 모두 동시에 미신을 믿었나 봐요.

– 하하. 미신을 믿는 사람은 검은 고양이를 두려워하지. 예전에는 검은 암소나 검은 옷을 입은 늙은 여자는 불행을 말해주는 징표로 여겼어. 우리나라에서도 까마귀를 불길한 짐승으로 취급하잖아.

– 쌤, 검정은 다 나쁜가요……? 그럼 검은색 자동차는……?

– 아, 지금 말하려고 한다. 검정은 한편으로 우아한 색이기도 하지. 자이니 베르사체라는 사람 이름 들어봤을 거야. 그 사람이 이런 말을 했어. "검정은 단순함과 우아함의 정수精髓이다." 이브 생 로랑도 '검정은 예술과 패션의 만남을 상징한다'고 말했어. 이처럼 검정 옷이 인기 있는 이유는 사람의 개성을 얼굴에 집중시켜 주기 때문이야. 또 마르틴 루터 역시 검정 옷이 개인의 책임을 드러내는 상징이라고 했단다.

– 와! 유명한 사람들이 극찬을 했네요, 쌤.

– 검정은 또한 젊은이의 얼굴에 가장 잘 어울리는 색이야. 검정은 빛을 반사하지 않기 때문에 나이를 가장 명확하게 드러내지. 검정은 이처럼 객관적인 색이기 때문에 디자이너들이 가장 선호하는 '고귀한 색'이 되었단다.

– 네, 쌤. 저도 속옷부터 검정으로 쫘악 빼 입을게요!

– 너 그렇게 입고 목욕탕 갔다간 까마귀 온 줄 알 거야, 인마!

– 크크크!!! 쌤, 제가 그냥 한 얘기죠. 뭐, 정말 검정 내복 입을 줄 아셨어요?

– 녀석, 이제 다 컸군! 다음으로 흰색을 설명해주마. 흰색은 여성적이고 연약하며 고귀한 색이지. 빨강이 쾌활하고 낙천적인 색이라면 흰색은 흥분하지 않고 조용한 기질의 색이야. 흰색은 색이 없는 색으로서 슬픔의 계열에 속해. 또한 청결과 순수를 연상시키는 색이기도 하단다. 그러나 삭막한 병원에서 흰색은 부정적인 연

상을 불러일으키지.

– 아, 정말 그런가 봐요, 병원에 가면 벽을 흰색으로 칠해놨잖아요. 간호원 옷도 흰색이고…… 귀신도 흰옷을 입고 나오잖아요!

– 아, 그러니? 그래서 병실은 밝은 노랑이나 부드러운 분홍으로 칠하는 것이 좋단다. 아마 그렇게 하는 병원은 일반병원보다 환자들의 치료효과가 훨씬 높을 거야. 병원 측 수입도 늘고…….

– 아, 색깔만 바꿔도 떼돈 버는 거네요?

– 역시 수로가 분석력이 빠르군! 다음으로 녹색이 있는데 녹색은 마음을 가라앉히는 색이란다. 네로 황제가 서커스 놀이를 관람할 때 눈의 피로를 풀기 위해 에메랄드 렌즈를 통해 구경했다는 말이 있어. 그리고 파랑 빛이 도는 녹색은 유명한 진통제 아스피린의 색이지. 특히 녹색–파랑의 색조는 피곤을 풀어주고 마음을 안정시켜주는 효능이 있어. 이처럼 녹색 하면 신선한 색으로 통한단다. 육류매장에서도 신선한 고기라는 뜻으로 '그린 미트(Green meet)'라는 용어를 사용하잖아? 그리고 '녹색결혼'이란 말도 있지. 이것은 결혼의 첫날을 의미하는 거야.

– 네에.

– 음, 그리고 녹색은 자연 또는 자연스러운 것을 의미하는데 '그린벨트', '그린소주'가 그러한 효과를 염두에 둔 이름이기도 하지. 하나 더 설명한다면 보라색이 있는데, 보라는 독창적인 색, 관습에서 벗어난 사람의 색으로 마법, 방황하는 영혼의 색을 의미한단다. 보라는 감각과 정신, 감정과 이성, 사랑과 체념을 연결해주

는 색이기도 하지. 인도의 상징체계에서 보라는 방황하는 영혼의 뜻으로 쓰인다고 그래. 현대사회에서는 비현실적인 색으로 마약의 색으로 불리지. 하지만 보라색 옷을 입었을 때는 가장 개인적인, 자유분방한 느낌을 준단다.

– 선생님. 여기에서 끝이에요? 더 듣고 싶은데…….

– 색이 무궁무진해서 얘기하려면 끝이 없단다. 아쉽지만 이쯤에서 마치자. 한마디로 우리는 이처럼 색의 홍수 속에서 살고 있다는 얘기야. 그래서 색을 연구하는 사람들에게 이 책은 색의 기본적인 체계만이 아니라 무궁무진한 아이디어를 제공해주지. 색채 심리학자 '에바 헬러'의 색에 대한 의미 분석은 참으로 놀라워. 하나의 색깔을 수십 가지의 상징체계로 분석하는 그의 능력, 정말 인내심 없이는 이룰 수 없는 경지라고 생각한단다.

함께 읽으면 좋은 책으로, 박영수의 『색채의 상징, 색채의 심리』가 있다.

논술, 이해-분석력에 꿀 발라 먹기

- 수로야, 이번 논술은 선생님과 함께 공부한 강준만의 『나쁜 사마리아인들』을 읽었으면 금방 가닥을 잡을 수 있는 문제란다. 글의 제시문이 경제학에 관련된 글이라 골치 아프다고 생각하지 말고, 낚시하듯 찬찬히 제시문을 들여다보면 글감을 금방 낚아챌 수 있을 거야. 그리고 어차피 경제와 관련된 논술은 출제 예상 문제이기에 피하려고 해서 될 문제도 아니란다.

- 네, 『나쁜 사마리아인들』 읽은 기억이 나요, 쌤!

- 자, 그래서 이번에도 선생님이 좀 어렵지만 심혈을 기울여서 문제를 만들었는데 책도 읽고 논술도 준비할 겸 한 번 해보자!

- 임도 보고 뽕도 따고! 좋죠!

- 그러면 먼저 아래의 제시문을 읽고 나서 얘기해보자.

- 네 , 제가 씩씩하게 큰 소리로 읽어볼게요.

※ 다음 제시문을 참고하여 '무역은 모두를 이롭게 하는가' 라는 질문에 대해 자신의 생각을 논술하시오. (600자 내외)

(가) 많은 다국적 기업들은 개발도상국에서 열악한 노동환경을 제공하고 있다는 비난을 받아왔다. 특히 나이키는 자주 거론되면서 비난의 표적이 되었다. 나이키와 같은 다국적 기업에 취직하려는 사람들이 많은 것은 노동환경이 좋기 때문이며, 악취 나는 쓰레기 매립장을 헤매고 다니는 것보다 낫기 때문이다. 마닐라의 쓰레기 매립장 스모키마운틴은 가난의 상징이 되는 바람에 1990년대에 폐쇄되었다.

하지만 다른 쓰레기 처리장은 여전히 일당 5달러를 벌고자 하는 사람들로 북적대고 있다.

나이키와 같은 다국적 기업이 가난한 나라에서 상품을 생산하지 못하게 하는 것이 가난에 대한 해결책이 될 수는 없다. 오히려 다국적 기업을 받아들임으로써 천천히, 하지만 확실히 부자 나라가 될 수 있다. 공장을 세우려는 다국적 기업이 많아질수록 서로 간에 숙련 노동자를 유치하려는 경쟁이 거세지고 그 과정에서 임금은 상승할 것이다. 가난한 나라의 토착 기업들은 최신 생산기술을 배우게 되고, 자기들 역시 많은 노동자를 고용하게 될 것이다. 이러한 나라는 소득이 상승하고 기술도 발전될 것이며, 다른 부자 나라들처럼 부자가 될 것이다.

- 팀 하포드 『경제학 콘서트』에서 발췌

(나) 무역은 서로 동의한 당사자 간에 이루어지는 자발적인 교환이므로 공정한 것이어야 한다. 자유무역이 활발해질수록 빈익빈 부익부라는 경제 양극화가 심화된다. 선진국 또는 다국적기업과 같이 자본을 많이 가진 쪽이 정치 · 경제적 영향력을 행사하여 처음부터 공정한 룰이 적용되지 않는다. 무역은 선진국에 유리한 방식으로 협상이 이루어져 개발도상국의 원료와 상품 그리고 노동력까지 헐값에 팔리고 개발, 경제발전이라는 미명 하에 개발도상국의 자연환경과 전통문화는 파괴되고 싼 임금에 어린 아이들의 노동력까지 착취당한다. (중략)

그러한 대표적인 예로서 커피가 노동력의 착취를 잘 나타내고 있다. 예를 들어 우리가 커피 한 봉지(225g)를 1만원에 구입한다면 커피를 제조하는 다국적기업에서 64%인 6,400원을 가져가고, 커피나무를 심어 5년 동안 땀 흘린 농부는 단 2%인 200원을 가져간다. 한 마디로 말도 안 되는 헐값에 커피를 다국적기업에 넘기는 것이다.

- 호프 & 로전 『희망을 거래한다』에서 발췌

- 쌤, 다 읽었어요!

- 무슨 말인지 알겠니?

- 네, 저번에 공부한 게 있어서 이해가 가긴 하네요. ㅎㅎ

- 다행이구나! 음…… 이해-분석력을 발휘해 이러한 논술을 할 때에는 먼저 자신의 입장을 분명히 정해야 한단다. 그러니까 자유무역을 옹호하느냐 아니면 반대하느냐 하는 입장 말이야. 그런 다음 '모두를 이롭게 하는가?' 라는 부분에서 '모두'의 범위를 좀 몇 가지로 나누어서 분석하는 센스가 필요하지. 그리고 정말 '모두를 이롭게 하는 방법'을 결론에 제시하면 최고의 논술이 될 거야.

- 아, 네에. 쌤, 그러면 예시답안을 저에게 얘기해주시면 안 될까요?

- 당연히 얘기해줘야지! 하하. 음…, 이해-분석력을 바탕으로 자유무역에 반대하는 입장에서 글을 전개해본다면 다음과 같이 쓸 수 있단다. 수로가 천천히 소리 내어 읽어봐라.

무역은 기본적으로 수출하는 국가나 수입하는 국가에 서로 이익이 있어야 한다. 그런데 이러한 무역은 경제 주체에 따라 손해와 이익이 달라질 수 있다. 무역이 당사국 간에 이익이 발생하려면 먼저 공정한 교환이 이루어져야 한다. 국가 간에 공정한 교역이 이루어지지 않으면 선진국과 다국적기업은 이익을 얻지만 후진국은 수입업자를 제외하고는 빈곤해질 수 없다. 자본이나 기술적 측면에서 열등한 위치에 있기 때문이다. 경제 주체 측면에서 보아도 수출입업자들은 유리한 입장이지만 생산에 참여하는 근로자들은 불리한 입장이 된다. 자유무역을 주장하는 사람들은 후진국이 시장을 개방하면 일자리가 늘어나고 기술도 향상되고 소득이 증가할 것이라고 주장하지만, 선진국의 이익은 후진국의 희생을 대가로 얻는 것이다. 물론 후진국이 시장을 개방하면 일자리가 늘어나기는 하지만 노동력이 착취되고 선진국에 의해 시장이 잠식당하게 된다. 그리하여 후진국의 열악한 산업들은 선진국에 의해 붕괴되어 종속관계를 벗어날 수 없게 된다. 결국, 무역이 모두를 이롭게 하려면 먼저 후진국에게 산업 경쟁력 강화를 위한 지원책과 제도적 장치를 마련해준 다음 그 틀 안에서 공정한 무역이 이루어지도록 해야 한다. 이것이 진정한 윈-윈 전략의 무역이다.

- 와아. 군더더기 없이 깔끔한데요?

- 그렇지? 논술은 미사여구가 필요 없는 글이라서 그래. 꼭 필요한 말만 써야 한단다. 예시답안에서처럼, 서론에서 무역이란 무엇인가를 써주고 바로 본론을 써내려가면 돼. 본론에서는 무역이란 공정하게 이루어져야 함에도 실질적으로 그렇지 못한 현실을 써주고, 그리고 일자리 창출도 처음엔 효과가 있는 것처럼 보이지만 결국에는 선진국에 의해 경제가 송두리째 지배당하게 된다는 논리를 펴서 반대를 분명히 하면 되지.

- 아하, 그게 비결이구나!

- 이해가 좀 가니?

- 옛 써~ㄹ!